外|国|文|学|名|家|精|选|书|系

哈克贝利·芬历险记

〔美〕马克·吐温 / 著
刘莉 / 译

团结出版社
UNITY PRESS

图书在版编目（CIP）数据

哈克贝利·芬历险记 / (美) 马克·吐温著 ; 刘莉
译. -- 北京 : 团结出版社, 2016.7（2023.8重印）
ISBN 978-7-5126-4266-9

Ⅰ.①哈… Ⅱ.①马… ②刘… Ⅲ.①儿童文学—长
篇小说—美国—近代 Ⅳ.①I712.84

中国版本图书馆CIP数据核字(2016)第170956号

出　　版：团结出版社
　　　　　（北京市东城区东皇城根南街84号　邮编：100006）
电　　话：（010）65228880　65244790（出版社）
　　　　　（010）65238766　85113874　65133603（发行部）
　　　　　（010）65133603（邮购）
网　　址：http://www.tjpress.com
E-mail：zb65244790@163.com（出版社）
　　　　　fx65133603@163.com（发行部邮购）
经　　销：全国新华书店
印　　刷：唐山才智印刷有限公司

开　　本：640毫米×920毫米　16开
印　　张：18
字　　数：200千字
版　　次：2016年7月　第1版
印　　次：2023年8月　第2次印刷

书　　号：978-7-5126-4266-9
定　　价：47.80元

前　言

马克·吐温（1835—1910年），原名塞姆·朗赫恩·克列门斯，美国著名作家、幽默大师、著名演说家，19世纪后期美国现实主义文学的杰出代表之一，被称为美国最知名人士之一，曾经被推崇为"美国文坛巨子"，也曾被誉为文学史上的"林肯"。以水手的行话"马克·吐温"为笔名发表作品，其意思是"12英尺深"，指水的深度足以使航船通行无阻。马克·吐温生于美国密苏里州的佛罗里达密西西比河畔小城汉尼拔的一个乡村贫穷律师家庭，12岁就离开学校四处流浪，自谋生计。虽然没有受过正规的学校教育，但他丰富的生活经验为他后来从事文学创作打下了坚实的基础。马克·吐温擅长写具有讽刺意味的小说，他极尽幽默、讽刺之能，对资本主义社会的弊端进行了尖锐的讽刺，也对欧洲封建残余与宗教愚昧进行了无情的嘲笑。他的代表作品有《汤姆·索亚历险记》《哈克贝利·芬历险记》《王子与贫儿》《百万英镑》等。

《哈克贝利·芬历险记》中的主人公哈克贝利·芬在《汤姆·索亚历险记》中就已经和大家见过面了。哈克贝利是一个聪明、善良、勇敢的白人少年，他过惯了自由散漫的流浪生活，难以忍受道格拉斯寡妇家循规蹈矩的生活，便偷偷逃到了密西西比河的杰克逊岛上。在岛上，他遇到了华森小姐家的黑奴吉姆。吉姆是一个勤劳朴实、热情诚实、忠心耿耿的黑奴，他听说华森小姐要把他卖掉，就逃了出来。两个人都是逃亡者，很快就成了同病相怜的患难之交。为了逃避追捕，他们两个人历经种种奇遇，最后吉姆获得了自由，哈克贝利则打算到印第安人保留地那里过自由的生活。

《哈克贝利·芬历险记》是马克·吐温作品中最杰出的一部，这部作品之所以成为一部杰作，是因为马克·吐温不但将美国西部边疆文学的传统体现了出来，而且超越了这种幽默文学的狭隘限制，并将其进一步发扬光大了。

100多年来，这部小说一直广受世界各国人民的喜爱。英国诗人艾略特认为哈克贝利的形象是不朽的，足可与堂吉诃德、浮士德、哈姆莱特相媲美。美国著名小说家海明威曾评价说："整个现代美国文学都来源于马克·吐温的著作《哈克贝利·芬历险记》，这是我们最优秀的一部书，此后还没有哪本书能和它匹敌。"

目 录

第一章

你要是没有读过《汤姆·索亚历险记》这本书，可能就不会知道我了，不过，这没什么关系。

那本书是马克·吐温先生写的，书中的故事情节比较夸张，但还算真实。不过，真实不真实算不了什么，我到现在还没有遇见过从来没撒过谎的人。莎莉姨妈和道格拉斯寡妇，还有玛丽，有关她们的故事，在那本书里都讲了。那本书所讲述的故事都是真实的，虽然有些夸张，对于这一点，我在前面已经讲过了。

那本书的结尾是这样的：汤姆和我找到了强盗藏在山洞里面的钱，一人得到了 6000 块金币。这么多金币，金灿灿的，堆在一起，令人感到震惊。后来，撒切尔法官拿这些钱去放利息。从此以后，我们俩每天都能得到 1 块钱，一年之后，钱多得叫人没法办。道格拉斯寡妇想要让我做她的儿子，她说要教我学学文明规矩，可是每天都待在她的屋子里，日子非常难熬。寡妇的言行举止，那么刻板，那么一本正经，让人感到厌烦，简直就是活受罪。后来，我实在忍受不了，就从道格拉斯寡妇家逃跑了。我又穿上以前的破衣烂衫，重新钻进那只原来装糖的大木桶里，过起了以前的生活，自由自在，逍遥快活。可是，汤姆·索亚找到了我，他对我说他要组织一个强盗帮，若是我回到道格拉斯寡妇家做个体面的人，就可以参加他们，于是，我就回去了。

寡妇看见我时大哭了一场，说我是一只迷途的羔羊，并不停地骂我，不过我知道她并没有什么恶意。她又让我穿上了新衣服，衣服紧紧地包裹着我，让我不停地冒汗，感觉非常难受。唉，那老一套又重新开始了。当寡妇摇动晚餐铃的时候，你就必须要准时到。即使坐在了餐桌旁，在寡妇低下头来对饭菜挑剔几句之前，你是不可以吃饭的。[①] 尽管她所说的和我正在吃的东西没有什么关系，可这是每顿饭都必不可少的规矩。说实话，这些饭菜挺好吃的，只可惜每样都是单独做的，要是把这些饭菜都混在一个桶里，那就不一样了，各种菜混在一起烧，连汤带汁，那味道就更完美了。

吃过晚饭，她就拿出《圣经》来，给我讲一些关于摩西的故事，正好我也急于弄清楚一切关于摩西的事。可是，她说摩西已经死了很久了，这样，我就不再对摩西好奇了，也不想再听关于摩西的故事了。我不想再为他操心，因为我对一个已经死去的人根本没有什么兴趣。

后来，我特别想吸烟，于是就想尽各种办法请求寡妇允许我吸一根烟，但都失败了。她警告我说吸烟是一种不好的行为，并让我死了这条心。有些人在对一件事情还不了解的时候，就只会说三道四。以她对摩西的关注为例，一个已经死去的人，同她没有任何的血缘关系，她却为他费尽心思，操碎了心。我自认为，我吸烟这件事还是有好处的，但她却总是找我的麻烦。她自己就吸鼻烟，可却不认为那是错的，只因为做那事的人是她自己。

她的妹妹名叫华森，是一个身材苗条的老姑娘，鼻梁上架着一副眼镜，近期才搬过来和她住在一起的。她总拿着一本课本来强迫我学习，并且还非常认真地教我。不久，寡妇叫她不要再那么卖力了，而我已经无法忍受了。之后的一个小时非常无聊，我感觉很烦躁，便坐立不安起来。华森小姐总是提醒我说："不要抬脚了，哈克贝利，不要再弄出'嘎吱嘎吱'的声音来了，哈克贝利，坐直身子。"接着她又说："别那

---

① 寡妇是在吃饭前做祈祷，哈克误以为她在抱怨饭菜做得不好。

样子伸懒腰、打哈欠，哈克贝利，你怎么就不能规矩点儿呢?"接下来她对我讲了一些地狱里的事情，我告诉她我还很乐意到那里去呢，她听到我说这句话后就非常生气，但是我说这话并没有一点儿恶意。我只不过是想到处走走，换个环境而已，并没有想太多，我觉得我说得没错。她说我说那样的话非常恶毒，她是无论如何都不会说那种话的，她以后是要去天堂的。我不知道她想要去的那地方究竟好在哪里，因此，我始终坚定自己的想法，不白费力气。但我从没有说出口，因为除了会惹麻烦外没有任何好处。

她一开口就会滔滔不绝地说下去，她详细地给我讲了天堂里的事情。她告诉我说在天堂生活的人，他们天天弹琴、闲逛和唱歌，一直都是这样。在我看来，那样的生活也不怎么样，不是我追求的生活，不过我从没有说过这样的话。我问她，汤姆·索亚能不能到那儿去，她回答我说他还差很远呢。听到她这么说之后，我就松了口气，因为我不想和他分开，想永远和他在一起。

华森小姐总是找我的麻烦，让我非常厌烦。一会儿，她们便把那些黑人①召集到了屋里做祷告，后来大家就都睡觉去了。我将一支蜡烛拿到我的房间，放在桌子上，然后就坐在了窗前的一把椅子上，我尽量想一些让心情愉悦的事情，但是却想不出来。我感到非常无聊，真想一死了之。漆黑的夜空中，星星在不停地闪烁着，林间的叶子发出"沙沙"的声音，让人感觉很凄凉。我听见一只猫头鹰因有人死去而发出"咕咕"的叫声，还听见一只夜鸥②和一条狗的叫声，或许是有人将要死去吧。风从我的耳畔呼啸而过，像是在对我说悄悄话，可是我却听不懂它究竟在说什么，直吓得我浑身打战。不一会儿，从远处树林中传出一种鬼叫声，那亡灵像是在诉说心事，可又说不清楚，这令它不能安心地待在坟墓里，只得在每个夜晚都出来游荡，边走边发出痛苦的哭号。我被恐惧笼罩着，真希望此时能有个人陪在我身边。一会儿，一只蜘蛛爬到我的肩上，我用手指将其弹掉，没想到它恰巧掉在了蜡烛上，还没等我

---

① 本书的开头，哈克正在密苏里州，当时是实行奴隶制度的州。
② 一种产于美国东部和加拿大的夜鹰。

反应过来，它就被烧成一团焦黑了。毋庸置疑，这预示着将会有不好的事情发生，我肯定会倒霉的。我感到非常恐慌，就赶紧拍了拍身上的衣服，起身转了三转，每转一圈就在胸前画一次十字。然后，为了避邪，我又用一根线把一撮头发扎了起来，可是，我心里依然很恐慌。我曾听人说过，如果你捡到一块马蹄铁，没有将其钉在门框上，反而把它弄丢了，你就能使用这种方法消灾，可是我从未听过通过弄死一只蜘蛛这种办法就能够消灾的。

我坐了下来，浑身直打战，拿出烟斗，抽了一口烟，现在整个屋子里死一般的寂静，所以寡妇不会知道我在抽烟。过了好一会儿，我听到远处镇上的钟声传来，"当——当——当"响了12下，然后又是一片寂静，甚至比刚才还要静。突然，我听到一根树枝折断的声音，在那树丛深处——有什么东西在活动。我一动也不动地坐着静听，立刻就听到隐隐约约从那边传来"喵喵"的声音，太棒了！我也发出"喵喵"声，尽量压低声音，然后吹灭蜡烛，爬出窗口，翻到棚子顶上，再溜下地，爬进树丛，没错，汤姆·索亚正在那儿等着我。

第二章

　　我们沿着树丛中的小路，小心翼翼地走向寡妇花园的尽头。我们一路上弯着腰走，免得树枝擦破头皮。当我们经过厨房的时候，我被树根绊了一跤，发出了响声。我们赶紧蹲下，一动不动。华森小姐身边的那个大高个儿的黑奴，叫吉姆①，正坐在厨房门口。我们看他看得很清楚，因为他的身后有一盏灯正亮着。他站起身来，伸着脖子仔细听了一会儿，然后说："是谁？"他又仔细听了一会儿，然后小心翼翼地走下来，站在我们两个人中间，我们几乎能摸到他了。就这样过了好长时间，一点儿声响也没有，我们三个人靠得那么近。这时，我的脚踝骨上有一处直发痒，可是我却不敢去抓挠。接着，我的耳朵又痒了起来，还有我的脊背，两肩正中间的位置也痒了起来，有种不挠几下就会痒死的感觉。从那次以后，我就发现有好多次都是这样的。要是和上流社会的人在一起，或是参加葬礼，或是明明睡不着却偏偏要睡……总之，凡是不容许你抓痒的地方，那你全身就会有一千处地方痒起来，我也不知道为什么。不一会儿，吉姆又说："喂，你是谁？你在哪儿？我要是没听

――――――――――

　　① 吉姆的原型是马克·吐温幼年时在密苏里州佛罗里达镇叔叔的农庄里认识的一个黑奴，名叫"丹尼尔大叔"。马克·吐温说，正是在那个农庄里，他深深地爱上了他（指丹尼尔大叔）那个"民族"，并"称赞他们的一些优秀品质"。

到什么响声，那才见鬼了呢。好吧，我知道该怎么做了。我要坐在这里，直到再听到响声为止。"

于是他就背靠着一棵树，坐在我和汤姆之间的地上，伸出双腿，有一条腿差点碰到了我的腿。我的鼻子又痒起来了，痒得我几乎眼泪都要流出来了，但是我还是不敢抓。紧接着鼻孔里面也痒起来了，随后屁股也开始发痒，我不知道要怎样才能坐着不动。这种难以忍受的痛苦感觉真是难以名状，它持续了六七分钟。我现在身上有十多处地方在痒，我一分钟也忍受不下去了，可是我还是咬紧牙关，准备熬下去。就在这时候，吉姆的呼吸声变粗了，接着就打起呼噜来，顿时我又觉得浑身舒服了。

汤姆用嘴巴轻轻出了点儿声音，暗示我们一起在地上爬。我们爬了十英尺左右的时候，汤姆悄悄告诉我，他想把吉姆拴在树上，跟他开个玩笑。我说要是把他弄醒了，他会闹起来的，那他们就会发现我们不在屋里。接着，汤姆又说他没带够蜡烛，要溜进厨房里去再拿些出来。我不想让他去拿，我说万一碰上吉姆就麻烦了，可是汤姆想冒一下险，于是我们溜进厨房，拿了 3 支蜡烛。汤姆在桌上放了 5 分钱，算是付了款，然后我们走出厨房。我急着要离开这个是非之地，可汤姆非要爬回吉姆那里戏弄他一下不可。我等了他很久，四周静悄悄的，显得冷冷清清。

汤姆一回来，我们就顺着小路一溜烟儿跑了，绕过花园的篱笆，很快就爬上了房子对面那座陡峭的小山顶。汤姆说他把吉姆的帽子轻轻地从他头上摘下来，挂在他头顶上的一根树枝上了，吉姆动了一下，不过没醒。吉姆后来逢人便说是巫婆对他施了魔法，骑着他到处走；然后又把他放在树下，将他的帽子挂在树枝上，好让他知道这事是谁干的。吉姆第二次讲这件事的时候，就说巫婆们骑着他到新奥尔良去了一趟。以后他每讲一次，就夸大一次，不多久，竟然说女巫们骑着他周游了全世界，把他累个半死，他背上都长满了暗疮。吉姆对这事感到特别自豪，别的黑人他都不放在眼里了。吉姆在那一带备受尊重，许多人都慕名来听他讲故事。外地来的黑人常常张开嘴站在他旁边，浑身上下打量他，好像遇见了一个奇人。黑人们喜欢靠近灶火，坐在黑咕隆咚的地方讲巫婆的事，可是每当人家正讲得兴高采烈、装出对这事无所不知的样子时，吉姆总是假装偶然碰上了，走过来说："哼！你知道什么巫婆的事！"那个黑人就立马闭上嘴，坐到后面去了。吉姆总是用一根绳子拴着那个五分钱硬币挂在脖子上，他说这是魔鬼亲手给他的一个护身符。魔鬼对他说，他可以用它给任何人治病，如果他愿意，还可以用它来驱魔，只要对它念几句咒语就行了，不过他从没有说过念什么咒。黑人常常从四面八方来看他，把随身带的东西都送给他，只是为了看一眼那枚五分钱硬币。可是他们都不愿碰它，因为魔鬼用手拿过。这样一来，这个用人的差事，吉姆差不多干不下去了，因为他见过魔鬼，又让巫婆们骑过，便自以为了不起，还愿意侍候人吗？

好了，还是说正题吧。汤姆和我走到山脊上，我们望着下面的村庄①，看到有三四处灯火在闪闪发光，也许那儿有人病倒了吧。我们头上有亮晶晶的星星，山下村子旁边的那条河有 1 英里宽，此时，也显得异常宁静壮美。我们下了山，看见乔·哈泼、本·罗吉，还有两三个别的男孩，躲在那个老制革厂里。于是我们解开一只划子，顺流而下，走了两公里半，划到山坡上那个大断崖边，上了岸。

我们向一个灌木丛走去，汤姆让大家发誓保守秘密，然后指给他们看一个山洞，那山洞正好藏在茂密的灌木丛深处。我们点燃蜡烛，爬进洞里。山洞在 200 码光景处，便豁然开朗。汤姆在几条通道间摸了好一阵子，突然一猫腰，钻到一堵石墙下面去了，你通常不会注意到的，那儿有一个小洞。我们顺着这条狭隘的通道朝前走，来到一个像房间模样的地方，这里又湿又冷，到处渗出小水珠，我们在那儿停下不走了。汤姆说："我们成立个强盗团队吧，就叫它"汤姆·索亚帮"好了。凡是参加者都要发誓，而且要写血书。"

大家都愿意参加，于是汤姆拿出一张上面写着誓词的纸来读，誓词是这样写的："每个人都要忠于团队，绝不能泄露任何秘密，若有人伤

---

① 圣彼得堡村，在《汤姆·索亚历险记》中初次出现。它的原型是密苏里州的一个河边小镇汉尼拔，马克·吐温从 4 岁起就在那里生活。

害了本团的成员，不管命令谁去杀那个人和他全家，他都得照办。在杀掉他们并在他们胸前用力画出本团的标记'十'字以前，不准吃饭，不准睡觉。不属于本团的任何人不能使用这个标记，要是用了，就要对他提出控告；如果再犯，就把他处死。倘若本团内部有人泄露秘密，就割断他的喉咙，然后焚尸扬灰，再用血把他的名字从名单上涂去，本帮永远不再提他，还要臭骂他一顿，永远把他忘掉。"

大家都说这誓词写得很好，就问汤姆是不是自己想出来的。汤姆说有些是他自己想的，其余的是从描写海匪和强盗的书上抄来的。他还说，每一个正经的强盗帮都有这样的誓词。

有的人认为，泄密的人全家也应杀掉。汤姆说这个主意好，便把这一条也写进去了。接着，本·罗吉说："哈克·芬没有家，那怎么办？"

"哎，他不是有个父亲吗？"汤姆·索亚说。

"不错，他是有个父亲，没人知道他在哪儿。他以前是个酒鬼，和制革厂的猪睡在一起，但是他有一年多没在这一带露面了。"

他们商量了一阵，准备把我排除在外。他们说，每个男孩必须有一家子或什么人可杀，不然的话，对别的孩子来说就不公平了。可是谁也想不出别的办法来，大家都坐着不吭声，我差点儿要哭了，可是突然间，我想出了一个办法。我把华森小姐端了出来，他们可以杀她嘛，大家都说："啊，她是可以的，这就好了，哈克可以入帮了。"

之后，每个人都立下了血书。

本·罗吉说："那么我们这个帮准备做哪路买卖？"

"我们只做杀人抢劫的行当。"汤姆说。

"那我们抢谁呢？是到别人家里去抢，还是偷牲口，或者——"

"废话！偷牲口这一类东西不算明抢，只能算暗偷。"汤姆·索亚说，"我们不是小偷儿，那太没气派，我们是拦路抢劫的强盗。我们要戴着面具，在路上拦劫驿车和私人马车，把人杀掉，把他们的表和钱通通拿走。"

"我们必须杀人不可吗？"

"那还用说。杀人是最好的办法。有些行家里手却不这样看，可是大多数人认为除了你带到这个洞里来的那几个人以外，其他的最好都杀掉，带来的人要关在这里等人来赎。"

"赎？赎是怎么回事？"

"我也不清楚。我在书上见过，他们都是这样干的，所以我们也得这样干。"

"可是如果我们不清楚赎是怎么回事，又怎么动手干呢？"

"哎，去你的吧，我们非这样干不可。我不是对你说过书上明明写着吗？难道你不想按书上写的去干，非要把事情搅得一塌糊涂吗？"

"啊，汤姆·索亚，话虽好说，可是如果我们不知道怎样让人来赎他们，这帮家伙又怎样才赎得出去呢？我想要弄明白的就是这一点，你琢磨那是怎么回事？"

"嘻，我不知道。我们把他们关起来等人来赎，可能会把他们一直关到死吧。"

"哟，这倒有几分像，问题搞清楚了。你怎么不早说呢？我们就把他们关到死为止吧。那他们真成了我们的累赘呢，把东西都吃光，还老想逃出去。"

"看你说的，本·罗吉。有卫兵守着他们，只要他们逃跑，就开枪打死他们，他们哪能跑得出去呢？"

"卫兵！嗯，挺好。那么就得有人通宵坐着监视他们，不能睡觉。我看那样做很蠢。应该等他们一到这儿就拿根棍子把他们都赎去。"

"原因就是书上没写。喂，本·罗吉，你是想按规矩办事呢，还是不想？对了，就是这个意思。你真以为写书的人不知道该怎么做吗？你认为你还能教给他们点什么吗？差得远呢，先生，我们只能干下去，按老规矩赎他们。"

"好吧，我无所谓，可是不管怎样，我觉得那是个笨办法。喂，我们也杀女人吗？"

"本·罗吉呀，我如果是你，我就会闭嘴。把女子杀掉，不！谁也没在书上见过这种事。你把她们捉到洞里来，对她们总是客客气气的，过不了多久，她们就会爱上你的，再也不想回家了。"

"好吧，如果是那样，我就赞成，不过我可不信这种做法。不一会儿这个洞里就会挤满妇女和等着赎身的男人，就没有我们强盗容身的地方了。你接着往下说吧，我没什么好说的。"

这时候，小汤米·巴恩斯睡着了，他们把他叫醒了，他害怕地哭起来，说要回家找他妈去，再也不愿当强盗了。

于是大家都来取笑他，管他叫哭娃娃，这下子可把他惹火了。他说他马上就去把他们的秘密都讲出来。汤姆塞给他 5 分钱，叫他不要乱说，还让大家都回去，等下个星期再聚在一块儿，抢几个人的东西，再杀几个人。

本·罗吉说，他平时很少出门，除了星期天，所以他主张下个星期天再聚会。但是其他男孩儿都说，星期天干这样的事情是罪过，最后这件事就被取消了。大家都赞同要再碰一次头，尽快定一个日子，接着我们选举汤姆·索亚作为本帮的首领，乔·哈泼作为副手，之后大家就各自回家了。

我爬上棚顶，从窗口爬进屋里，那时天刚蒙蒙亮。我的新衣服上都是蹭上的油污和泥土，我十分疲惫，浑身一点儿力气也没有。

第三章

第二天早上，因为衣服的事，我被华森小姐臭骂了一顿，不过道格拉斯夫人倒没有责备我，只是把我衣服上的油渍和泥土都清理干净了，一脸难过的样子，这反而让我感到深深的自责。后来，华森小姐把我领到那间小房间里，做了祷告。不过，祷告没有什么作用，可她让我每天都要做祷告，还说我求什么就能得到什么。但事实并不是这样的，因为我已经试过了。有一次，我搞到一根钓鱼竿，可是没有钓鱼钩。没有钓鱼钩，只有鱼竿能有什么用？我为了弄到钓鱼钩，祷告了三四次，可是一点儿都不灵验。有一天，我请求华森小姐帮我祈求一下，可是她说我是个傻瓜。至于什么原因，她却没有说，我自己也不知道究竟是什么原因。

有一次，我自己一个人待在树林后边，思考了很久。我想了想，如果只要做祷告，求什么就会实现的话，那么，教堂管事威恩怎么就没有讨回他买猪肉丢的钱呢？寡妇为什么就找不到被偷走的那只银器的鼻烟盒子呢？华森小姐又为什么不能长得胖一点？我想一定没有那回事。我对寡妇说了这个想法。她说，一个人，做了祷告，所能得到的是"精神方面的安慰"。这对我可太难了。不过，她倒是把她的意思都对我讲了，说我务必帮助别人，该为了别人奉献一切，并且时刻照顾他们，却从不想到自己。据我推想，这包括华森小姐在内。我进了树林子里，琢磨了好长时间，可是我看不出这样琢磨有什么好处，除了对别的人有好处。这样，我又何必为这个操心，还是随它去吧。有的时候，寡妇会跟我讲上帝如何如何好，能让小孩子听了直流口水，可是到第二天，华森小姐也许会抓住了你，把原先那一套打得粉碎。我便想，这样看来，会有两个上帝。要是能遇上寡妇说的那个上帝，就会有出头之日；不过，要是被华森小姐的上帝管住了的话，那就什么都捞不到了。我想来想去，看来我还是信奉寡妇那个上帝划得来，尽管我不明白，只要他肯收我，他总能比他过去那样的更好些，因为明摆着我那么笨，那么下贱，脾气又坏。

至于我爸爸呢，我可有一年多没有见我爸爸的面了。这样，我也可以自在些，我根本不想再见到他。他不醉的时候，只要见我在一旁，总要揍我；而我呢，只要和他在一起，总是想溜进林子里去。记得有一回，人家说他在河里淹死了，说是在离镇上十几英里处。他们说，肯定是他，没错。说淹死了的那个人身材与他相似，穿着破旧的衣衫，头发长得出奇。这一切正是我爸爸的模样，因为泡在水里太久，从脸上就看不出来了，脸已模糊不清了。人家说，他身子漂在水面上，打捞上来后，就在河边埋葬了。不过我并没有能舒心多久，因为我突然想到了一件事。我很清楚，淹死的人绝不是脸朝天浮在水面上的，而是背朝天的。所以我就推断，那根本不是我的爸爸，而是一个穿了男人衣服的女子。这样，我就舒坦不起来了。尽管我不希望他会回来，但老头儿有一天总会出现。

已经两个月了，我们还是玩充当强盗那码子事儿。后来我退出不干了，其他人也一个个全都退出了。我们并没有抢劫过什么人，也没有杀过什么人，不过是装成这模样罢了。我们总是从林子里冒出来，冲向那些赶猪的人和那些赶着车把蔬菜运往菜市场去的妇女。不过我们从未将她们扣押过。汤姆·索亚把那些猪称作"金条"，把萝卜之类的东西称作"珍宝"。我们回到山洞里去，吹嘘我们的功绩，吹嘘我们杀了多少人，吹嘘给多少人留下了伤疤。但我感觉不出这有什么意义。有一次，汤姆派一个哥儿们手里举着一支火把，到镇上跑了一圈。他把这火把叫作信号（是通知全帮的哥儿们集合的）。接着，他从他的眼线那里得到了秘密情报：明天，有一大队西班牙商人和阿拉伯富翁要到"洼洞"那里过夜，随身带有全装着珍珠宝贝的300头大象、800匹骆驼和1000多头"驮骡"，他们的警卫仅有200个人。因此，他想让我们不妨来一个突击，把这伙子人杀掉，把财宝抢过来。他说，我们要把刀枪擦亮，做好一切准备。他连一辆装萝卜的车子都应付不了，却非得把刀枪全都擦洗好，准备一切。其实那些不过是薄木片和扫帚把的刀枪，你再怎么擦也不会亮，这些东西也不会变样，不过是一堆灰烬罢了。我怎么也不相信就凭我们能打垮那群西班牙人和阿拉伯人。不过，我倒想见识见识那些骆驼啊、大象啊之类的。因此，第二天，星期日，我也参加了伏击，一得到命令，我们就冲出林子，冲下小山。不过没见西班牙人和阿拉伯人，没见骆驼，没见大象。只是主日学校举行的一次野餐，而且只是一年级学生参加。我们把他们冲散了，把小孩子们冲进了洼地。不过除了一些甜面包、果子酱，我们什么也没有捞到。朋·罗杰斯总算捞到了一只破烂的洋娃娃，乔·哈泼搞到了一本赞美诗集和一本小册子。接着，他们的老师赶来了，我们只能把一切全扔掉，赶快逃走。我可没有见到什么钻石，我也对汤姆·索亚这么说了。他说，反正那里一批批有的是。他还说，那儿还有阿拉伯人，还有大象，还有其他好多。我问，怎么我看不见啊。他说，只要我不是这么笨，并且读过一本叫作《堂吉诃德》的书，我便不会这么问了，就会懂得了。他说这是魔法搞的。他说，那儿有成千上万的士兵，有大象，有珍珠宝贝等，不一而足。不过，我们还有敌人，他把他们叫作魔法师，是他们，把整个儿这一切摇身一变，变成了主日学校，就只是为了存心捣乱。我说，既然这样，我们该干的就是要去寻找那些魔法师了。汤姆·索亚说我真是个笨蛋。

"那怎么行，"他说，"一个魔法师能召唤出一大批精灵，你们还未来得及喊一声'哎哟'，就会被剁成肉酱。他们各个都强大无比。"

"啊，"我说，"要是能有一些精灵帮我们那就好了，那样，我们就能把那帮子人打垮了吧？"

"你怎么能找到他们呢?"

"那我就不知道啦,可别人又是怎么找到他们的呢?"

"啊,他们把一盏旧的白铁灯或者铁环那么一摸,精灵们便在一阵阵雷声隆隆,一道道电光闪闪,烟雾腾腾中,'轰'的一声涌现了。然后他们就会听命于你。要他们把一座炮弹塔从塔基上拔起来,或是要他们用皮带抽打一个主日学校监督或是别的什么人的脑袋,在他们看来,那都是小事一桩。"

"谁让他们这么飞快地赶来的呢?"

"毫无疑问,当然是那个擦灯、擦铁环的人。他们得听从擦灯、擦铁环的人的指令,他怎么说,他们就得怎么干,要是他叫他们造一座45英里长、用珍珠宝贝砌成的宫殿,里边装满口香糖,或是别的什么的,再把一位中国皇帝的公主嫁给你,那他们也得服从命令去办,并且一定要在第二天太阳升起以前办好。还不仅如此,他们还得把这座宫殿在全国各地来回地搬来又搬去,只要你高兴到哪里就到哪里,你懂吗?"

我琢磨这件事情,琢磨了两三天的时间,最后决定不妨试上一试,看油灯里究竟有没有精灵存在。我搞到了一盏破旧的白铁灯和一只铁环。我跑进树丛里,擦啊擦啊,擦得我全身湿透了,为的只是希望建一座宫殿,然后卖掉它。可是完全是白费功夫,什么也实现不了,因为精灵始终没有出现。因此我断定,这全是汤姆·索亚骗人的把戏。我估计,他依旧相信阿拉伯人和大象的存在,可我并不那么想。我看得非常明白,这一切不过是主日学校的那一套罢了。

第四章

时光飞逝，三四个月的时间转眼就过去了，现在是隆冬时节。在这段时间里，我差不多每天都会去上学，我能拼音，还能念几篇课文，也能写上几句话，还能背乘法表背到五七三十五。可是要让我再背下去，这辈子也做不到了。总而言之，我对数学没有一点儿兴趣。

刚开始，我非常痛恨学校。不过没过多长时间，我也就慢慢地习惯了，并且可以坚持下去了。当我感觉很厌倦的时候，我就会逃学。第二天挨的那顿鞭打对我也有好处，它让我的精神更加振奋。因此我上学的时间越长，感觉也就越好。对于道格拉斯寡妇的行为，我也慢慢习惯了，感觉并不那么令人讨厌了。住在家里，不管干什么，都被管得很紧，我觉得很受束缚。天气还不是很冷的时候，我就经常偷偷溜出去，有时候就睡在林子里，这才是我想要的休息。我挺喜欢我过去的那种生活，不过现在也开始适应新的生活了。寡妇说我有进步，虽然慢点儿，可还稳当，我的表现很令人满意，她说我没有丢她的脸。

一天早晨，在吃饭的时候，我不小心把盐罐打翻了。我急忙伸手去抓撒在桌上的盐，想把它从我左肩上扔到身后去，好把坏运气赶走。但是华森小姐抢先拦住了我，说："把手拿开，哈克贝利，你总是把事情弄得一团糟！"寡妇替我说了两句好话，但是我心中明白，那不能给我带来好运。吃完早饭，我就出了门，心里有股莫名的烦躁。有些坏运气有办法赶走，但是这回情况不同，所以我就听之任之，不去想办法，只是垂头丧气，提心吊胆地游荡。

我来到前面的花园，爬过进出高栅栏的梯磴。地上新降下的雪有1英寸厚，我发现雪地上有人踩出的脚印。那人是从采石坑那边走过来的，在梯磴附近站了一会儿，然后绕着花园的栅栏走过去了。有意思的是，那人只是在各处停留了一会儿，没有进园。我觉得不可理解。不知什么缘故，我觉得挺怪。我正准备跟着脚印走一圈，可是在迈步之前，我先弯下腰去察看脚印。开始，什么也没看出来，可是紧接着就看出了蛛丝马迹。左脚的靴跟上有个大钉子钉成的十字，是驱鬼避邪的。

我立刻直起腰来，朝山下跑。我不断回头看，但是没看见半个人影。我拼命快跑，一口气跑到了撒切尔法官家里。他说："哎呀，孩子，你气都喘不过来了。你是来要利钱的吧？"

"不是，先生，"我说，"我有利钱吗？"

"有啊，昨晚把半年的利息收来了，一共150多块，对你来说是发了一笔财呀。这笔钱在你手里肯定会被花掉的，所以你最好还是让我把它连同你原来的钱一起放出去吧。"

"不会，先生，"我说，"我不想花掉它，这笔钱我根本就不想要，那6000块钱我也不要，我想让您拿去，我想把它送给您，连同那6000块一起送给您。"

他露出惊讶的神色，好像感到莫名其妙似的。他说："哎呀，我的孩子，你这是什么意思呀？"

我说："这件事请您别再问我了，您把钱拿去，好吗？"

他说："嘻，我被你弄得莫名其妙了。是不是出了事？"

"请您拿去吧，"我说，"不要问了，不然的话我就得说假话了。"

他考虑了一会儿，然后说："哦——嗬，我明白了。你打算把你的家产都卖给我，不是白送，这想法倒是对的。"

他随后在一张纸上写了几句话，念了一遍，说："那，你看，这儿写着'作为补偿'，意思就是我从你手上买过来，钱已经付给你了。这

1 块钱是给你的，现在你签个字吧。"我签完字就离开了。

华森小姐的黑奴吉姆有个拳头那样大的毛球①，那是从一头公牛的第四个胃中取出来的，他经常用它来施法术。他说里面藏着个无所不知的精灵。于是那天晚上我去找他，告诉他我爸爸又回到这儿来了，因为我在雪地上发现了他的脚印。我现在想知道他打算干什么，他是不是要在这儿待下去？吉姆把毛球拿出来，对着它念念有词，然后把它举起来，手一松，它就掉在地板上了。它稳稳地落在地上，大约只滚动了 1 英寸。就这样，吉姆反复试了三次，可每次的情形都没变化。吉姆双膝跪下，耳朵贴着毛球听了一会儿，但是没起作用。他说毛球不愿意说话。他还说，有时候，你不给钱，它就不肯说话。我说我有一枚伪造的两毛五的旧硬币，滑溜溜的，因为镀的银掉了一点，里面的铜露出来了。即使铜没露出来，因为它滑得就像抹了油一样，每次用它都被人识破了。（我不想说起我从法官手上得来的那块钱）我说那确实是个不中用的钱，因为毛球分辨不出真假，或许毛球愿意收下它。吉姆把钱接过来嗅一嗅、咬一咬，又擦了几下，说他有办法让毛球把它当作真钱。他说只要把它夹在切开的土豆里过一夜之后，就看不见铜了，这样就连镇上的人也都无法分辨它的真假，更别说是毛球了。喔，我以前也知道土豆有这个本领，但是我把它忘了。

吉姆把硬币放在毛球底下，又趴下去听。这回他说毛球肯说话了。他说如果我想要毛球给我算命，它就可以给我算得一清二楚。我说，那就算吧。

于是毛球对吉姆说话，吉姆又把毛球说的话转告给我。他说："你老爸他自己也不知道要干啥。有时候他想走，有时又不想走。最好的办法是要耐住性子，老头子爱干什么就让他干什么好了。因为有两个天使在他头顶上转悠，一个白，一个黑，那个白的浑身发光，要他走正道；一会儿，那个黑的又跑过来捣乱。现在没有人知道他究竟会听从哪个天使的。可是你不会有事的。在你的一生中，你会遇到一些困难，同样也

---

① 牛、猫等动物爱舔毛，常将毛吞入胃中，久而聚成团。吉姆迷信，常用毛球给人算命，卜吉凶祸福。

会有很多开心的事情。有时候你可能会受点伤,也会生点病,可是不用担心,你总可以逢凶化吉的。在你的一生中,会有两个姑娘追求你,一个白的,一个黑的,白的富有,黑的贫穷。你会先娶那个贫穷的,不久之后,你又会和那位富有的小姐结婚。你要尽可能地躲开水,最好离远一些。千万不要去冒险,因为这儿写着你是被绞死的。"

那天晚上,我点着一支蜡烛上楼,当我回到房间时,我看到爸爸正在那里坐着,没错,就是他!

第五章

　　我把房门关上，硬着头皮转过身子，可是一转身，就见到他了。以前我总是害怕他，因为他经常打我，非常凶。我想这回我依然会害怕他。但是，不久我就知道我错了。虽然他突然出现，让我连大气都不敢喘，不过过了一会儿，我知道我用不着怕他什么。

　　他快50岁了，看起来也像这个年纪。他头发长长的，乱糟糟，油腻腻，披在肩上；他的眼睛一闪一闪的，像是躲在青藤后面；他没有白头发，他那肮脏的胡子也是如此。他的脸色苍白，不是一般人那种白色，是让人见了感觉很难受的那种苍白，就像树蛙的那种白色，就像鱼肚白的那种颜色；他的衣服破破烂烂的，那就更不必说了。他跷着二郎腿，一只脚上的靴子开了口，两个脚趾露在外面，还不时地动几下。他的帽子被他扔在地上，那是顶黑色的旧宽边帽子，帽顶凹陷，并且破了个大洞，像个锅盖一样。

　　我在这边站着，看着他；他也同样看着我。他坐的那张椅子有点儿往后翘。我把蜡烛放下来，我发现窗户被打开了，看来，他是从窗子上爬进来的，他一直盯着我看。后来他说："穿着笔挺的衣服……挺挺的。你以为自己是个了不起的人物了，是吧？"

　　"也许是，也许不是。"我说。

"你还在狡辩，"他说，"自从我走了以后，你可越来越大胆了吧。我非得挫挫你的威风，不然我和你就没完。听说，你还受了教育，能读会写。你以为你如今比你老子能了，是吧？我照样能揍你。谁教你干这些蠢事，嗯？"

"是寡妇，是她告诉我的。"

"嘿，那寡妇？……又是谁让那寡妇多管闲事的？"

"没人。"

"好，让我来教训教训她，多管闲事，是不会有好下场的。听着……不许你上学去了，听明白了吧？一个小孩子，装得比他老子还神气、还逞强，教他这么干的人，我可要好好教训她才行。不准你去学校了，让我发现了可不饶你，听到了吗？你妈她生前和我一样。如今，你却神气起来了，会读会写了。难道我像是能容得下这种人的吗？让我听听你是怎样读的。"

我拿起一本书来，从讲到华盛顿将军和独立战争的地方读了起来。还没等我读完一分钟，他伸手把书抢过去，摔到了屋子那一边去。他说："哈哈，你还真不赖呢，之前，我还有些不相信，不过现在，你听着，绝对不许你再跟我装腔作势了。你这不自量力的家伙，我会守候着的，要是我在学校附近逮住了你，会够你受的。首先，你要知道，一上学，你就会信教，我可从未见过像你这样的一个儿子。"

他拿起了一幅小小的上面画着几头牛和一个小孩子的画片。他说："这是什么东西？"

"这是人家发的，用来奖励我学习的。"

他一把撕碎了，说："我会给你比这更厉害的——给你一根皮鞭子。"

他坐在那儿，气呼呼地发泄了一会儿，又说："难道你还够不上一个香喷喷的花花公子吗？一张床，不仅有床单被褥，还有一面镜子，地板上还铺着地毯，可你的老子只能在旧皮革厂里和猪睡在一起，我可从未见过这样一个儿子。要不把你这股威风杀掉，那还得了。哼，你那个神态可算得上派头十足啦，人家说，你发了财，啊，事情就是这样？"

"人家撒谎，就是这么回事。"

"听我说，该怎么样跟我说话，这可得留点儿神。我什么都经历过了，所以不许你瞎讲。我回镇上两天了，我听到的都是你发了一笔财。我在下面河上的时候就听说了，我就是为了这个才赶回来的。明天你把钱给我，我要这笔钱。"

　　"我可没有什么钱。"

　　"胡说。你的钱都由撒切尔法官帮你收着，我要这笔钱。"

　　"我真的没有什么钱。你不信可以去问撒切尔法官。"

　　"好吧，我会问清楚的。我会叫他交出来的。否则，我也要他讲清楚理由。再说，你现在还有多少钱？我有用。"

　　"我仅有 1 块钱。我有我的用处……"

　　"你有什么用处，这算不了什么，你给我把钱交出来。"

　　他把钱拿了去，咬一咬，看是真是假。接着他便到镇上，去买威士忌酒喝了。他爬出窗子，上了棚屋，一会儿又探进头来，骂我装出的派头比他还强。后来我以为他已经走了，可他又回来了，又探进头来，要我对不许上学的事认真看待，还说，要是我还坚持上学，他会狠狠揍我一顿。第二天，他喝醉酒来到了撒切尔法官家里，胡搅蛮缠地让法官把钱交给他，可是没得逞，他就诅咒发誓，要诉诸法律，逼他交出来。

　　法官和寡妇告到了法院，要求判我和我爸解除父子关系，由他们中的一个充当我的监护人。但新来的法官，不了解老头儿的情况，所以判决，不到万不得已，法院不能强行干预，拆散家庭。他不主张叫孩子离开父亲。这样一来，撒切尔法官和寡妇也没办法了。

　　这下可把老头儿高兴坏了。他说，要是我不能给他钱，他就要狠狠地揍我，拧得我青一块紫一块的。我只好从撒切尔法官那里借了 2 块钱，给他拿去。结果，他喝得大醉，到处胡闹、乱骂人、装疯卖傻，而且敲着一只白铁锅，跑遍了全镇，直到深夜。人家因此将他关了起来，第二天，把他带到法庭之上，又给判了关押一个星期。可是他呢，却说他挺高兴的，说他是能管住他儿子的主子，他一定会叫他好受的。

　　他被放出来以后，新上任的法官说要让他重新做人。他把老头儿带到了他自己的家里，让老头儿穿上干净的衣服，洗漱得整齐，请他跟他全家人一起吃饭，诚心诚意地对他，把他当他朋友一样对待。之后，又跟老头儿讲戒酒之类的一套道理，这让老头儿觉得自己以前的行为真是太愚蠢了，虚度了一生的光阴。现在，他要翻开人生新的篇章，成为一个真正的人，不让人为了他感到羞愧，希望法官能帮他一把，别看不起他。法官说，听了他这些话，要拥抱他。法官都哭了，他妻子也一样。我爸爸说，他过去是一个总是遭到人家误解的人。法官说，他信。老头儿说，一个落魄的人，需要的是关爱。法官说，这话说得对。这样，他们就又一次哭了起来。这一直持续到要睡觉的时刻。老头儿站起来，把手朝外一伸，一边说："先生们，全体女士们，请看看我这双手吧，请抓住它、握住它，它曾经是一只猪的爪子，可现在变了，如今它是一个正开始新生的人的手了。我宁愿去死，也绝不走回头路。请记住这些话……别忘了是我说的。如今这已是一双干干净净的手了……别怕。"

这样，他们便一个一个地握手，握了个遍，都哭了。法官的太太，她还亲了这双手。接着，老头儿在一份保证书上签了字，画了押。法官说，这是有史以来最庄重、最神圣的时刻，总之说了许多诸如此类的话。然后老头儿被送进一间陈设漂亮的房间，那是间空闲的房间。有一天晚上，他突然酒瘾发作，就向门廊顶上爬去，并借着一根柱子爬了下去，他用那件新上衣换了一壶"四十杆子"，之后又爬回房间，痛快了一番。喝得烂醉的他，等到天亮的时候，又顺着门廊溜下来，结果摔断了胳膊；当被人发现时，他快要被冻死了。当他们怀着好奇心想要到那个房间去看的时候，发现屋里十分零乱，连落脚的地方都没有。

法官呢，他非常生气。他说，他想唯有拿枪对着他，才可以让那个老头儿改过自新，除此之外，他也没有什么好办法了。

第六章

没过多久，痊愈后的老头儿又出现在镇子上了。他找到撒切尔法官打官司，让他交出钱来；他也找过我，责骂我没有退学。他还用鞭子打了我两次。但我照旧上学，大多数时候都能躲过他，或是他没追上我。以前，我不是很喜欢上学，现在为了故意让父亲生气，我觉得还是只有上学才行。法院办案子经常拖泥带水，他们似乎也理不出个头绪来，因此为了不挨父亲的鞭打，我只得常常去法官那儿借钱。他每次都喝得醉醺醺的；每回喝醉了，就跑到镇上闹事；每回闹事，就得进监狱。他总是这样做。

后来，他经常在寡妇的家门口转悠，寡妇警告他说，如果他总赖着不走，她就要教训他了。哎，他是疯了吗？他说他想要让大家看看到底是谁能管得住哈克·芬。开春后的一天，我被他抓住了。他用只小划子，把我带到河上游大约3英里的地方，然后再划过河到伊利诺斯州这边来了。河岸边林木茂盛，除了一所旧木屋，附近没有人家，木屋搭在树木茂密的地方，你要是不认识路，就别想找到。

我总找不到机会逃跑。我们住在那个旧木屋里，一到夜晚，他经常把门锁上，把钥匙压在头底下睡觉。他有一支长枪，我琢磨着是偷来的。我们靠钓鱼、打猎过日子。没过多久，他就把我锁在屋里，然后走上 3 英里，到渡口边的小店去用鱼和打来的野味换威士忌酒，拿回来喝个痛快，然后又揍我一顿。没过多久，寡妇就打听到了我住的地方，她让人来领我回去，但是爸爸用枪把他撵走了。之后，我竟习惯待在我住的那个地方了，而且喜欢上了那种生活——除了不喜欢鞭子，别的方面都喜欢。

整天不干活，舒舒服服地过，抽抽烟，钓钓鱼，一不用读书，二不用学功课，可以说这就是快活吧。这两个月下来，我已经变得蓬头垢面、衣衫褴褛了。当初在寡妇家里住的时候，你得勤洗手脸，东西要盛在盘子里吃，要梳头，按时睡觉、起床，老捧着一本书费心伤神，而且老华森小姐还老找你的碴儿，我不明白我当时怎么会那么喜欢那种生活。我再也不想回去了。我本来已经不骂人了，因为寡妇讨厌我骂人，但是现在我又骂开了，因为爸爸不反对，我们在林子里度过的那些日子，总的说来也算是一段快乐时光了。

很快，爸爸就把他那根核桃木鞭条用得很顺手了，打得我实在是受不了了。他时常把我锁在屋里，自己出去。有一回，他把我关在屋里，三天没回家，我一个人冷清得要命。我以为他是淹死了，我这一辈子甭想出去了。我害怕起来。有好几回我想逃出那间木屋，但是没有想出什么法子。木屋没有窗户，烟囱又太窄，我不能从里面爬上去，门是用厚实的橡木板做的。爸爸很有心计，他出去时，屋子里不留下刀斧之类的东西。这地方我算计着已翻寻过 100 遍了。其实，我几乎一直在东翻西找，因为似乎只有用这种办法才能把日子打发掉。但这一回终于让我找着了一样东西，那是一把没柄的生了锈的旧锯子，放在房椽和屋顶隔板之间。我给它涂上油，就动手干起来。木屋的另一头摆着一张桌子，桌子后面的木头墙上钉着一条盖马用的旧毛毯，用来挡住从墙缝里刮进来的风，不至于把蜡烛吹灭。我钻到桌子底下，动手锯墙角下那根大木头，我想弄个可以钻得出去的窟窿。嘻，这可是件费工费时的活。就在我快干完的时候，我听到树林子里响起了爸爸的枪声。我连忙把锯屑收拾干净，放下马毯，藏起锯子，不一会儿爸爸就进来了。

爸爸又在发脾气，他天生就爱发脾气。这次他到镇上去，没有一件事让他顺心。他的律师说，要是他们开庭审理这个案子，他可能会打赢这场官司，把钱弄到手。但是就怕他们长期拖着不办，撒切尔法官很会这一套。他还说，有人认为还会再开一次庭，把我判给寡妇，让她做我的监护人。他们猜想这回人家会赢。这话让我很吃惊，我实在不想再让寡妇管束我了，更不愿受她的教化。接着老头子骂开了，他把他想得起来的所有的人和事都骂遍了，骂完之后又重新再骂一遍，生怕有什么人或事没有骂到。骂过这遍以后，他又用一种包罗一切的大骂收场，把不少他连姓名也不知道的都裹进来了。当骂到他们头上的时候，就把他们叫作"那个不知姓名的东西"，然后又接着骂下去。

他说，他倒要看看寡妇怎样把我夺过去。他还说，他会小心提防的，如果他们要对他耍这种花招，他就把我藏到六七英里外的一个地方，让他们永远别想找到我。听他这一说，我心中又很不自在起来，不过一会儿就过去了。我想我不会待在他身边，等他找机会下手的。

老头子叫我到小船上把他买的东西运回去。那儿有一袋50磅重的玉米粉，一块熏肋肉，一包弹药，一罐四加仑重的威士忌酒，还有一本旧书和两张报纸是用来装火药的，此外还有一些短麻屑。我扛了一包回去后，又来到船头休息。我开始盘算着逃跑的时候，要把那杆枪和一些钓鱼线带走，跑到树林里去。我想我不会老待在一个地方，我要徒步穿行全国，靠打猎和钓鱼维持生活。我要走得远远的，让老头子和寡妇再也找不着我。我想爸爸哪天晚上要是醉得厉害，我就可以把木墙锯穿，离开这里。我料想他会喝醉的。我一心想着这件事，忘记在那儿待了多久了，后来老头子咋呼起来，问我是睡着了，还是淹死了。

直到天快黑的时候，我才把船上的东西搬完。晚饭由我来做，爸爸只管在一旁畅饮，这使他又开始乱说乱骂。上次他在镇上喝醉了，在臭水沟里躺了一夜，那样子滑稽极了，他滚了满身泥，人家会以为他就是亚当①呢。酒兴大发时，他总不忘对政府再谴责一番。

"这也叫政府！嘻，你看它如今成什么样子了吧。法律随时都可以

---

① 根据《旧约·创世纪》的传说，人类的始祖亚当是上帝用泥土塑的。

把人家的儿子从他身边抢走，那可是人家的亲儿子呀，他把他抚养大，费了多少力，操了多少心，花了多少钱！说真的，人家好不容易刚把自己的儿子带大，正要叫他去干点活，好让自己喘口气。法律这时候偏偏来跟他过不去。还把这个叫作政府呢！这还没完啦！法律还为老撒切尔法官撑腰，来跟我过不去。这就是法律干的好事：把一个有6000多块钱的人抓起来，塞进这个耗子笼一样的小木屋里，让他穿着猪也不肯披的衣服到处乱跑。他们还把这个叫作政府！老百姓别想从这样的政府手中得到他们的权利。有时候，我想离开这个国家，永不再回来。是的，我是当着老撒切尔的面说的，许多人都听见了，我说一定要离开这个该死的国家，再也不来沾它的边，这就是我的原话。我说，看看我这顶帽子吧（如果你还能把它叫作帽子的话），帽顶高高耸起，帽檐儿耷拉下来，把我的整张脸都盖住了，与其说这是顶帽子，还不如说更像是一节烟筒呢。瞧瞧吧，我说，我就是戴这样的帽子，要是我能享受到我自己的权利，我便是这镇上的一个大财主了。

"嗬，不错，这是一个顶呱呱的政府呀，真是顶呱呱的。喂，你听着，有个俄亥俄州的自由黑人①，一个黑白混血种，皮肤几乎和白人一样白。他的衬衣也特别白，那衬衣是再白不过了。戴的帽子也漂亮极了，镇上没人能比他穿得好。他还有一块带表链的金表，一根银头手杖，真是一个全州屈指可数的白头发富翁呀。你猜怎么着？他们说他是个大学教授，哪国话都会说，什么事都知道。那还不算，他们说他在老家的时候，还有选举权呢。哎，这个我可弄不明白了。我想，这国家要变成什么样子呢？那天是选举日，我要不是醉得太厉害，我会亲自去投一票的。可是人家告诉我这个国家有一个州允许那个黑鬼投票选举，我听了立刻打消了去的念头。我说我这一辈子绝不再去投什么票。这完全是我的原话，他们都听见了。我巴不得这个国家完蛋，我这一辈子再也不用投票了。你看那黑鬼冷冰冰的样子，哼，要不是我把他推到一边去，他才不会给我让路呢。我问他们，为什么不把这个黑鬼送去拍卖

---

① 俄亥俄州在美国南北战争前就废除了蓄奴制，那里的黑人在法律上是自由的，该州也被称为"黑人自由州"。

呢？这就是我要弄明白的事。嘿，可他们说他没在本州待满6个月，所以不能拍卖。你看，这真是怪事。一个自由黑人在州里没住满6个月，政府就不让卖，这样的政府还叫政府吗？这是自封的政府，装出个政府样子，自以为是个政府，可是它非得一动不动地整整坐等6个月，才能对一个鬼鬼祟祟、游来荡去、穷凶极恶、穿白衬衫的自由奴隶动手，而且——"

就在他没完没了唠叨的当儿，他那已经不听使唤的两条腿终于支撑不住了，一头栽到了腌肉的木盆里，把脚上的皮也擦破了，接下来的话就更难听了，他主要是骂那个黑人和政府，也不忘捎带着骂那个木盆几句。他绕着木屋跳了一阵，先用一只脚跳，后来又换一只脚跳，先抱起一只膝盖，接着再换另一只，最后突然飞起左脚，"啪"的一声狠狠地踢了木盆一下。不过这一脚，他却有很大的失误，因为他左脚穿的正是那只前面露出两个脚指头的破靴，所以他号叫了一声，吓得人头发都竖起来了，他自己也摔倒在泥地里，抱着脚指头打滚。这次他简直是使出了浑身的解数在骂，他后来自己也这么说。他听过索贝利·哈根在他最得意的时候骂人，他说他刚才的恶骂超过了他，不过我想这也许有点儿吹牛吧。

晚饭后，他又抱起了酒罐，他说里面还有不少酒，够他醉两回，发一次酒疯。这是他时常挂在嘴边的话。我想大约一小时后，他就会烂醉如泥，到那时我就偷钥匙开门逃走，或是在墙上锯个窟窿钻出去，两种办法无论哪一种都行。他喝了又喝，不一会儿就倒在毛毯上了。但不幸的是，他没睡死，只是觉得难受罢了。他不停地哼着，挥舞着胳膊，闹腾了好半天。最后，我实在是困极了，没多大会儿工夫我就睡着了，连蜡烛也没有吹灭。

我也不知睡了多久，忽然听到一声可怕的尖叫，我立刻起来。爸爸像疯了一样四处乱蹦乱跳，大喊"有蛇"。他说蛇爬到他两条腿上来了，接着又跳一下，叫一声，说有条蛇咬了他的脸，但是我没看见有什么蛇。他纵身跳起，在屋子里一圈又一圈地跑起来，嚷着："快把它打死！快把它打死！它在咬我的脖子哪！"我从来没见过那种狂乱的眼神。

不一会儿，他筋疲力尽了，倒在了地上；过了一会儿，就在地上翻来覆去地打滚，滚得特别快，用脚四处乱踢，双手在空中乱打乱抓，叫着说他被魔鬼缠住了；但是很快又疲乏不堪，一动不动地躺在那里。后来他没再发出一点声音。树林里的狼群和夜猫子不时地叫着，夜静得吓人。他在那墙角里躺着，不一会儿抬起身子，歪着脑袋听着。他声音很低地说："啪——啪——啪，那是死人的脚步声，啪——啪——啪，他们来抓我了，我可不去。啊，他们就站在这儿！别碰我，别！放开手，他们的手真凉，放开我！啊，别来缠我这个穷鬼吧！"

然后他手脚着地地向一边爬去，求他们别缠着他，他用毯子紧紧裹住自己，滚到那张旧松木桌子底下去了，口中仍在苦苦哀求，接着他就哭起来，他虽然裹着毯子，我仍能听到他的哭声。

一会儿，他面带凶相地从毯子里滚了出来，一下子站起来。他看见我，便朝我扑过来。他手拿一把折叠刀，把我叫作索命鬼，追得我满屋子团团转，说把我杀了，我就不会再来纠缠他了。我央求他，说我不是鬼，是哈克，但是他发出尖厉刺耳的怪笑，大吼大骂，不停地追逼我。有一回，我突然转身，从他胳膊底下钻过去了，但他伸手一抓，一把抓住了我短上衣的后领，我想这下子可完蛋了。不过我迅速地脱掉了上衣，动作快如闪电，使自己成功脱险了。过了一会儿，他靠着门在地上坐着，说等歇会儿后再杀我。他把折刀放在身子底下，说先睡一会儿，养足精神再搏斗。

我借着他睡着的机会，悄悄地踩着一把椅子，取下了那把枪，我用通条捅了捅枪管，检查一下里面是否装好了弹药，然后就将它搁在了盛萝卜的桶上，枪口对着爸爸。我在桶后面坐着，只要他动起来，我就会开枪。时间慢慢地过去了，真是难熬啊。

第七章

"你在做什么呢？起来！"

我醒了过来，可是竟然不清楚自己身在何处了。太阳升起来了，我一直睡得很香。爸爸在我旁边站着，低头盯着我，气愤地说道："你干吗要拿着枪？"他现在完全忘记了昨天夜里发生的事情，于是我说道："这是我用来防备那些想要闯进来的人的。"

"那你怎么不喊醒我呢？"

"哎，不管我怎么喊你、推你，你始终不醒。"

"哦，那好吧，不要再啰唆了，赶快出去看看有没有钓到鱼吧，好做早饭。我一会儿就过来。"

他把房门的锁打开，我就跑上了河堤。我看见从上游漂下来的几根大树枝和其他的东西，还有一些树枝皮漂在水面上，这证明河水上涨了。我想，此时我还在那边镇上的话，肯定玩得很痛快。6月河水大涨，对我而言，这是一件好事，因为河水上涨后，就会有成捆的木柴漂下来，也会有一些被冲散的木筏，有时候还有十几根捆在一起的原木，你只要动手把它们打捞上来，卖给木料场和锯木厂就行了。

我沿着河岸朝上游走去，一边警惕着我爸爸，一边注意大水冲下来的东西。嘿，忽然漂来了一只漂亮的独木舟，有十三四英尺长，像只鸭子似的神气十足地破浪前进。我连衣服也没脱，就像青蛙一样，从岸上一头扎进水里，向独木舟游去。我想船里一定有人躺着，他一定是想捉弄人。当人家划着小船快追上它时，他就忽然坐起来，对追来的人大声嘲笑。可是这回却不是这样，它确确实实是一只顺流漂下没有主人的独木舟。我把它划到了岸边。我琢磨着老头子看到这条船一定会很高兴，它至少值10块钱。但是我把船划到岸边，没有看见爸爸。于是我又将船划进一条像水沟一样的支流中，河沟两岸藤蔓杨柳低垂，这时候，我突然有了一个新的想法：先把这条船藏好，以后我逃跑的时候，就用不着跑到树林里去了，我可以坐这条船顺流而下，走出50英里左右，再找个地方永久住下来，要是步行走这么远，那真够你受的了。

这里离小木屋很近，我总担心爸爸会到这儿来，但是我还是把船藏得严严实实。之后，我跑出来，在柳树丛后四处张望了一下，看见老头子正拿枪瞄准一只小鸟，顺着小路往这边走，所以什么也没看见。

他过来的时候，我正在使劲拽一条"滚钓"①。他嫌我手脚太慢，骂了我几句。我说之所以这么久，是因为我掉进河里了。我知道他看到我浑身湿漉漉的，一定会盘问我。我们从钓钩上摘下5条鲇鱼，便回家了。

吃完早饭，我们都累了，就躺下来，想睡一会儿。这时候，我琢磨着如果我想出个办法，让爸爸和寡妇打消追寻我的念头，那比在他们发觉我走了之前就跑得离他们远远的，要稳妥得多。事情绝对没有那么简单。我一时也想不出什么好办法，过了一会儿，爸爸坐起来，又喝了一罐水，说："你再发现有人在这儿瞎转悠，你就把我叫醒，听见没有？那人来这儿是干坏事的，我要一枪崩了他。下次你一定要叫醒我，听见没有？"

他说完就躺下去，又睡着了。这番话倒启发了我，给我出了个好主意。我心想，这件事只要安排得好，那么今后谁也不会来找我了。

大约12点的时候，我们开始沿河岸朝上游走。河水涨得很快，许

---

① 线两端固定在两岸，线上拴着许多上了鱼饵的钓线。

多浮木随着暴涨的河水漂过去了。不一会儿漂过来一个散了的木筏，但仍有9根木头紧紧地扎在一起。我们把它弄上岸后，就去吃午饭了。有许多人都会整天守在那儿，指望着多捞些东西，但我爸不会，那不是他的作风。一次能捞到9根原木就足够了，他得马上运到镇上去卖掉。于是就把我锁进屋里，大约在3点半钟的时候，他用小船拖着木筏出发了。我断定他那天晚上不会回来，我耐心地等着，估计他已经把船划走了，就拿出锯子，再去锯那根木头。他还没划到对岸，我就从锯开的窟窿里钻出来了，远远望去，他和他的木筏只是水面上的一个小黑点。

我把那袋玉米粉背到隐藏小船的地方，将它放到船上，接着我又把那一大块肋肉和那罐威士忌酒都搬到了船上，屋子里所有的咖啡和白糖都被我弄来了，此外还有全部弹药。我拿了装填火药用的旧书旧报、水桶和葫芦瓢，拿了一把勺子和一个白铁杯，还有那把旧锯和两条毯子，一个带长柄的平底锅和咖啡壶。我还拿了钓鱼线、火柴和一些别的东西，总之凡是能值点儿钱的东西我都拿走了，我把那小屋席卷一空。我想要一把斧头，可是屋里没有，只有放在外面柴堆上的那把，我把斧子留在那里是有用意的。那杆长枪我也拿出来了，现在我已准备妥当。

由于在那个洞里拖出这么多东西，所以我尽量把洞外的痕迹收拾干净，四处撒些浮土，把磨平的地方和锯末掩盖起来，然后我把锯下的那段木头放回原处，再在下面塞两块石头，另外再用一块石头把它顶住，不让它掉下来，因为那段木头在那地方朝上弯，没紧贴着地面。如果你站在四五英尺外，不知道那地方有人锯过，是绝看不出漏洞来的。再说这是木屋背面，人们也不大可能到这儿来闲逛。

从木屋到藏小船的路上长满了青草，所以不会留下我的脚印。我四下打探了一番，没有什么情况。于是我拿起枪，走进树林子里，四处找鸟儿打，正在这时候，我看见一头野猪。猪从草原农场上跑出来以后，在河边洼地里生活，很快就会变野的了。我只一枪就让那家伙毙命了，我把它拖到我住的地方去了。

我用斧头把门砸烂，把猪拖进了屋，一直拖到那张桌子跟前，然后一斧子砍进了它的喉咙，再把它扔在地上流血。我说"地上"，因为那确实是"地"——夯得结结实实的地，上面没铺地板。接着我拿出一个旧口袋，尽量往里面装大石块，我能拖动多少就装多少。我把口袋从猪躺的地方朝门外拖，穿过树林，拖到河边，把它扔进了河里，一眨眼它就沉了下去，看不见了。你很容易就能想出来有什么东西在地上拖过。我知道如果汤姆·索亚在场，他对这种事情会很感兴趣，还会凭空想出些新花样来，干这种事，谁也不像汤姆·索亚那样肯下功夫。

最后我扯下一些头发，把它粘在涂满猪血的斧背上，然后把斧子扔进墙角里。紧接着我把死猪抱起来，用上衣裹住，搂在怀里（为的是不让它滴血）。我抱着它往河边走，离小屋很远了，把它扔进了河里。这时候，我又想出了一个主意，从独木舟里拿出那袋玉米粉和那把旧锯，把它们带回屋里。我将玉米粉口袋放回原来的地方，用锯子在袋子底下戳了个洞，因为屋子里没有刀叉，爸爸做饭切菜什么的，全用他那把折刀。我背着袋子穿过草地和房子东边的柳树林，来到一个 5 英里宽的浅湖边，湖里到处是灯芯草。在这个季节，你也可以说，到处是野鸭。湖的另一边又伸出一条河沟，一直流到几英里之外了，至于流到哪里我也不知道，不过没有流到大河里去。玉米粉从袋子里漏出来，一直撒到湖边，一路上留下一道小小的痕迹。我把爸爸的磨刀石也扔在那里，让人看起来好像是不经意扔下的。然后我用绳子把袋子上的洞扎好，使它不再漏，又把口袋和锯子放回独木舟里。

天快黑的时候，我把独木舟弄到了几株柳树下，等月亮升起来。我把船系在一棵柳树上，然后随便吃了点东西。过了一会儿，我躺在船上抽了一袋烟，心里盘算着怎么办。我想，他们会跟着那一袋石头拖出的痕迹走到河边，然后到河里打捞我的尸体。他们还会跟着玉米粉撒的那道印子，找到湖边。沿着从湖边流出的那条小河沟细细地搜寻那些害我性命抢走东西的强盗。他们在河里除了找我的尸首以外，绝不会再去找什么别的东西。他们很快就会感到厌烦的，不再为我操心劳神了。好了，以后我想待在什么地方就可以待在什么地方了。对我而言，杰克逊岛①很不错,那个岛的情况我很熟悉,而且没人到那里去过。以后我可以在夜里把船划过河来,偷偷地到镇上去遛遛,顺便捡点需要的东西回来。对了,杰克逊岛正是个理想的地方。

我很累,很快就昏昏入睡了。我醒来的时候,发了一会儿呆,不知道自己在什么地方。我害怕地向四下里张望着,过了好一会儿才明白过来。这条河看上去非常宽阔,月光很亮,以至于我都能数清顺流漂下了多少根浮木,它们离河岸有几百码远,黑乎乎的,静静地漂在水面上。四周是死一般的寂静,看起来天色不早了,你知道我找不出更合适的言语来表达。你明白我的意思吧,我不知道用什么字眼来表达才合适。

我打了个哈欠,伸了伸懒腰,刚要解开绳子开船的时候,就听到远处的水面上有个声音。我仔细听了一下,那是静夜摇桨时,船桨发出的单调而有规律的声音。我藏在柳枝后面偷偷朝外看,果然有一只小船在河那边远处的水面上划着。船越走越近,当它与我的船头相齐时,我看到船里只有一个人。我心想这个人可能就是我爸爸,我没有料到他这么快就会回来。他打我身边过去了,把船划到水流平缓的地方上了岸。他紧挨着我身边走过,我把枪伸出去就可以碰到他。那真的是他,从他划船的样子可以看出他这次没喝酒。

我立即轻轻划桨,让船在河岸阴影的遮掩下飞快地顺流而下。我先划了2英里半,然后转过船头,拼命朝着河中央划了四分之一英里,因为我很快就要经过渡口的码头,可能会有人看见我,向我打招呼。我躺在船底,让它在那些浮木中漂流。我就这样躺着,休息了一阵,还抽了一袋烟。天上没有一片云彩。我以前从未发现,月光下的天空会如此的深远。在这样的夜晚,你在水面上能听多远呀!我听到有人在渡口说话,他们说些什么我也能听清楚,每个字都听得很真切。一个人说,现在快到日长夜短的时候了。另一个人说,照他看,今晚可不算短,说完他们都笑起来,他重复了一遍,他们又笑起来,接着叫醒了另外一个人,把这话告诉他,又都笑了,可是这个人没有笑,却狠狠地骂了几

① 也是《汤姆·索亚历险记》中主人公的重要活动场地,它的原型很可能是汉尼拔镇对面的格拉斯科克岛,现已被河水淹没。

句，说别打扰他。第一个人说，他要把这句话告诉他家老太婆，她会觉得挺有趣的，但是他又说这句话要是和他年轻的时候说的话比起来就算不了什么了。我听见一个人说快 3 点了，他不希望再等一个多星期才天亮，此后，谈话声越来越远，我再也听不清楚他们说些什么了，只能听见"咕噜咕噜"的声音，不时还听到笑声，不过像是离得很远很远了。

此刻，我已漂到了渡口的下游，我站起来，看见了好像是从大河中冒出来的杰克逊岛，岛上树木茂盛，整个岛看起来又大又黑又坚固，像一艘没点灯的轮船。岛的前头看不到半点沙洲的痕迹，它现在都淹没在水面下了。

很快我就绕过岛的前部，那儿的水流很急，接着我就划进了一个死水湾，在挨近伊利诺斯州的一侧靠了岸。我把独木舟划进岸边我知道的一个深湾里，我得拨开柳树枝，小船才能划进去。我将小船系牢后，它就不会轻易被外面的人找到了。

我在岛前面的一根原木上坐着，注视着在大河的水面上漂动的黑木头和 3 英里外的小镇，镇上有三四盏灯亮着。有一只非常大的木筏自上游大约 1 英里的水面上顺着水流漂了下来，在木筏的中间亮着一盏灯。我望着木筏慢慢地向下漂去，当它几乎和我所在的地方相齐时，我听到有个人说："喂，快点儿打桨啊！船头转向右方！"这两句话我听得非常清楚，好像那个人就在我的身边似的。

天将要亮的时候，我在林中睡了一会儿，我想着睡醒后吃早餐。

第八章

当我睡醒时，大约 8 点了吧。我在凉爽的草地上躺着，开始胡思乱想，没有一丝疲倦，非常惬意。我的周围有很多大树，透过一些树叶的间隙能够看见外面的太阳。阳光通过树叶间洒下来，照得地上满是斑点，当看见斑点轻轻摇动时，就知道有风吹动树梢。两只松鼠在一根树枝上坐着，"吱吱吱吱"地冲着我叫，显得非常亲热。

这种舒服的感觉，让我都不想去做早饭了。当我又要打盹儿的时候，似乎听见从河上游传来"轰"的一声，声音非常沉闷。我用胳膊肘支着身子认真地听，随即又听见一声轰响。我跑过去通过树叶间的一个空隙向外看，看见在河上游远处的水面上，与渡口并排着，飘浮着一团烟。载满了人的渡船正顺着水流向下漂，我现在才恍然大悟，原来他们正在向我这边开炮，以便让我的尸体能够浮上来。

尽管我很饿，但是生火做饭可不行，因为他们可能会看见烟，所以我就坐在那里，看大炮冒出的烟，听着轰隆隆的炮声。那一段的河面有 1 英里宽，那地方夏天早晨的景色总是很优美的，所以如果我有一口吃的，看着他们打捞我的尸首，也真够快活的。这时我忽然想起他们常常把水银灌在面包里，再把面包放在水面上漂，因为它们总是漂到淹死的人那儿就不动了。所以我说，我要留点神，这种面包要是跟着我漂来漂去，我就要好好地照看它们。我换了个地方，转到岛上靠伊利诺斯州的这一边，看看我的运气怎样，结果没使我失望。一个比普通面包大一倍的大面包漂过来了，我用一根长竿去捞，差一点捞到了，但是我脚下一滑，它又漂走了。当然，我待的那地方，急流离岸最近，这一点我很清楚。可是过了一会儿，又漂过来一个面包，这回我捞着了，我拔掉面包上的塞子，抖出里面的小块水银，张嘴就咬。这是"面包房精制的面包"，是有身份的人吃的，不是你们那种粗玉米饼子。

我在树叶中间找了个好地方，在一根原木上坐下来，一边很响地嚼着面包，一边看渡船，感到心满意足。我忽然又想起一件事。我是说，我现在琢磨着寡妇或是牧师，或别的什么人祈祷这块面包能找到我，它果然漂来这里找到我了。所以毫无疑问，这种事还是有些道理的。也就是说，像寡妇或牧师那样的人祈祷时，就能起点作用，但是对我来说就不灵，我琢磨着只是对那些真心祈祷上帝显灵的人来说就灵吧。

我一边痛快地吸着烟，一边继续观望。我想，等那艘船一漂过来，我就有机会看到船上是哪些人，因为它像那些面包一样，会在离岸不远的地方经过。渡船顺水朝我漂来，眼看就到面前了，我连忙弄灭了烟斗，走到我刚才捞面包的地方，趴在岸上一小块空地上的一根原木后面，从原木分叉的地方可以偷偷朝外看。

不久，那艘船就漂到了离岸很近的地方。爸爸、撒切尔法官、贝西·撒切、乔·哈泼、汤姆·索亚和他的老姨妈莎莉、锡德和玛丽他们都在船上，还有许多别的人。他们正在议论这桩谋杀案，可是船长插嘴说："现在大家千万要小心，这地方离岸最近，而且水流很急，可能他被冲到了岸边，缠在水边的矮树丛里了。不管怎样，我希望是这样吧！"

但我可不希望这样，他们都拥到船这边来了，都向前探着身子，差一点和我打了个照面。他们一声不响、全神贯注地看。他们看不见我，但我却能清楚地看见他们。接着，船长大喊一声："站开！"就在我面前放了一炮，我以为我完了，因为我被这一炮震晕了。我想这炮要是装上了炮弹，他们可就真的把要找的尸首弄到手了。嘿，谢天谢地，我没受伤。船继续往前漂，绕过小岛的肩部就不见了。一个小时后，炮声在我耳边消失了。这个岛有 3 英里长，我估计他们已经走到了岛尾，不打算再找了。但是他们暂时还不肯罢手，他们绕过岛尾，沿着靠近密苏里州那边的河道向上游驶去，航行中偶尔放一两炮。我连忙跑到岛的那一边去看，当船驶到与岛头相齐时，他们就不放炮了，把船开到密苏里州那边靠了岸，回到镇上去了。

我现在没事了，没有人来找我了。我把带来的东西从独木舟里搬出来，在树木茂密的地方找了个很好的宿营地。我用几条毯子搭了个帐篷，把我带来的东西放在里面以避风雨。我抓到一条鲇鱼，在太阳快落山的时候，我生起了营火，做了顿晚饭吃。然后，我又放下钓鱼线，准备钓几条鱼当早餐。

天黑了，我心满意足地坐在火堆旁，抽着烟。但是没多久，我就觉得有些无聊，于是跑到岸边去坐着，听急流冲击河岸的声音，数天上的星星和沿江漂下的浮木与木筏，然后回帐篷睡觉。这些会让你觉得舒服多了，这是在你感到无聊时打发时间的最好办法，心中很快就舒坦了。

我就一直这样过了三天三夜。但是到了第四天，我就转遍了整个小岛。我现在是这个岛的主人了，可以说，岛上的一切都属于我，我想尽快弄清岛上的情况，但是我主要还是为了消磨时光。我找到了许多草莓，都是顶呱呱的熟草莓，还有青色的夏季葡萄和黑莓，黑莓刚刚长出来，我想这些东西不久就可以随手采来吃了。

我就这样在树林里四处闲逛，后来我想大概离岛尾不远了吧。我随身带着枪，只是用来自卫的，什么东西都没打过。我想在离家不远的地方打几只野物。这时，我差一点儿踩着了一条大蛇，它从花草间溜走了，我跟在后面追，想给它一枪。我朝前飞跑，突然一脚踩在一堆仍在冒烟的火灰上。

我真的被吓坏了，但没停下来仔细瞧。我立刻拉下扳机，踮起脚尖尽快往回溜，跑一会儿就在浓密的树叶间停一两秒钟，听一听，但是我呼哧呼哧直喘粗气，什么也听不见。我又偷偷摸摸往前跑了一段路，然后又听一听，就这样跑跑听听，听听跑跑。如果看到一个树桩，我就以为它是个人，如果踩断一根树枝，就觉得好像有人把我的呼吸截成了两段，我只吸了一段，而且是较短的那一段。

当我回到住的地方时，心里也平静了许多，但是我想，现在不是到处闲逛的时候，于是我又把我所有的东西都搬回到我的独木舟上，好不让别人看见它们。我把火弄灭了，把这里伪装成很久之前有人来过的样子，收拾好以后，我就爬到一棵树上去了。

我在树上待了两个小时，但是什么也没看见，什么也没听见，我只不过是以为自己看见、听见了成百上千的东西。哼，我不能老在树上待着呀，我下来了，但是仍然躲在密林里不出来，并且时刻提防着。我只是胡乱地吃了些草莓和早上的剩饭。

天完全黑下来的时候，我饿极了，趁月亮还没有升上来，我就溜下了河，驾着小船划到了伊利诺斯州的岸边，大约有四分之一英里的路程吧。我走进树林子里做了一顿晚饭吃。我刚打定主意要在那儿过夜，就听到"嘚嘚嘚"的声音，我心里想是马来了，接着我又听到了人的说话声。我赶快把东西都搬到独木舟中，然后偷偷从树木间爬出来，看看是怎么回事，我还没爬出多远，就听见一个人在说话："要是能找到一个好地方，最好就在这儿宿营。马儿都快累坏了。我们先到处看看吧。"

我立马悄悄地把船划走了。我把独木舟拴在老地方，打算就睡在船上。

我老是心绪不宁的，所以没怎么睡着。我每回醒来，总觉得有人掐我的脖子，所以睡觉没给我带来什么好处。过了一会儿，我心想不能再这样下去，我要去查清究竟是谁同我一起待在那个岛上，这件事我必须要搞明白。嗐，打定主意以后，我心中也踏实些了。

于是我又把独木舟从岸边撑开，到离岸很近时，我就让它在阴影中顺水往下漂。月光明晃晃地照着，阴影以外的地方亮得像白天一样。我摸索着往前划了一个小时，一切都睡熟了，像石头一样安静，这时候，我差不多划到了岛尾。天快亮的时候，一阵凉风吹了起来。我把船靠岸。我拿起枪，溜下船，走到树林边上。我坐在那儿的一根原木上，从树叶缝里往外看。天空中已经没有月亮，黑暗开始笼罩了河面，但是过了一会儿，我看到树梢上出现了一道灰白色的光带，知道天要亮了。于是我又拿起枪，朝我碰到营火的地方偷偷跑过去，每隔一两分钟就站住脚听一听。但是不知怎么的，我偏偏运气不好，那地方好像找不着了，但是过了一会儿，我瞥见树林那边有火光，千真万确。我于是小心翼翼地朝火光走去。当我走到离火堆很近时，看到那边地上躺着一个人，我吓了一大跳。那人的头用毯子蒙住，几乎伸到火堆上去了。我在一个矮树丛后面坐下来，离他有 6 英尺远，眼睛死死地盯着他，这时候，天色开始泛白，不一会儿，他打了个哈欠，伸了伸懒腰，把毯子掀开了，原来是华森小姐的吉姆！我见到他确实很高兴。

"喂，吉姆！"我说着就蹿了过去。

他一下子就从地上弹了起来，发了疯似的瞪着我。紧接着就双膝跪下，合掌对我说："可别害我呀！可别！我从没有伤害过一个鬼。我向来喜欢死人，总是尽力为他们办事。你还是回到河里去吧，你是属于那地方的。千万别伤害老吉姆，他一直和你很要好呀。"

我很快就使他明白过来我没死。见到吉姆我特别高兴，我现在不孤单了。我对他说，我不怕他告诉别人我在什么地方。我不停地说下去，但是他只是坐在那里看着我，一声也不吭。后来我说："天大亮了，我们烧早饭吃吧，把你的营火烧旺点。"

"生火煮草莓这一类不值钱的东西能管什么用？你不是有枪吗？我们可以弄点比草莓好一些的东西吃呀。"

"草莓这一类不值钱的东西，"我说，"你就靠吃这些东西活下去吗？"

"我弄不到别的东西呀。"他说。

"哦，你在这岛上待多久了，吉姆？"

"你被人害死后的那天晚上我就来了。"

"什么？你待了那么多日子吗？"

"是的，一点不假。"

"难道你除了吃这种脏东西，就没有别的东西吃吗？"

"没有，先生，没有别的。"

"哎呀，那你一定饿坏了吧？"

"我觉得我能吃下一匹马，我想我能吃得下。你到这个岛上多久了？"

"从我被杀害的那天晚上起就来这儿了。"

"不会吧？那你靠吃什么活命呢？不过，你有枪。哦，对了，你有一杆长枪。太好了，现在你就去打点什么野味，我来生火吧。"

于是，我们朝停泊独木舟的地方走去。他在一块长满草的林中空地上生火，我就从独木舟上搬来玉米粉、咸肉、咖啡、咖啡壶、煎锅、白糖和白铁杯，那个黑人吃了一惊，他以为这些东西都是用妖法弄来的。我还抓到一条很大的鲇鱼，吉姆用刀子把鱼收拾干净，用油煎了。

早饭做好后，我们懒洋洋地歪在草地上，吃那条热气腾腾的煎鱼，吉姆拼命往肚子里塞，他差不多快饿死了。后来我们把肚子填饱了，就在草地上歇着，什么事也不干。

过了一会儿，吉姆说："喂，哈克，那间小屋里被人杀掉的那个人不是你，那又是谁呢？"

我就把事情从头至尾讲给他听，他说这事干得漂亮，汤姆·索亚也想不出比这更好的点子来。接着，我说："吉姆，你怎么跑到这儿来了？你是怎么来的？"

他神色很不安，没立刻答话，过了一会儿才说："也许我还是不说的好吧。"

"为什么，吉姆？"

"哎，当然有原因的。不过要是我告诉你了，你不要去告发我好吗，哈克？"

"我死也不会告发你的，吉姆。"

"那好，我相信你的话，哈克。我……我是逃出来的。"

"吉姆！"

"记住，你说你不会告发我的。你知道你说过不告发我，哈克。"

"哎，我说过，我说不告发你，就一定不会变卦。真的，我不会变卦的。人家会因为我不开口把我叫作下流的废奴主义分子而瞧不起我，但是那没有关系。我不会告发你的，而且我也横下一条心不打算回去了。所以，你现在把你的事都告诉我吧。"

"好吧，你看，是这么回事。老女主人——就是华森小姐，她成天找我的碴儿，对我可凶了，可还总是说不会把我卖到南边的奥尔良去。不过，我看到有个黑奴贩子近来常到我们那地方转悠，我就有些放心不下。有一天夜里，时间很晚了，我偷偷溜到门边，那门没有关严，我听到女主人对寡妇说她要把我卖到南边的奥尔良去，她说她本不想这样做，但是卖掉我她可以得 800 块钱，那么一大堆钱，她怎能不要？寡妇劝她不要卖掉我，可是她们下面说些什么，我没有待在那儿继续往下听。我告诉你吧，我很快就溜掉了。

"我溜出门，跑下山，想在镇子上游的什么地方偷一条小船，可是那时候那里还有人走动，所以我就躲在岸上那家东倒西歪的老桶匠铺子里，想等人走光了再干。哎，我在那儿等了一个通宵，那地方总有人转来转去。大约到了早晨 6 点钟，陆续有小船打那儿过去。到八九点钟的时候，每过去一条船，都有人在说你爸爸如何如何去了镇上，说你被人杀了。最后过来的那几条划子，上面坐满了先生太太，他们是到你被害的地方去看热闹的。有时候，他们把船停靠在岸边歇一歇，然后再划过河去，所以从他们的谈话中，我知道了那桩谋杀案的全部情况。听说你被人害了，我难过得要死，哈克，不过我现在不难过了。

"我在刨花堆里躺了一整天，肚子饿了，但是我心里并不害怕，因为我知道老主人和寡妇早饭后要去参加野营布道会，要去一整天。她们知道我天一亮就赶着牲口出来了，所以不会待在家里，晚上天黑以前，她们是不会发觉我跑了的。别的用人也不会想到我，因为那两个老太婆一走，他们马上就跑到外面自个儿玩耍去了。

"咳，天黑下来以后，我沿着河边的路朝上游跑，大约跑了 2 英里，来到一个没有人家的地方。我已经打定主意要按我想的做下去。你也知道，要是我一直用两条腿跑下去，那些狗就会跟踪追过来。要是我偷一只小船划过河去，人家就会发现丢了船，他们就会知道，我会在对面什么地方上岸，在什么地方可以找到我的踪迹，所以，我想找个木筏，那东西不会留下痕迹。

"不一会儿，我看到有一点灯光绕过岬角朝这边来了，就蹿入水中，推着一根木头往前游，等到游过了河心，就钻到浮木中间，低着头，顶着水流游。后来漂过来一排木筏，我就游到它的尾部，把它抓住了。这时候，天空中布满了乌云，有一阵子河面上很黑，我趁机爬上了木筏，躺在木板上。木筏上的人都聚集在木筏中间，那儿有一个灯笼。河中正在涨水，水流很急，我想早上4点之前我能漂25英里，在天亮以前，我再悄悄溜下水，游上岸，钻到伊利诺斯州那边的树林里去。

"但我挺倒霉的，我在快要漂到岛头的时候，有一个人提着灯笼到筏尾来了。我连忙溜下木筏，朝岛上游过来了。哎，我本以为从哪儿都能上岸，可没想到那岸太陡了。费了好大的劲儿，我才从岛尾上了岸。我进了树林子，心想只要他们拿着灯笼到处照，我就再也到不了木筏上去玩了。我把烟斗、一块很便宜的板烟和一些火柴放在我的帽子里，它们都没打湿，所以我也就万事大吉了。"

"那么这些日子你没吃一点肉和面包？你为什么不抓几只王八吃呢？"

"我怎么去抓呀？我白天不能露面，而晚上又怎么能抓得着？"

"嗯，这倒也是。你得一直待在林子里，你听到他们打炮没有？"

"哦，听见了。我知道他们在找你，我在矮树丛后面看见他们从这儿过去的。"

有几只小鸟飞来了，它们飞一两码就停下来歇歇。吉姆说小鸡那样飞的时候就要下雨，所以他觉得小鸟这样飞也要下雨。

我想抓几只鸟，但是吉姆不让我抓，因为抓鸟会死人的。他说有一回他父亲病得很重，他们抓了一只鸟，他的老奶奶说他父亲会死，后来果然死了。

吉姆还说，千万不要数你要煮熟用来当正餐的东西，那也会使人倒霉。如果在太阳下山后抖桌布，后果也一样。他还说，如果养蜂人死了，必须要在第二天太阳升起以前把这件事告诉蜜蜂，否则，那些蜂就会生病、不干活，最后死掉。吉姆说蜜蜂不蜇傻子，但是我不信，因为我自己试过许多次，它们就是不蜇我。

　　这种事我以前听说过一些。吉姆对各种兆头都懂，他说他自己差不多是万事通。但这些兆头依我看，都是预示人倒霉的，于是我就问他，有没有表示走好运的兆头。他说："很少，而且对人也没什么用。要是好运就要来了，你要知道它干吗？难道要躲开它吗？要是你的胳膊和胸脯都长毛，那就是你要发财的兆头。嘿，这样的兆头是有些用的，因为它是指很久很久以后的事。你也知道，你也许先得过很长一段时期的穷日子，如果你不懂这种兆头，不知道你迟早要发财，你也许会灰心丧气，自己寻了短见。"

　　"吉姆，你胳膊上、胸口长毛没有？"

　　"你难道没看见我都长了吗，这还用问？"

　　"那么，你发财没有呢？"

　　"没有。但是我以前发过财，以后还会再发的。有一回我手头有了14块钱，就拿去做投机买卖，后来都赔光了。"

　　"你做的什么买卖，吉姆？"

　　"我起先是做牲口生意。"

　　"哪种牲口？"

　　"家畜呀，我说的是牛，你知道吧。我花10块钱买了一头牛，但是我不准备再冒险去倒腾牲口了。那头牛刚转到我手上就死掉了。"

　　"这样说你赔了10块钱？"

　　"不能算全赔了，后来那牛皮和牛尾还卖了1块1毛钱，大约赔了不到9块钱吧。"

　　"那你用那5块1毛钱，还做什么了吗？"

　　"做了。你知道布拉狄西老先生家那个一条腿的黑人吗？嘿，他开过银行。他说谁在他那里存1块钱，年底就可以得4块多钱。所有的黑人都去存钱，但是他们的钱不多，就我一个人的钱多。所以我非要4块多不可，我说要是拿不到那么多钱，我就自己开一个银行。他当然是不想让我干那一行的，他说，生意不多，没必要开两个银行。他还说，我可以把我的5块钱都存上，到年底他给我25块钱。

　　"所以我就把钱都存上了。后来我想用那25块拿去投资做买卖，让它变成活钱。那时有个叫鲍勃的黑人捞着了一条运木材的平底船，他的主人不知道，我就从他手上把这条船买过来了，要他年底去取那25块钱。但是当天晚上那条船就被人偷走了，第二天那个一条腿的黑人又告诉我说他的银行破产了，所以我们大家谁也没得到钱。"

"那1毛钱你拿去干什么用了，吉姆？"

"哦，我本来想把它花掉，但是我做了个梦，那个梦要我把钱给一个叫巴兰①的黑人，人家还用简称叫他"巴兰的驴"。你也知道，他就是那群傻瓜中的一个。但是人家说他运气好，而我自己运气不好。那个梦说让巴兰拿这1毛钱去投资吧，他会替我赚回一笔钱的，于是巴兰把钱拿走了。他上教堂做礼拜的时候，听见讲道的牧师说把钱给了穷人，就等于把钱借给了上帝，肯定可以收回100倍的利钱。所以巴兰就把那1毛钱拿去给穷人了，等着收回100倍的利钱来。"

"那么结果怎样呢，吉姆？"

"根本什么也没收回来。我没有办法能弄回来那笔钱，巴兰也一样。以后若是没有抵押，我不会再把钱借给别人了。那牧师很坚定地说，一定能收回100倍的利钱呢！我只要能把那1毛钱拿回来，我就非常开心了。"

"对啊，这样也很好啊，吉姆，你以后肯定会发财的，这1毛钱又算什么呢。"

"是啊，你想一想吧，如果我这次发了财，我就成为自己的主人了，我可是值800块呢。我想着现在就能有很多钱就好了，我也不渴望拥有更多的钱了。"

若是我现在就可以获得那么多钱的话，我也就满足了。

---

① 《圣经·旧约》中的一位先知。莫阿布国王派他去诅咒在莫阿布平原上扎营的以色列人，在受到他的驴子责备后，他不但没有诅咒以色列人，反而为他们祝福。

第九章

　　开始的时候，我在岛中央找到了一个地方，我很想去看看。后来我们就前往那里了，没过多久我们就到了，因为这个岛长不过 5 英里、宽不过四分之一英里。

　　这是一处大约长 14 米的陡直山地，也可以说是山脊。我们艰难地爬到了顶端。步道的两旁非常陡峭，长着很多矮树。我们围绕着这里上下攀爬，最终发现了一个大的山洞，这个山洞正对着伊利诺斯州那边，快要到山顶了。山洞里面能容得下两三间房子，吉姆完全可以直立行走，里面还非常凉快。吉姆表示，要把我们的东西立即搬到洞中。但我表态说，我们真不愿意每天都像这样爬上爬下的。

　　吉姆说，我们首先要找到一个隐蔽的地方，把小船藏起来，然后把东西全部搬进山洞，万一有人来岛上，我们就可以向那边奔过去。除非带着狗来，要不然是不可能找到我们的。再说，他说过，小鸟已经告诉我们，天快下雨了，难道我乐意东西给雨淋湿吗？

　　这样，我们便回到了独木小舟那儿，把它划到了和山洞成一条直线的地方，把东西都放进了山洞。接下来，我们在附近找到了一个地方，在浓密的柳树丛下把筏子藏好。我们从钓鱼竿上取下了几条鱼，再把鱼竿放好，就开始烧中饭。

洞口有一只大木桶那么宽，洞口的一边朝外有凸起的小块地方，地势平坦，倒是生火的好地方，我们便在那里生火做饭。

我们又铺了些毯子作为地毯，在那里吃饭。别的东西都被我们放在了伸手可以触及的地方。没过多久，天黑下来了，只见雷电交加，可见关于鸟儿的话有道理。接下来，下起了雨。好一场倾盆大雨！风又吹得如此猛烈，是我从没有见到过的。这就是夏天的雷阵雨。天变得一片漆黑，洞外又青又黑，十分好看。雨又急又密，斜打过去，不远处的树木看起来朦朦胧胧，好像给一张张蜘蛛网罩住了。突然吹来一阵狂风，吹弯了树木，又把树叶苍白的背面一片片朝天翻起。接着又刮起了一阵狂风，但见树枝像发疯了一般地摇摆着。说话间，正当最青最黑的一刹那……唰！天亮得刺眼，只见千万棵树梢在暴风雨中翻滚，和平常不同，连几百码以外也看得一清二楚。一刹那间，又是一片漆黑。这时只听得雷声猛烈地炸开，轰隆隆、呼噜噜从天上滚下来，滚向地下，活像一批空荡荡的木桶在楼梯上往下滚，而且楼梯又长，连滚带跳，喜不胜喜。

"吉姆，这有多痛快！"我说，"我不会再到别的地方去了，再递给我一块鱼，再要一点儿热的玉米饼。"

"啊，要不是吉姆，你现在肯定在树林里，被淋坏了，真是这样，乖乖。鸡知道天什么时候下雨，鸟也一样，伙计。"

在八天到十天中河水不停地涨，河岸也被淹没。岛上低洼处水深四五英尺，还有伊利诺斯州河边低地上也是如此。在这一边，河面有好几英里宽。不过在伊利诺斯州那一边，还是原来那样的距离——半英里宽，因为在伊利诺斯州那一边，沿岸峭壁林立。

白天岛上各处都已被我们踏遍。外面火辣辣的太阳却打扰不到密林里的阴凉。我们在树丛里穿进穿出。遇到藤蔓长得太浓密，我们只得退回来，另找路走。啊，每一棵吹断倒下的老树下，都能见到兔子和蛇这类东西，水没全岛的一两天中，它们因为饿得慌，就变得那么驯服，你马上要划近了，如果我高兴，可以用手摸它们身子。不过，蛇和鳖可不行，这些东西往往一溜就溜进了水里。我们山洞所在的山脊那里，你可以弄到好多这类东西。

有一天晚上，我们截到了一小节木筏子——9块松木板。宽有12英尺，长有十五六英尺，筏面露出水面六七英寸，就好像一片结实平滑的地板。白天，有时可以见到锯成的一根根木头漂过，因为我们白天不敢出面，只得听任它们漂去。

那天，天快亮了，我们正在岛尖，一座木头房子从上游漂来，是在西边的那头。房子有两层，只见歪歪斜斜的。我们划了过去，爬了上去，从楼上窗口里爬了进去。可是天太黑，看不清楚。我们便把小舟系好，等待天明。

我们到岛尾以前，天开始亮了起来。我们就窗口往里边一望，里面有一张床、一张桌子，还有两张椅子，地板上各处还有些什么，墙上还挂着几件衣服。地板上好像还躺着一个男人，看上去像是一个男子模样。吉姆就说："哈，你好啊！"可是他一动不动。

我也喊了一声，吉姆接下来说："这人并非睡着了，……他死了。你别动……让我去瞧瞧。"

他仔细看过以后说："他死了，而且还光着身子。是从背后开枪打死的。估摸着死了有两三天了。哈克，快进来，可是别看他的脸……样子太可怕了。"

我照着他的话做了。吉姆用几件旧衣服，盖住了他的脸。其实他没必要这么做，我不想看他。油腻腻的纸牌，散遍了地板的各处。还有威士忌酒瓶，还有黑皮做成的几个面罩。墙上到处都是字和画，用木炭涂得尽是最愚蠢、最无聊的那一类。还有两件破旧不堪的花洋布衣服，还有一顶太阳帽和几件女人的内衣，都挂在墙上，墙上还挂着几件男人的衣裳。我们把一些东西放回了独木舟里，也许以后会用得着。地板上有一顶男孩子戴的带花点儿的旧草帽，我把这个也捡了。还有一只里面有牛奶的瓶子，上面还有一个布奶头，想必是给婴儿喴奶用的。我们本想把瓶子带走，可是瓶子破了。还有一只破烂的木柜，一只带毛的皮箱，上面的合页都已经破裂了，皮箱没有上锁，是敞开着的，不过里面的东西并不值钱，从东西凌乱地散了一地来看，大概那是他们匆忙之中，没来得及带走的吧。

我们找到了一盏旧的白铁皮灯盏，一把铁把子的割肉刀；还有一把崭新的巴罗牌大折叠刀，在随便哪家铺子里卖，也值三毛五分钱；还有几支牛油蜡烛，一个白铁烛台；还有一把葫芦瓢，一只白铁杯子，一条破烂的旧被子，一只手提包，里边装着针线、黄蜡、纽扣等东西；还有一把斧头和一些钉子，还有像我的小拇指一样粗的鱼竿，上面还系着几只特别大号的鱼钩；还有一卷鹿皮、一只牛皮制的狗项圈、一只马蹄铁；还有几只旧的药瓶但没有标签。离开之前，我又发现了一只看起来还不错的马梳子。吉姆找到了一把破旧的提琴弓，还有一只木制假腿，上面的皮带已经裂开了，但其他地方都还完好。不过对我而言太长了，相较于吉姆又太短了，可是我们转悠了一大圈也没有找到另外一条。

这下子我们可发财了，能够满载而归了。当我们正要离开的时候，天已经非常亮了，距离岛的尾部有四分之一英里远了，于是我叫吉姆躺下，给他盖好被子，否则他的黑奴身份很容易被人认出来。我又划到了伊利诺斯州岸边，然后向下漂了半英里，我沿着岸边静水向上划行，一路上，没有发生任何事情，也没有遇见任何人。就这样，我们平安顺利地回到了家。

第十章

　　吃过早饭，我想要和吉姆谈一下那个死人的事，不过他似乎没有兴趣。他说谈论死人会招霉运，他还说那个死人有可能会来纠缠我们。他说一个死后没入葬的人会到处缠人，而死后入了土的，就不会经常出来作祟。这话听着很有道理，因此我就没有再多说了。可是对于这件事情，我依旧难以忘记，究竟是谁开枪打死了他，又为什么要将他打死呢？

　　在弄回来的那堆衣服当中，我们发现了缝在一件旧大衣里面的 8 块银币。吉姆说他认为那件大衣应该是那间屋子里的人偷来的，如果他们知道衣服里面放着钱，就不会扔掉它。我说，我猜测那个人也是被他们所杀，可是吉姆不想谈论这件事。我说："不要着急嘛，宝贝。真的是太高兴了，麻烦的事儿很快就会来了，我对你说过的话最好多留点心吧，麻烦的事儿马上就要来了。"

　　事情果真如此。那些话我们是星期二说的，嘿，到了星期五那天，我们吃完晚饭，在山脊梁高的那头的草地上躺着，烟叶子刚好抽光了，我到洞里去取，发现里面有条响尾蛇，我就把它打死了，然后将它盘起来，放在吉姆的毯子盖脚的那一头。那条蛇盘在那里像活的一样，我想要是吉姆发现了它，那就有好戏看了。嘿，到了晚上，我把这条蛇全忘了。吉姆一头扑倒在毯子上的时候，我连忙划了一根火柴，那条死蛇的伴儿也在那儿，冷不丁地咬了吉姆一口。

他"哇哇"地叫着，跳了起来，火花中我看到那个害人的东西，它蜷缩成一团，准备再跳起来咬人，我用一根棍子一下子就把它打昏了。吉姆一把抓起爸爸的威士忌酒罐就往嘴里倒。

他光着脚，那条蛇正好咬在他的脚后跟上。这都是我做的蠢事，忘了不管死蛇在什么地方，它的伴儿总会来盘住它。吉姆要我砍下死蛇的脑袋扔掉，然后剥掉蛇皮，切下一段蛇肉放在火上烤，他把烤熟的蛇肉吃了，说对治他的伤有好处。他又让我把蛇尾的响环弄下来，系在他的手腕上，他说这样做也有好处。然后我悄悄地溜出山洞，把那两条蛇远远地扔进矮树丛里去了，我想把这件事瞒过去，不想让吉姆知道这是我的错。

吉姆抱着酒罐不停地喝着，偶尔发一下酒疯，就前倾后仰、左右摇晃、哇哇乱叫，但是稍一清醒，又抱起罐子啜起来。他的脚肿得很大，腿也肿了，可是过了一会儿，酒力慢慢见了效，所以我认定他无事了，但是我宁肯被蛇咬也不愿喝爸爸的威士忌。

四天之后，吉姆又可以到处走动了。我既然明白了这种事情的后果，就下定决心不再用手拿蛇皮了。吉姆说也许我们的倒霉事还没完呢，他说这回我一定会信他的话了。他说他宁肯从左边回头看 1000 次月牙儿，也不愿意用手拿一回蛇皮。虽然我向来就认为向左回头看新月是一个人做的最粗心、最愚蠢的事儿，但我也慢慢地有与他同样的想法了。老汉克·邦克尔曾经看过一次，就到处吹牛说没事，不到两年，他有一回喝醉了，从制弹塔上摔下来，身子平摊在地上，就像一张薄饼。他们用两扇谷仓的门做棺材，把他从旁边塞进去，就这样埋掉了。人家是这样说的，但是我没有亲眼看见。我是听爸爸说的。但是不管怎样，这都是那样傻乎乎地看月亮闹出来的。

哎，时间慢慢过去，河水又像往常那样在河岸里川流。我们干了一件大事，那就是用一只剥了皮的兔子当钓饵，挂在一个大鱼钩上，放进河里，钓上了一条像人那么大的鲇鱼，有 6 英尺 2 英寸长，200 多磅重。

我们当然对付不了它，弄不好它就会把我们甩到伊利诺斯州那边去。我们只能坐在那里看它一直挣扎到死为止。我们在它肚子里发现了一粒铜纽扣、一个圆鼓鼓的球，还有许多乱七八糟的东西，我们用小斧头把球劈开，里面有个线轴。吉姆说这条鱼看来吞下这东西很久了，那上面裹了许多东西，慢慢地便成了一个圆球。我看这是在密西西比河里捉到的最大的鱼，吉姆说他从没有见过比这更大的。像这样大的鱼，在那边村子里可以卖一大笔钱。市场上都是论磅零卖，谁见了都会买几磅，它的肉白得像雪，用油煎着吃味道最好。

第三天早晨，我说这日子过得太慢、太乏味，应该想一个消遣的好办法。我说我想过河去，看看那边在干什么。吉姆也赞成，但是他说我得等天黑了再去，而且还要特别小心。最后，经他考虑再三，建议我最好是男扮女装过去，那倒也是个好主意。于是我们把一件印花布长袍弄短了，我把裤腿卷到膝盖上，然后再穿上袍子。吉姆用几个钩子从后面把袍子钩起来，这样穿起来就挺合适了。我戴上女士遮阳帽，把带子在下巴下系好，谁要是想看我藏在帽子底下的脸，就像从火炉与烟筒的接口往下瞧那么费劲。吉姆说就是大白天也几乎没人能认出我来。我扭来扭去练了一整天，想摸索出扮女孩子的窍门，不多久，我就能装得很像了，只是吉姆说我走路的样子不像个姑娘，他说我非得改掉撩起袍子去掏裤兜的习惯不可，我注意了一下，很快就做得好一些了。

天一黑，我就乘独木舟朝伊利诺斯州的上游河岸划去。

我从离渡口码头下游不远的地方往对岸的镇上划，急流把我冲到镇子的尾端去了。我拴好船，沿着河岸走。我非常好奇究竟是谁住在那所已经好久都没有人住的小棚屋里。我偷偷地在窗边向里面看，只见一张松木桌子上点着一根蜡烛，一个大约 40 岁的女人在烛光下织着毛线。她一定是个外地人，因为这个镇子上的人，我几乎都认得。这也或许是我的运气好，因为我来了以后，慢慢地有点儿胆怯，有些害怕，后悔来到这里，人家或许会听出我的声音来，认出我来。但是如果这个女人，在这个小镇上生活了两天，她就能够把我想了解的情况都告诉我，所以，我就走过去敲门，心里想着一定不要忘记我是个女孩子。

第十一章

"请进。"女人说道。于是我就推门进去了。她说:"请坐。"

我坐下来后,她的那双明亮的小眼睛一直盯着我看,问我:"你叫什么啊?"

"莎拉·威廉斯。"

"你就住在附近吗?"

"不。我住在距离这儿 7 英里远的霍克维尔,来到这里,可累坏我了。"

"我给你弄些吃的东西吧,你一定饿坏了。"

"不,我不是特别饿,我在距离这边 2 英里路的一家农庄歇了会儿,因此不是很饿。这也是我这么晚才来的原因。我妈有病就只能待在家里,我们也没有钱,我过来是想把情况告诉我叔叔阿勃纳·摩尔的。我妈告诉我,他就住在这个小镇上的那一头。我是第一次来这里,你知道他吗?"

"不,我才在这里住了一个星期,对这里的人还不熟悉呢。要去镇上的那一头,还要走很远的路呢。今晚你最好就留在这儿,摘下帽子吧。"

"不,"我说,"没关系,我想我一会儿还得走。"

她说她可不能让我一个人走。不过她说大概一个半钟头左右，她丈夫回来后，让他去送我。接下来便讲她的丈夫，讲她沿河上下的亲戚，讲她们过去的日子怎样比现在好得多，怎样自己对这一带并没有搞清楚，到这个镇上来是一件让她很后悔的事，放着好日子不知道过……说起来没完没了。这样，我就担心起来，生怕这回找到她打听镇上的情况，也许这个主意是错了。不过，不一会儿，她提到了我爸爸以及那件杀人案，我也愿意听。她说到我和汤姆·索亚是怎样弄到 6000 块钱的事（只是她说成了 1 万多块钱），讲到了有关爸爸的种种情况，以及他多么命苦，我又是多么命苦。后来，她又讲到了我是怎样被杀害的。我说：

　　"是谁干的？在霍克维尔，我听很多人都猜测过杀害哈克·芬的凶手，但我们并不知道是谁。"

　　"嗯，据我看，就在这儿，也有不少人想要知道他是被谁杀的。还有人说，是老芬头儿自己干的。"

　　"不会吧……不会是这样吧？"

　　"开始，几乎谁都是这么想的。他自己永远不会知道他差一点儿就会落到个私刑处死。不过，到了天黑以前，那些人主意变了，他们说他的死跟一个叫吉姆的逃跑的黑奴有关。"

　　"事情怎么了，他……"

　　我看，最好我别吱声。她不停地讲下去，丝毫没有注意到我的插话。

　　"正是哈克·芬被杀害的日子，那个黑奴晚上逃跑。因此，悬赏捉拿他，悬赏 300 块钱，还为了捉拿老芬头儿，悬赏 200 块钱。他在杀人后第二天早上来到了镇上，说了这件事，然后和他们一起乘渡轮去寻找，可是一完事，人就走了，马上不见人了。天黑以前，人家要给他处私刑，但他跑掉了，你知道吧。到第二天，人家就发现那个黑奴跑了，他们才知道杀人的那个晚上，11 点钟以后，黑奴就不见了，知道吧，人家就把罪名安在他身上。可是他们正闹得起劲的时候，那老头儿又回来了，又哭又闹地找到了撒切尔法官，索要那笔款，为了走遍伊利诺斯州寻找那个黑奴。法官给了他几个钱，而当天晚上，他就喝得酩酊大醉。后半夜，他和一些相貌凶煞的外地人在一起，接下来便和他们一起走掉了。啊，从此以后，他再也没有回来。人家说，这件事没弄清楚之前，他是不会回来了。因为人家现在认为，正是他杀了自己的孩子，把现场布置了一番，让人家以为是强盗干的，这样，他就能从哈克那里得到那笔钱，不用在诉讼案件上花费很长一段时间了。人家说，他是个窝囊废，干不了这个。哦，我看啊，这人可真够刁钻的了。在一年之内他要是不回来，他就不会有什么事了。你知道吧，你拿不出任何证据来定他的罪。一切便会烟消云散。他就会不费气力地把哈克的钱弄到手。"

"是的，我也同意你的看法。我看不出他会有什么不好办的。是不是人家不再认为是黑奴干的呢？"

"哦，不，不是每个人都持这种看法。不少人认为是他干的。不过，人家很快便会捉到那个黑奴，说不定人家会逼着他招出来的。"

"怎么啦，他还在被搜捕吗？"

"啊，你是真不明白吗，300块钱就那么容易到手？有些人认为那个黑奴离这儿很近。我就是其中的一个，不过我没有四处说就是了。才几天前，我对隔壁木棚里的一对老年夫妇说过话，他们随口讲到，人们一直没有去附近那个叫作杰克逊岛的小岛。我问道，那里住人吗？他们说没有。我没有接下去说什么，不过我倒是想过一想的。我可以十分肯定，我曾望见过在岛的尖端那边冒烟，时间是在这以前的一两天。所以我估摸着，那黑奴没准儿就在那儿啊。这样就值得到岛上去来个搜捕，在这以后，就没有再见到冒烟了。我想，那黑奴大概已经跑了。不过，我丈夫反正要和另一个人上那边去看一趟。他到上游去了，不过今天回来了，两个钟点以前，他一回到家，我就对他说过了。"

我被搞得心神不宁、坐立不安了，我真的是不知所措啊。我就从桌子上拿起了一根针，想要穿上一根线头，我的手怎么也穿不好。

那个妇女停止了说话，我抬头一看，她正看着我，一脸好奇地微微一笑。我把针和线往桌子上一放，装作听得出神的样子，其实我也确实听得出神，接着说："我妈要是能得到这300块钱该多好啊。你丈夫今晚去那边吗？"

"是啊。他和那个我跟你讲起的人到镇上去了，去搞一只小船，还要想想办法，看能不能弄到一支枪。他们动身的时间大概是半夜。"

"他们白天去不是能看得更清楚吗？"

"是啊。可是那个黑奴也照样能看清楚啊。夜里等他睡着了，他们就好穿过林子，轻手轻脚地溜到那边，寻找到他的宿营地，趁着黑夜，如果他真有宿营之处的话，找起来更方便些。"

"我没想到这里。"

那个妇女还是带着好奇的神色看着我，这叫我很不自在。

"亲爱的，你叫什么名字？"

"玛……玛丽·威廉斯。"

我好像觉得这跟我一开始说的名字不一样，所以我没有抬起头来。我记得，我最初说的是莎拉。我因此觉得很窘迫，并且怕脸上露出了这样的神气。我但愿那个妇女能接着说点什么。她越是一声不响地坐在那里，我越是心神不安。可是她这时说："亲爱的，你刚来的时候，说的是莎拉吧？"

"啊，是的，确实如此。莎拉·玛丽·威廉斯，莎拉是我第一个名字；有人叫我莎拉，有人叫我玛丽。"

"哦，是这样啊。"

"对。"

这样，我就觉得好受了一些。我仍然没有抬头，心里盘算着怎么才能早点儿从这儿脱离。

接下来，那个妇女就谈起了情势多么艰难，她们生活穷困得很，老鼠又多么猖狂，仿佛这里受它们控制，如此等等。这样，我觉得又舒坦了起来。说到老鼠，她说的是真话。在角落里的一个小洞里，一会儿就会出现一只老鼠，把脑袋伸出洞口探视一下。她说，她一个人在家时，手边必须准备好砸它们的东西，不然没有安生的时候。她给我看一根根铁丝拧成的一些团团，说扔起来很准。不过，一两天前，她扭了胳膊，而今还不知道能不能扔呢。这时，她看准了一个机会，向一只老鼠猛然扔了过去，不过，她扔得离目标很远，一边叫了起来："噢！胳膊扭痛了。"她接着要我扔下一个。但我却一直在盘算着在她丈夫回来之前赶紧离开，我把铁团子拿到了手里，老鼠一探头，我就快速地扔过去，它要是迟一步，准会被砸得病歪歪的。她说我扔得好准，还说她估摸，下一个我肯定能扔中。接下来，她让我帮她缠毛线。我伸出双手，她在我手上套上毛线，便又讲起她自己和她丈夫的事。不过，她又打断了话题说："眼睛看准了老鼠。最好把铁丝团放在大腿上，好随时扔过去。"

说着，她便把一些铁团子扔到我大腿上。她接着说下去，不过才只说了一分钟。接下来她取下了毛线，温和地直视着我的脸问："说吧，告诉我你的真名？"

"什……什么，大娘？"

"你真实姓名是什么？是比尔？还是汤姆？还是鲍勃？……还是其他的？"

你能想象得到我当时的样子吧！

"大娘，别捉弄我这样一个穷苦的女孩吧，要是我在这里碍事，我可以……"

"你别害怕！你给我坐下，别动。我不会害你，也不会把你告发。请把你的秘密实实在在地告诉我，相信我，我会保守秘密的。还不只这样，我会帮你，我家老头儿也会的，只要你需要他的话。要知道，你是个逃出来的学徒……就是这么一回事。这没什么大不了的，这算得了什么啊。人家辜负了你，你就决心一跑了事。孩子，希望你交好运，我不会告发的。全都告诉我……这才是一个好孩子。"

这样，事已至此，也不用隐瞒了。我告诉了她原原本本的一切，只是她答应了的不许反悔。我对她说，我是个孤儿，依照法律，我被拴在乡下一个卑鄙的农民手里，离大河有 30 英里。他欺压侮辱我，我再也不能忍受了。他出门几天，我便乘机偷了他女儿的几件旧衣服，偷偷逃了出来。这30英里，我走了三个晚上。我从家里带了些面包和肉用来路上吃，但我只能晚上走路，白天躲着。东西是足够用的，我相信我的叔叔阿勃纳·摩尔会照顾我的。这就是为什么我要上高申镇来。

"高申？孩子。这儿可不是你所想的地方！这是圣彼得堡啊。高申还在大河上边10英里的地方呢。谁跟你说这里是高申来着？"

"怎么啦？我今天一早遇到的一个男人这么说的。当时我正要到林子里去，像往常一样去睡个觉。他对我说，那里是岔路口，需得走右手这一条路，走5英里就能到高申。"

"我看他准是喝醉了，他指给你的正好是相反的路。"

"哦，他可能真有些喝多了吧。不过，如今也无所谓了，我反正得往前走。天亮以前，我能赶到高申。"

"等一会儿，我给你准备点儿吃的，这也许对你有用。"

她为我弄了点吃的，还说："听我说，一头奶牛趴在地上，要爬起来时，先离开地的是哪一头？赶快回答，不能停下来想。哪一头先起来？"

"牛屁股先离地，大娘。"

"好，马呢？"

"前头的，大娘。"

"一棵树，哪一侧长有茂盛的青苔？"

"北面的一侧。"

"假如有15头牛在一处小山坡上吃草，有几头是对着同一个方向的？"

"它们都冲着同一个方向，大娘。"

"哦，我看啊，你果真是住在乡下的。我还以为你又在骗我呢。现在你告诉我，你的真姓名是什么？"

"乔治·彼得斯，大娘。"

"嗯，要把这名字记住了，乔治。这回可别把它再说成是亚历山大或是别的什么了。还有，不要穿着这样旧的花布衣裳装成女人啦。你这个姑娘可装得不像，不过你要是糊弄一个男人，或许还能成功。上天保佑，孩子，你穿起针线来，可别捏着线头不动，光是捏着针鼻往线头上凑，而是要捏着针头不动，把线头往针鼻上凑，妇女多半是这么穿针线的，男人正好相反。打老鼠或者别的什么，应当踮着脚尖，手伸到头顶上，尽量往高处扔。打过去之后，离老鼠最好有七八英尺远。胳膊挺直，靠肩膀的力量扔出去，肩膀就好比一个轴，胳膊就在它上面转，女孩子都这样，可别用手腕子和胳膊后的力量，把胳膊朝外伸，像一个男孩子扔东西的姿势。还有，人家向一个女孩膝盖上扔东西，她接的时候，两腿总是分开的，并不是像男孩那样把两腿并拢，而你却把两腿并拢。你穿针线的时候，我就看出你不是个女孩。我又想出了一些别的方法来试试你，就为的是弄得确切无误。现在你去找你的叔叔去吧，莎拉·玛丽·威廉斯，乔治·亚历山大·彼得斯。你要是碰到什么麻烦，不妨写信给裘第丝·洛芙特丝，那就是我的名字。到时我会帮你的，沿着大河，一直朝前走。下回出远门，要随身把袜子、鞋子带好。沿河的路尽是石头块。我看啊，走到高申镇，你的脚可要遭殃了。"

我顺河岸往上游走了大约有 50 码，然后急忙往回赶，溜到了系独木舟的地方，离那家人家相当远了。我匆忙开了船。我向上游划了相当一段路，为的是能划到岛的顶端，然后往对岸划去。我把遮阳帽取下，因为我这时候已经不需要了。我划到大河的水中央的时候，听到钟声响起来了。我便歇了下来，仔细听着。声音从水上传来，很轻，可是很清楚——11 下。我一到岛尖，虽然累得喘不过气来，却不敢停下来休息，便径直奔我早先宿营的林子那里，找一个干燥的高处生起一堆大火。

后来，我全力划着独木舟，划向下游我们藏身的地方去。我跳上了岸，穿过树林，爬上山脊，冲进山洞。吉姆正躺着，在地上睡得正香，我把他喊了起来，对他说："吉姆，我们得收东西，赶紧走。不能再耽搁了，人家来搜捕我们啦!"

吉姆什么也没说。可是，从后来半小时的收拾行李的那个劲头看，他肯定是吓坏了。等我们将全部家当放置在木板上时，我们打算从隐蔽着的柳树弯子里划出去，我们首要做的事情是熄灭洞口的火堆灰烬。在这之后，我们尽可能地不点燃一点火光。

我把小船划到距离岸边很近的地方，然后向周围观望了一下。由于光线很暗，我们什么也看不清楚，即便是有船在附近也看不见。后来我们就把木筏撑了出去，溜进了阴暗处，向着下游漂去，悄悄地漂过了岛尾，两个人没有说一句话。

第十二章

大约 1 点钟的时候，我们来到了岛尾。木筏的速度很慢，若是有船过来的话，我们就会换乘独木舟，直奔伊利诺斯州那边。幸好没有船过来，因为我们根本就没考虑到要把枪搁在独木舟上，甚至连一根鱼绳和其他吃的东西也都没有想着要放到那里。处于惊慌之中，我们来不及考虑太多，将全部的东西放置在木筏上也真是太不明智了。

若是那些人来到了岛上，他们一定会看见我生的那堆火，而且会整夜守在那里等着吉姆回去。可是现在，我们终于离开了那里。假如我生的那堆火没有起到任何作用，那也不是我的错，我对付他们的这一招，也真是很缺德的了。

黎明的时候，我们驶过了伊利诺斯州那边的一个大水湾，在一个沙洲边停下了木筏。我们使用那把小斧头砍了一些棉白杨枝子，用它们把木筏盖起来，这样就可以制造出那儿的河岸像是凹下去了一块的假象。沙洲就是水流冲积成的一片沙地，上面长满了白杨，密得像耙齿一样。

密苏里州岸边有许多高山，伊利诺斯岸边是密密的森林，这一段河的主航道靠近密苏里州那边，因此我们不担心在这儿会碰上人。我们在那儿躺了一整天，望着木筏和轮船沿着密苏里州的河岸向下飞驶，向上开的轮船在中流同这条大河搏斗。我把我同那个女人闲聊的事从头至尾都告诉了吉姆，吉姆说她很精明，要是她亲自追我们，才不会坐在那里守着那堆营火呢。不会的，她会带上一条狗。我说，难道她不会叫她丈夫带条狗来吗？吉姆说他可以断定那两个男人准备动身的时候，她一定想到这一点了。他们一定到镇上找狗去了，所以才把时间耽误了，不然的话，我们就不会来到这个离村十六七英里的沙洲上来了，那是不可能的。我们又会回到那个老镇上去，所以，只要他们没抓住我们就行了，我才不管他们为什么没有抓住我们呢。

　　傍晚时分，我们从棉白杨树丛里向着大河上下和面前的河面上望了一阵，没见到什么东西。于是吉姆就用木筏上层的几块板子搭了个挺舒服的小窝棚。晴天太阳厉害时可以遮阳，雨天可以躲雨，东西也不会淋湿。吉姆还在窝棚里铺上了离木筏表面有 1 英尺多高的地板，这样一来，毯子和随身携带的物品就不会被轮船冲起的浪花溅湿。我们在窝棚正中间铺了一层五六英寸厚的泥土，四面用框子围住，这是准备雨天或天气寒冷的时候在上面生火用的，窝棚可以挡住火光，不让外面的人看见。我们还另外做了一支舵桨，原先的那支在水中不知道被什么东西给碰折了。我们用一根带叉的短棍挂那个旧灯笼，我们在看到上游来的轮船时，就得点亮灯笼，免得它把我们的木筏撞翻，但是遇到往上开的船就不必点灯，除非我们发现自己漂到他们叫作"通道"的水流中来了。河中的水势仍很大，低处的河岸仍然被浅水淹没着，所以往上游开的船有时不走主航道，而是挑水流平缓的地方走。

　　第二天晚上，我们走了七八个小时，这时河水的时速是 4 英里多。我们钓钓鱼、聊聊天，为了避免瞌睡，有时跳下水去游泳。我们在静静的大河上往下漂，仰面躺在木筏上看星星，倒有几分庄严的感觉。这时候，我们不愿大声说话，也很少大笑，只不过轻轻嬉笑几声。那几日天气非常好，那天晚上什么事情也没有发生，接下来的两个夜晚也没出什么事。

　　我们每晚都要经过的一些城镇中，有的在远处黑黝黝的山腰上，那里除了一片灯火，什么也没有，连一幢房子也看不见。第五夜我们经过圣·路易斯①时，好像整个世界的灯都亮了，直到在这个安静的夜里我想到那片闪亮的灯光时，我才相信圣·路易斯有两三万人的说法。那儿没有一点声音，每个居民都睡着了。

现在每晚将近 10 点钟的时候，我总会到附近小村子里去转转，买上 1 毛或 1 毛 5 分钱的玉米粉或咸肉，或别的什么吃的东西。有时候，我顺手拎起一只不老实待在窝里的小鸡带走，爸爸常说，你只要碰到小鸡，就得抓住它，因为如果你自己不想要，很容易找到想要的人，你为别人做了好事，人家一辈子也忘不了。我没见过爸爸哪回自己不想要小鸡，但是不管怎样，这是他常挂在嘴边的一句话。

有时候，我天亮前溜进玉米地里去借个西瓜，或香瓜，或南瓜，或几个新玉米棒子，或诸如此类的东西。爸爸常说，如果你打算以后还人家，借点东西没什么坏处。但是寡妇说没有一个正派人会去干那种事。那只不过是比说偷稍微好听一点的说法，吉姆觉得寡妇和爸爸说的都有几分在理，所以最好是从各种东西里面挑出两三种，说清楚这回借了，以后不再借。这样一来，他想再借别的东西就没有关系了。于是有一天晚上，我们仔细商量了一下这件事，想着是放弃西瓜，还是放弃甜瓜，或是香瓜，或是别的什么。到快天亮的时候，事情终于定下来了，决定放弃山楂和柿子。在做出这个决定以前，我们总感到不对头，现在心里舒坦了。问题就这么解决了，我也很高兴，因为山楂一点也不好吃，柿子还要两三个月以后才成熟。

偶尔我们也会用枪打下一只早起的或晚睡的水鸟。总的来说，我们的日子过得有滋有味。

第五天晚上的下半夜，我们在圣·路易斯下游遇到了一场大风暴，又打雷，又闪电，没完没了，大雨一盆一盆地从天上往下倒。我们待在小窝棚里，让木筏随水漂流。闪电发出耀眼的亮光，我们的前面是一条笔直的大河，两边是高耸的石壁悬崖。过了一会儿，我说："喂，吉姆，你瞧瞧那边！"在闪电的照耀下，我们看见我们正在朝一艘撞毁的轮船

---

① 美国密苏里州最大的城市，位于密西西比河畔。

漂过去，闪电把它照得很清楚，它向一旁歪着，一部分甲板露出了水面，打闪的时候，你能清楚地看见每一根固定烟囱的铁丝和大钟旁边的那把椅子，椅子背上还挂着一顶软边旧呢帽。

风雨交加的深夜里，一切都显得那样神秘，我看见那条遇难的破船凄惨惨、孤零零地躺在河中央，心中产生了一种想法。我想到船上去，偷偷地到各处走一走，看看那上面有些什么东西，于是我就说："吉姆，我们上船去吧。"

起初吉姆一个劲儿反对，说："我可不想到那破船上去瞎逛。我们现在过得挺好的，就这样过下去吧，就像《圣经》上说的那样，人要知足。说不定破船上有人看守着呢。"

"看守这个！"我说，"那上面除了甲板舱和驾驶室没有什么值得看守的了。你以为有人会在这样的夜晚，连命都不要，守在甲板舱和驾驶室里吗？这条船随时都可能散架，被大水冲到河下去呀！"吉姆无言以对，所以也就不吭声了。"还有呢，"我说，"我们从船夫的卧舱里也许可以借到些有用的东西。雪茄烟我敢说肯定有，5分钱硬币一支。小火轮的船长都挺有钱的，一个月挣60块钱。你也知道，一样东西只要他们想要，是毫不吝惜花多少钱的。往你兜里塞上一根蜡烛吧，吉姆，不上去搜它个底朝天，我的心就安定不下来。你以为汤姆·索亚会放过这种事吗？他肯定不会的。他把这种事叫作'历险'，他准会这样叫。哪怕就是去送死，他也要上那条破船的。他还能不趁机抖抖派头，大显身手，卖弄一下？他不会随随便便放过。嗐，你看他那做派就会觉得是克利斯托弗·克伦布发现了天国①呢。汤姆·索亚要是在这儿就好了。"

吉姆虽然发了几句牢骚，但是最后还是听了我的。他说我们尽量不说话，或者尽量小声说。这时闪电又恰好及时给我们照亮了破船，我们走到右舷起货吊杆的位置上，把木筏拴在上面。

这儿的甲板高高向上翘起，我们在黑暗中小心地从斜歪着的甲板上向左舷溜，然后朝着最高的甲板舱摸去。我们慢慢地试探着走，同时伸

---

① 哈克把发现美洲的哥伦布说成克伦布，又说他发现天国，这些话从一个无知的顽童口中说出，符合他的身份。

出双手摸，免得碰着绳索，因为天很黑，我们根本就看不见它们。不一会儿，我们摸到了顶舱天窗的前端，就爬了上去，之后就来到了船长室的门口，门是开着的，我的妈呀！我们看到甲板舱过道的那一头有灯光！也就在这一瞬间，我们好像听到那边有人低声说话！

吉姆小声说他感到不行了，要我赶快跟他走。我说，好吧。然后就准备回到木筏上去。正在这时候，我听到有人哭着说："哦，请高抬贵手，弟兄们，我发誓绝不说出去！"

另一个人大声说："吉姆·特纳，你太不老实。你老是这么干！每次分东西的时候，你得了自己那一份，还老想多要，而且每回你都能得逞，因为你发誓说，要是得不到，你就把事情说出去。但是这回你说了等于没说，你这个最下作、最奸诈的家伙。"

吉姆这时候已经走到木筏那边去了，我无法抑制自己的好奇心，心里想，汤姆·索亚在这种场合是不会退缩的，我也一样，我要去看看那边究竟在干什么。于是我在那条小过道里趴下来，手脚并用，摸黑朝船尾爬去，爬到我和甲板舱的过道之间只隔着一间特等舱的地方。这时候，我看见有一个人直挺挺地躺在地板上，手脚都被捆住了。他跟前站着两个人，低着头看他，其中一个人手中提着一个昏暗的灯笼，另一个人握着一支手枪。这个人的手枪一直对着躺在地上那人的脑袋，说："我真该一枪干掉你这卑鄙下流的东西！"

地上的那个人缩成一团，说："哦，比尔，请别开枪，我绝不会说出去的。"

他每这样说一遍，那个提灯笼的人就大笑一次，说："你确实不会说出去了！你这回总算说了句靠得住的话。你听听，他在求我们呢！如果我们没占上风，把他捆起来，我们早就被他干掉了，这只是为了我们应得的那一份，就是为这个。吉姆·特纳，我敢说你再也吓唬不住谁了。把手枪收起来吧，比尔。"

比尔说："杰克·帕卡德，我不收。我非要干掉他！他不是也这样把老哈菲尔德干掉了吗？这就是他的下场！"

"但是我不想弄死他，我有我的理由。"

"杰克·帕卡德，老天爷会保佑你的！我一辈子也不会忘记你的大恩大德！"地板上的那个人说，声音中带了一些哭腔。

帕卡德没有理他，只是把灯笼挂在一个钉子上，朝我这边走过来，他打示意让比尔也跟他过去。我趴在地上尽快往后退，大约退了2码，但是船身倾斜得很厉害，为了不让他们踩着，我爬进了较高的一边的一间特等舱里。帕卡德很吃力地摸了过来，等到走到我那间特等舱门外时，他说："是这儿，到这儿来吧。"

比尔跟在他后面也进来了。但是我爬上了上铺，我陷入了进退两难的绝境，后悔不该进来。这时候，他们站在那里，手扶着床架说话。我能从他们身上的威士忌的气味，判断出他们的位置。幸亏我不喝威士忌，不过喝不喝反正也没多大关系，因为我太害怕了，简直都不敢出气，所以他们发现不了我。他们在低声而认真地谈话，如果要听清楚这样的谈话，你就不能出气。

比尔想杀掉特纳，他说："他口口声声说要讲出去，他是干得出来的。我们刚同他吵过架，又这么整治了他一顿，现在就是把我们自己那两份给他，也没有用。他肯定会去检举我们，把对我们不利的证据都供出来，现在你听我的好了。我主张就此却他的烦恼。"

"我也是这么想的。"帕卡德十分平静地说。

"妈的，我还以为你不想这样干呢。好了，既然这样，我们快动手吧。"

"等一等，你听我把话说完。你听我说，一枪毙了他固然痛快，还有一些不弄出声响来的法子。我的意思是这样的，既把事情办了，又能确保自己的安全，你又何必那么傻，硬要把绞索往自己脖子上套呢？难道不是这么个理儿吗？"

"确实是这么个理儿。那你想怎么办呢？"

"哦，是这样的：我们赶快动手干，把每个特等舱里我们忘了拿走的东西都收拢在一起，搬到岸上藏起来，然后我们就等着。用不了两个钟头，这条破船就会散架，被水冲到河下去。那样他就会淹死，这样谁也怨不着了。我看这办法比杀死他要好得多。只要还想得出别的办法，我是不赞成杀人的；杀人是没见识的法子，而且缺德。我说得不对吗?"

"对，有道理。但是要是这船不散架，不被冲走呢?"

"嘿，反正我们可以先等两个钟头再说嘛，是不是?"

"那好吧，我们走。"

他们走了以后，我就溜出了特等舱，吓得出了一身冷汗。我朝前面爬去，那地方一团漆黑，我轻轻地喊了一声："吉姆!"他马上就哼哼似的回应了我一声，原来他离我很近。我说："快点，吉姆，现在可没时间做其他的事情，在那边有一伙杀人犯，我们必须赶快去找他们的船，然后把船顺流漂下去，使这一伙人无路可逃，把他们困在这里，通知治安官来抓捕他们。快! 快点! 我去左舷找，你去右舷找。你就从木筏那里找吧，我——"

"啊! 我的上帝啊! 上帝啊! 木筏呢? 木筏在哪里啊! 木筏消失了，木筏被水冲走了! 我们困在这儿了!"

第十三章

哎呀，我们居然和这一伙人困在一条破船上！我吓得简直要昏过去。可是，我们来不及考虑太多，我们必须马上把那条小船找到，一定要占有它。我们一边浑身直哆嗦，一边沿着右舷寻找。我们走得非常慢，像是过了一个星期才走到了船尾。最终，我们还是没能找到船，吉姆说他已经没有力气再走了，他说，他已经被吓得有气无力了。但我说，我们一定要挺住，要不然我们就真的完了。后来我们又开始摸索，我们向顶舱的后尾摸索，摸到了顶舱的后尾后，我们又攀着天窗一直摸过去，抓着一块窗板，再摸到另一块窗板，因为天窗的边缘早已经被水淹没了。当我们来到十字厅大门口的时候，居然看到了那条小船，它确实是停在那儿！我正好能看见这条小船。感谢上帝！我们很快就能上船了。可正是在这一刹那，门开了。其中的一个人探出头来，离我才只几步之远。我想这下要完了。

不过，他又把头缩了回去，说："把那盏灯拿走吧，别叫人家看见了，比尔！"

他往小船里扔了一袋儿什么东西，接着上了船。原来是杰克，接着是比尔本人走了出来，上了船。杰克低声地说："全弄好了，撑船吧！"

我在窗户板上快撑不下去了。我浑身一丝力气都没有了。不过比尔说："等一等……你搜过他的身了吗?"

"没有啊,你没搜吗?"

"和你一样。这么说,他那一份现金还是拿到了手。"

"那就动手吧……只把东西带走,可钱却留了下来,这算什么呀。"

"喂,他是不是早就料到我们这么干啊?"

"也许不会。不过我们必须拿到手。走吧。"

他们便跳出小船,钻到舱里去了。

门"砰"的一声关上了,因为门在破船上歪着的一面。瞬间,我跨上了船,吉姆跟着一跌一撞上了船。我用小刀将绳索割断,我们便溜之大吉啦!

我们连桨都没有摸,也不说话,都屏住了呼吸。我们一声不响,飞也似的朝前直溜,溜过了外轮盖的尖顶,溜过了船尾,刹那间离破船已有 100 码。我们被黑暗吞没了,连最后一点影子也给吞没了。我们安全啦,只有我们是清楚的。

朝下游划了三四百码远以后,我们还能看到那盏灯在顶舱门口忽地闪出一点儿火花。我们知道那条船不会被那个流氓发现,逐渐明白了他们如今正跟吉姆·特纳一样陷进了绝路。

随后,我们便去追赶我们的木筏子。到这个时刻,我才第一次想到那帮家伙的处境……在这以前,我实在顾不上。我在想,陷入如此的绝境,就算是杀人犯也够受的。我说,说不定哪一天我也会是个杀人犯呢,难道我会高兴吗?我悻悻地对吉姆说:"我们在有灯光的地方登岸,找一个你我和小船躲藏的好去处。接下来,我再瞎编出一个故事来,让人家先把他们救出来,时辰一到,就绞死他们。"

这个主意是白想了。不一会儿,又是雷雨交加,比刚才还要厉害。大雨一个劲地往下倒。没有一丝灯光。依我看,人们全都睡了吧。我们顺着水流往下游冲去,一边寻觅灯光,一边寻找我们的木筏子。隔了很长一段时间,雨才停了,不过云还没有散开,电光还在一闪一闪。在电光所闪处,只见前边有一个黑乎乎的、在水上漂浮的什么东西。我们就追上去。

那就是我们的木筏子！我们重新找到了自己的木筏子，别提有多高兴了。正巧，我们见到在下游右手边的岸上有一处灯光。我便说要过去。小船上满是那帮家伙偷来的赃物。我们胡乱地把这些东西堆在木筏上。我叫吉姆顺水往下游漂，估计漂出有 3 英里路远，便点一个灯，一直燃到我回来。接下来，我摇起桨，朝灯光划去。这时远处的山坡上依稀出现了几处灯光。是个村子。我往岸上灯光那边靠拢，停住了桨，朝下边漂去。漂过去时，见到那是一艘双舱渡船，船头旗杆上挂着灯，我四处寻找那边看船的人，心想不知道他在哪处睡觉。一会儿发现他脑袋垂在两个膝盖中间坐在船头系缆桩上。我轻轻地推了他肩膀几下，就哭了起来。

他就醒了，还有点儿惊奇。不过，他见到就我一人，便伸了伸懒腰，打了一个好大的哈欠，接着说："啊，什么事啊？别伤心了，小家伙。有什么难处啊？"

我说："我爸爸、妈妈、姐姐、弟弟……"

我哽咽得说不下去了。他说："哦，该死的。人人都有自己的麻烦事儿，一切都会好起来的。好了，别这么伤心，他们究竟怎么啦？"

"他们……他们……你是这儿看船的吗？"

"是的，"他仿佛颇为得意地说，"我是船长，又是船主，又是大副，又是领港，又是看船的，又是水手头儿。有的时候，我还是货物和乘客。我比不上老吉姆·洪贝克那么富，所以我就不能像他那么出手大方，那么好地对待汤姆·狄克和哈利，也不能像他那样花钱如流水。不过，我不想跟他换位子，这个我已经跟他说过多次了。我说，我的生活是一个水手的生活。要是让我住在镇子外面 2 英里路的地方，没有什么好玩的地方，别说他那点儿臭钱都给了我，就是再加上两倍，我也不会干。我说啊……"

我插嘴道："大祸就要降临到他们身上了，而且……"

"什么？"

"啊，我爸爸、妈妈和姐姐，还有胡克小姐。只要你把渡船往上游那边开过去……"

"往上游哪里啊？他们现在在哪里啊？"

"在那艘破船上。"

"哪艘破船？"

"怎么啦？只是一艘破船而已吗，怎么啦？"

"哦？难道你说的是华尔特·司各特？"

"没错。"

"天啊！真是鬼才知道他们到那儿去干什么啊。"

"嗯，可他们压根儿不是故意要去的。"

"我想他们也不会。可是如果他们不能赶快离开，那就坏啦，那就没有命啦。怎么搞的，那么危险的地方他们也敢进去？"

"这是实在没料到的事啊，胡克小姐是到上游那个镇上走亲戚去的……"

"是啊，是步斯渡口……赶快往下说。"

"她是去步斯渡口走亲戚的。正是日落时分，她和黑女佣上了渡骡马的渡船，准备晚上去她的朋友那儿住一宿，她朋友叫什么我不记得了。渡船上的人丢了掌舵的桨，船就打转转，船尾朝前往下游，漂了 2 英里多路，碰到那条破船上，就给撞翻了。摆渡的和黑女佣以及一些马匹，全都冲走了。只有胡克小姐一把抓住了那条破船，拼命爬了上去。嗯，天黑以后一个钟点左右，因为天黑，当我们发觉的时候一切都晚了，于是我们被那条破船给撞翻了。不过我们都得救了，除了比尔·惠贝尔一人……啊，他可是个天大的好人啊……我宁愿那是我。"

"天啊，这可是我平生遇到的最让人难过的事了。接下来，你们又干了些什么呢？"

"啊，我们大声呼救了半天，可是河面太宽，我们再喊，也没有人听见。这样，爸爸说，总得有人上岸去求救啊。就只我一个人会游泳的，于是就由我来了。胡克小姐说，要是我一时不能马上找到人来搭救，就可以到这儿来，寻找她的叔叔，他会把事情安排得妥妥当当的。我在下边 2 英里路的地方上了岸，一直在白费劲，想找人帮忙，可是人家说，'什么，夜这么深，水这么急，要人家干？简直是瞎闹，还是去找渡船吧。'现如今，要是你愿去……"

"要是你爸爸肯出这笔费用的话，我倒是很乐意去帮忙的……"

"哦，那好办。胡克小姐对我说，是特地对我说的，说她叔叔霍恩贝克……"

"好家伙！原来他就是她的叔叔啊，我给你说，你朝远处有灯光的那个方向跑过去，再往西拐，走三分之一英里，你就到了那家酒店，你告诉他们，要他们赶快带你去找吉姆·霍恩贝克。他肯定会付这笔钱的。这时候他正着急呢，所以你得赶紧去。你告诉他，在他到镇上来以前，我准定已经把他的侄女儿给平平安安地救出来了。你马上加把劲跑吧，我马上到这儿拐角那一头，去把我的司机叫起来。"

我便向有灯光的那边跑去。等到他在拐角处一拐弯，我就往回赶，跳上船，把船上的积水排完，把船停靠在 600 码外静水区域的岸边，自己挤到几只木船那里看着，因为不见渡轮出动，我就安不下心来，不过，为了对付那帮家伙费了这么大的劲，我心里还是舒坦的，只因为肯像我这么干的，恐怕为数还不多了。我倒是希望寡妇会知道这件事，据我猜想，她会把我这样帮助那帮恶棍引为骄傲，因为这些恶棍和骗子正是寡妇他们感兴趣的，所以她肯定会很乐意了解这件事的。

啊，没有多久，前面就是那艘破船了，黑压压的一片，往下游漂漂荡荡。一时间，我全身打了个冷战。我朝着它奔过去。它往水里下沉已经很深了。我看到那些船上还活着的人已经没有希望了。我绕着它划了一圈，大喊了几声，却没有回音，一片寂静。我为这帮人感到难过，但并不是很悲痛。因为他们若能坚持住，那我也可以做到。

似乎过了很长时间后，吉姆的灯光露了出来。不过它看起来有千里之遥，我来到吉姆这边时，东边的天空露出了亮光。等我们来到一个小岛后，凿沉小船，就躺下睡着了，我们睡得昏天黑地的。

第十四章

我们醒了之后，先翻检了一遍那帮人从破船上偷来的东西，发现了毛毯、靴子、衣服和其他东西，还有一个望远镜、三盒雪茄烟。我们从未见过这些好东西。雪茄烟是上等的，真是太好了。我们在树林中待了整整一个下午，我还翻了一遍那些书，感觉非常快活。我告诉吉姆，这就是所谓的历险了，他却对我说从此以后再也不想有这样的经历了。他还说那时候当我进到顶层甲板舱时，他想到木筏上面去，可是却没有看见木筏，他当时非常着急，因为他想着，不管结局怎样，他总归是没有任何希望了。因为若是没有人过来救他，他会被淹死；若是有人过来救他，那么不管是谁来，都会将他送到家里领赏，而华森小姐会把他卖到南方，这是毫无悬念的。唔，他的判断是对的，他几乎每一次的判断都对，就一个黑人来说，他可以算得上是头脑特别清醒的了。

我讲了许多关于国王、公爵、伯爵之类的故事给吉姆听，故事里还谈到他们穿得如何如何华丽，派头多么多么神气，他们互相之间不称先生，而称陛下、大人、阁下等，吉姆听得津津有味，眼珠子都鼓出来了。

他说："我还不知道有这么多大人物呢，如果不算那一沓扑克牌里的老王，除了所勒蒙①老国王以外，其他的我几乎一个也没听说过。一个国王挣多少钱?"

"挣钱?"我说，"嘿，假如他们想要，一个月可拿1000块钱。他们可不必费力去挣什么钱，所有一切都是他们的，想要多少都行。"

"那他们不快活死了! 他们都干些什么，哈克?"

"他们什么也不干! 哼，你怎么问这样的问题! 他们只是到处坐坐。"

"不会吧，是那样的吗?"

"肯定是喽。他们只是到处坐坐，也许在战争期间是例外，那时候他们就去打仗，但是平时他们的日子悠闲得很，有时架着鹰去打猎，只是把鹰撒出去。嘘! 你听到一个声音没有?"

我们跳出来看了看，那只不过是下游远远的地方一条轮船的击水轮打水的声音，那条船正拐弯朝这边开来，于是我们连忙缩回去了。

"你晓得吧，"我说，"有时候他们觉得无聊，就对国会横挑鼻子竖挑眼; 要是有人办事不合他的心愿，就会被他砍掉脑袋。但国王多数时间都在后宫鬼混。"

"在什么地方鬼混?"

"后宫呀。"

"那是做什么的?"

"你连这都不知道吗? 那里住着他所有的老婆。所罗门就有一个后宫，他大约有100万个老婆②。"

"哦，不错，是那样的。我——我全忘了。我想那就是个公寓吧。那里的育儿室一定是吵吵闹闹的。我想那些老婆也常常吵架，这样一来那地方就更不清静了。有人说所勒蒙是自古以来最聪明的人，我才不信呢。为什么? 难道聪明人愿意成天待在那么一个吵得一塌糊涂的鬼地方吗? 不会的，他一定不愿意住在那里。一个聪明人会去盖一个锅炉厂，他要是想歇一歇，就把锅炉厂关闭。"

---

① 所罗门的讹音。
② 哈克又在瞎吹牛，据《圣经·旧约·列王纪上》所罗门有妃子700人、嫔300人。

"嗜，无论如何就是那样，寡妇跟我说他是极聪明的人。"

"寡妇怎么说我不管，反正他压根儿就不是个聪明人，他有的事简直是胡来，我从没见过。你知道他要把一个小孩劈成两半的事①吗？"

"知道，寡妇从头至尾都跟我讲过。"

"那就好！那还不是世界上最坏的主意？我给你学一下，你只要看一看就明白了。那儿有个树桩，那就算是个女人吧，你在这儿，就算是另外那个女人，我就是所勒蒙，这张 1 块钱的钞票就算是那个孩子。你们俩都说这 1 块钱是自己的。那我怎么办呢？我应该到街坊邻里中间去走一走，问一问这张钞票是谁的，然后丝毫无损地把它交给原主，是不是？稍微有点头脑的人都会这么干，对吧？可是我偏不这样干，我拿起那张钞票，把它撕成两半，一半给你，另一半给那个女人。所勒蒙就打算对那个孩子这样干。现在我问你：半张钞票有什么用？你拿它什么也买不到。那么，半个孩子又有什么用？你就是给我 100 万个我也不要啊。"

"见鬼，吉姆，你压根儿就没领会要点！真该死，你简直是离题千里了。"

"谁？我吗？去你的吧。别跟我叨咕你那些要点了，好多事儿我是能够明白那些道理的，而他做那事毫无道理嘛。人家争的不是半个孩子，而是一个整孩子。以为拿半个孩子就能解决争一个孩子的纠纷，那他就像是下雨不知道躲雨的人一样傻，都不知道进屋躲一躲。别再跟我谈那个所勒蒙吧，哈克，我可把他看透了。"

"可是我告诉你，你没领会要点。"

"要点个屁！所有的事我都看明白了。你听着，真正的要点在皮儿下边，在更深的地方，要看所勒蒙是怎样带大的。假如一个人只有一两

---

① 《旧约·列王纪上》记载了一则所罗门断案的故事：一次两妇人争一婴儿诉讼于所罗门前，两人都说自己是婴儿的生母。所罗门佯装将婴儿劈成两半，分与二人。一妇人表示同意，另一妇人急忙说："求我主将这孩子判给那妇人吧！万万不可杀了他！"所罗门于是判定后者必是婴儿生母。此故事与我国元代李行道的杂剧《包待制智赚灰阑记》中的一个情节相似。包拯为断一小孩的归属，命人在堂上画一灰圈，小孩立其中，令两妇人去拽，拽出者为生母。其中一妇人不敢用力，唯恐"扭断他胳膊"，包拯即断此妇人为小孩生母。

个孩子，他会糟蹋自己的孩子吗？不会，他糟蹋不起。他只会好好地爱护他们。可是要是有一个人有 500 万个孩子，那情形肯定就不一样。他把一个孩子劈成两半，就好像宰一只猫那样随便，反正有的是呢。多一两个，或少一两个，对所勒蒙来说不当一回事。上帝会惩罚他的！"

他就是这样一个黑人。他脑子里一旦有了一个想法，你就别想把它从他脑袋瓜里弄出来。在我所遇见的黑人当中，他是最痛恨所罗门的一个。于是我就把所罗门撇在一边，跟他谈别的国王。我告诉他，很久以前，法国的路易十六①被人家砍了头；我还讲了他的小儿子豆粉②的事，他本来可以当国王，但是他们把他抓起来关进了监狱，有人说他就死在那儿了。

"可怜的小家伙。"

"还有人说他逃到美国来了。"

"那太好了！但是他会感到很孤单的，因为我们这儿没有国王，是不是，哈克？"

"是的。"

"那么他就找不到事做了吧。他想干什么呢？"

"哎，我也不知道。他们中间有的人去当警察，有的教别人讲法语。"

"什么，哈克，法语跟我们说的话是不同的吗？"

"不一样，吉姆，他们说的话你一句也听不懂，一个字也听不懂。"

"啊，那太奇怪了！怎么会那样呢？"

"我不知道，不过就是那样的。我从一本书上学了几句他们的鸟语。

----

① 路易十六（1754—1793）：法国国王，1774—1792 在位，法国路易十五之孙。1792 年 8 月法国君主制被推翻，同年 9 月法兰西第一共和国成立。1793 年 1 月 18 日，国民议会以叛国罪判他死刑，三天后被送上断头台。

② 法国皇太子朵芬（1785—1795）的讹音，法国国王路易十六之子。路易十六被处死时，他只有 8 岁。1793 年成为法国挂名国王，称为路易十七。1792 年法国封建君主制被推翻后，他和王室其他成员被关入巴黎丹普尔监狱，1795 年死于狱中，也有人说他没有死，逃出了监狱，亡命美国或其他地方。在此后数十年中，有 30 多人自称路易十七，但均证据不足。马克·吐温手头有关于他的书，作者是霍拉斯·雷勒。

要是有人跑到你跟前说'波利·乌·疯浪子'①，你会怎么想?"

"如果他不是白人的话，我会不顾一切地抓住他，让他头顶开花的。我不许黑人这样叫我!"

"瞎说什么啊，那怎么会是叫你呢，那只不过是说，你会不会讲法语?"

"哼，那他应该好好说啊。"

"哎，他是在好好说呀，法国人就是这样说的。"

"嘿，这简直太好笑了，一点道理也没有，我不想再听了。"

"我来问你，吉姆，猫说话是不是跟我们一样?"

"不一样，猫说话不像我们。"

"好了，那么牛呢?"

"牛也不像。"

"猫说话像不像牛? 或者说牛说话像不像猫?"

"不像，它们都不像。"

"它们说话彼此都不一样，那不是很自然、很正常的吗? 你说是不是?"

"肯定是这样啊，这是当然的!"

"那么牛和猫说话跟我们不一样，那不也是很自然、很正常的吗?"

"那自然是一点也不错啦。"

"好了，法国人和我们说话的方式不同，不也很正常吗? 你来回答这个问题。"

"猫是不是人，哈克?"

"不是。"

"好了，猫既然不是人就肯定不会说人话了。牛是不是人? 或者说牛是猫?"

"不是，它既不是人，也不是猫。"

"好了，如果它像他们俩那样说话就真的没有道理了。法国人是

①　Parlez-vous Francais（你会讲法语吗）的误读。哈克把"法语"一词说得像英语的"frenzy"（疯狂的）。

人吗?"

"是啊。"

"这就对了!那你倒是告诉我法国人怎么不说人话呢!"

我也终于明白了,想要和黑人讲道理,那难于上青天,因此我就没有再说话了。

第十五章

我们估算着还要三天才会到达伊利诺斯河下游的凯洛城，俄亥俄河的汇合处就在开罗，我们要去的就是这儿。我们打算卖掉木筏，乘上轮船，顺着俄亥俄河向上走，到没有买卖黑奴的自由州那里去，这样也就远离了那些是非之地。

第二天晚上起了雾，我们在一处沙洲那里系好了木筏，因为在雾中行舟很不方便。我在独木小舟上坐着，拽着一根缆绳，想要把木筏系在一个安全的地方，可是除了一些小小的嫩树外，没有其他地方可拴，缆绳只得拴在了生长在凹岸旁边的一棵小树上。而恰好有一个急流，木筏受到猛烈的冲击，小树被连根拔起，而木筏也就顺着水流漂走了。看着周围的浓雾，我突然很惊慌，至少半分钟都动弹不得。再一看，木筏已经无影无踪。20 码以外，什么也看不清。我跳进独木小舟，抄起桨来，使劲往后退，可是它动也不动。原来，忘了解开绳索啦。我站起身来，解开了独木舟，可是我的两只手直颤抖，弄得什么事也干不好。

总算把船行驶起来了，我急忙朝木筏子追去。情况还算顺利，不过，沙洲还不到 60 码长，我刚蹿过沙洲的末尾，眼看就一头冲进白茫茫一片浓浓的大雾之中了。我迷迷糊糊，连自己正在往哪一个方向漂流也辨不清了。

这时，我决定不能这样一味划下去。首先，我知道弄不好会撞到岸上、沙洲上或是别的什么东西上面。我必须坐着不动，随着它漂。在这么一个关头，偏偏要空有双手不能动弹，叫人如何安得下心。我喊了一声，又仔细地听，我听到，从下游那边，隐约地从某个地方传来了微弱的喊声。这下子，我来了精神，我一边飞快地追赶它，一边又屏住气仔细地听。等到再听到那喊声的时候，我这才明白了自己并非是正对着它朝前进，而是偏到了右边去了。等到再下一次，又偏到了左方。偏左也好，偏右也好，反正进展都不大，因为我正在团团地乱转，一会儿这一边，一会儿那一边，一会儿又回来，可是木筏却始终在朝着正前方走。

我一直期待着能听到那傻瓜敲铁锅的声音，但一直也没听到。并且叫我最难受的，还是前后两次喊声间隔时听不到一点儿声音。啊，我一直都在拼搏着，可猛听得那喊声又硬是转到我的身后去了。这回真是把我搞糊涂了。准是别的什么人的喊声吧，要不然，那就是我的划桨转过头了。

我把桨一扔，但又听到了我身后的喊声，只是换了个地方。喊声不停地传来，又不停地更换地方，我呢，不停地答应。直到很久很久以后，又转到了我的前边去了。我知道是水流把独木船的船头转到了朝下游去的方向，只要那是吉姆的喊声，并非是别的木筏上的人的叫喊声，那我还是走对了。我实在是没办法听清那声音，因为在浓浓迷雾中，形体也好，声音也好，都和原来的本色不一样。

喊声持续很久。大约过了一分钟，我突然撞到一处陡峭的河岸上，但见岸上一簇簇黑黝黝、鬼影森森的大树。河水把我一冲，冲到了左边，河水飞箭似的往前直冲，在断枝残丫中一边咆哮着，一边夹着断枝朝前猛冲。

不一会儿，四周又笼罩上了一层寂静的白雾。我就静静地坐着，纹丝不动，听着自己心跳的声音。我在心里合计着，心跳了100下，我连一口气都没有吸。

在那个时刻，我算是死了心了。我明白那究竟是怎么一回事了，那陡峭的河岸是一座小岛。吉姆已经到了小岛的另一边去了。这里可不是什么沙洲，10分钟便能游过去的。这里有一般小岛上那种大树，小岛可能有五六英里长，半英里那么宽。

估计有15分钟时间，我一声不响，竖起了耳朵听。我仍然是在漂着，我估计，一小时漂四五英里路，只是你并不觉得自己是在水上漂。不，我觉得自己死了一般地躺在水面上。要是一眼瞥见一段枝丫滑过，也不会想到自己正飞快地往前走，而只是屏住了呼吸，心里想着，天啊，这段树枝往前冲得有多快啊。你如果想知道一个人在深夜里，四周一片迷雾，会有多凄冷多孤独，你只有亲身体验过才知道。

之后的半个小时里，我不时地喊几声，直到后来，终于听到远处传来了回答的声音，我便使劲追。我想我可能是陷进了沙洲里了。因为在我的左右两旁，我都隐隐约约瞥见了沙洲的景色。有时候，只是在两岸中间一条狭窄的水道上漂。大多的时候我什么也看不见，只是我知道自己是在哪里，因为我听到了挂在河岸水面上的枯树残枝之类的东西被流水撞击时发出的声音。就在我陷入沙洲不久后，我什么声音也听不见了。我只是隔一会儿试着追踪一下。因为实际情况比追踪鬼火还要糟糕，声音如此东躲西闪、难以琢磨，地点变得又如此飞快，而且面广量大，这些的确都是前所未闻的。

有四五次，我为了不至于撞在那些凸出的小岛上不得不用手推开河岸。因此我断定我们那个木筏子一定也是偶尔撞到了河岸上，不然的话，它肯定会漂到老远去，听也听不见了，木筏子与我的小舟比起来要漂得快许多。

再后来，我又进到了大河宽阔的河面上了。不过，到处听不到一丝喊声了。我猜想吉姆是不是撞到了一块礁石上，遭到了什么不测呢。这时我已经累坏了，便在小舟上躺了下来，跟自己说，别再劳心费神了吧。我当然并非存心要睡觉，不过实在困得不行了，所以我想就先打个瞌睡吧。

连我也不晓得自己睡了多久。我醒来时，只见星星亮晶晶的，迷雾已经烟消云散，我驾的小舟舟尾朝前，正飞快地沿着一处较大的河湾往下游走。起初，我还不知道自己身在何处，还以为自己正在做梦呢。那些尘封的往事浮在眼前时，依稀觉得像是上星期发生的事。

这里已是一片浩瀚的大河，两岸参天的大树浓浓密密，星光照处，仿佛是一堵堵结结实实的城墙。我朝远处下游望去，只见水面上有一个黑点，我就拼命朝它追去。一走近，原来只是捆在一起的几根原木，接着看到了另一个黑点，追上去，这一回可追对了，正是我们自己做的木筏子。

我上去的时候，吉姆正坐在那里，脑袋朝两腿中间垂着，是睡着了，右胳膊还在掌舵的桨上奔拉着，另一柄桨已经破裂了，木筏子上到处是树叶、枝丫和灰尘。这样看来，他也同样经历了一番险象。

我把划桨系好，到木筏上在吉姆跟前躺下，打起了哈欠。我伸出手指对吉姆捅了捅。我说："喂，吉姆，我刚才睡着了吗？你为什么没有把我喊醒啊？"

"天啊，难道是你吗，哈克？你真的没有死啊……你没有被淹死啊……你又活过来了吗？这可是太好了，乖乖，难道会有这样的好事？让我好好看一看你，伙计啊，再让我摸摸你。是啊，你真的没有死，你回来了，还是活蹦乱跳的，还是哈克那个老样子，谢天谢地！"

"你怎么啦，吉姆？你喝醉了吗？"

"喝醉？难道我像喝醉的人吗？你觉得我还有时间去喝酒吗？"

"好，那你说话怎么没头没脑的？"

"我哪里说得没有头脑？"

"哪里？哈，你刚才在说什么我回来了一类的话，仿佛我真的走开过似的。"

"哈克……哈克·芬，你赶紧看着我，看着我，难道你没有走开过？"

"你到底在说什么啊？我哪儿也没有去啊，我能到哪里去啊？"

"嗯，听我说，老弟，这其中一定出了什么问题，是吧，你看我不是我吗？要不然，我又是谁呢？我是在这儿吗？要不然，我又在哪里呢？这我倒要弄个一清二楚。"

"嗯，我看嘛，你是在这里，其实你心里很清楚。不过我看啊，吉姆，你可是个一脑袋糨糊的大傻瓜。"

"我是吗？难道我是吗？你先回答我这个问题。你有没有坐着小筏子，牵着绳子，想把筏子拴在沙洲上？"

"没有，我没有。什么沙洲？我可不知道你在说什么沙洲。"

"你没有见到过什么沙洲？听我说……那根绳子不是拉松了吗？木筏子不是在河上顺着水哗哗地冲下来了吗？不是把你和那只小筏子给撂在大雾之中了吗？"

"什么大雾？"

"连大雾都……大雾下了整整一个晚上。我们不是在大雾里喊了很久吗？喊到后来，我们便被那些小岛弄得晕头转向，迷了路，因为谁都不知道自己究竟是在哪里。难道我没有在那些小岛上东碰西撞，吃尽了苦头，差一点儿给淹死？你说是不是这样，老弟……是不是这样？你赶快回答我这个问题。"

"哈，你这话真是让我摸不着头脑了，吉姆。我没有见到什么大雾，没有见到什么岛屿，更没有遇到什么麻烦，什么都没有。我在这儿坐着，一整夜都在跟你说话来着，只是在 10 分钟前你才睡觉，我呢，大概也是这样。在那段日子里，你不可能喝醉啊，这么说，你肯定是在做梦吧。"

"真见鬼，我能在 10 分钟里梦见这么一大堆的事吗？"

"啊，你肯定是做梦来着，因为实际上根本没有发生过其中的任何一件事啊。"

"不过哈克，对我来说，这一切是明明白白的……"

"不管多么明明白白，也没有用，根本没有发生这回事啊。这我明白，我自始至终，一直都在这里嘛。"

吉姆足足用了 5 分钟的时间，只是坐在那里，想啊想。接下来，他说："嗯，这么说来，我看是我做了梦了，哈克。但是啊，这可真是我平生一场极大极大的噩梦了。我平生也从来没有做过这么把我累死的梦。"

"哦，你也别想太多了，白日做梦有时就是这样。不过嘛，我看这场梦啊，可真是无比美妙的梦……把你这个梦再跟我说一遍，吉姆。"

吉姆就把事情的经过从头到尾说了一遍，说得跟刚才实际发生过的事一模一样，只是添油加醋描绘了一番。他随后说，他得"想一想"这个梦，因为这是从天上降下来的一个警告啊。他说，那第一个沙洲代表着对我们做好事的人，可是，那流水却是存心要叫我们遇不到那个好人，喊声呢，指的是一些警告，警告我们有时候会遇到些什么，要是我们不能弄清这些警告的含义，那么这些警告的喊声不但不能帮我们逢凶化吉，反倒会叫我们遭殃。至于沙洲的数目，指的是我们会有几次跟爱惹是生非的家伙和各种各样卑劣之徒吵架；但只要我们管好自己的事，不把事情弄僵，我们就能平安无事，能冲出重重浓雾，漂到宽敞的大河之上，那就是到了解放了黑奴的自由州，从此便无灾无难啦。

当我上木筏的时候，起了乌云，天十分黑，这会儿倒是又开朗起来了。

"哦，好啊，吉姆，你这样就把梦全都想得清清楚楚了。"我说，"不过嘛，有些事情我还不太明白。"

我是指盖住木筏的许多树枝以及其他别的破烂，还有那支撞裂了的木桨。这会儿，一切能看得清清楚楚了。

吉姆看了一眼那一堆讨厌的东西，接着看了我一眼，然后又看了一眼那一堆肮脏的东西。他曾做过这场梦，对他来说已经是确信无疑的事了，一时无法把发生过的事重新理出个头绪来。不过嘛，等到他把事理弄清楚了，他便定神看着我，连一点儿笑容也没有，说道："我会告诉你它们是指什么的。我要对你说的。我使劲划，使劲喊你，累得都没命了。做梦的时候，因为丢失了你，我的心都碎了，对我自己，对那个木筏子，我都不放在心上了。一醒来，发现你一切都平安无事，我禁不住流出了眼泪，为了谢天谢地，我恨不得双膝跪下，吻你的脚。可是啊，你却只想怎么来欺骗老吉姆。那一堆残枝烂叶非常肮脏，可是你把这些脏东西倒到朋友的脑袋上，真让人为他感到害臊。"

然后他慢慢地站起来，朝着窝棚走去，一路上，一声不吭。我感觉自己非常无耻，甚至想伏下身去亲他的脚，请求他把刚才说的话收回。

　　我在那里挣扎了一刻钟，之后我鼓起了勇气，向一个黑奴低头认错，最终我还是认了错，并且在以后我也不曾为此感到后悔。从此之后，我再也没有无耻地戏弄过他，如果我知道他是那么难过，那我肯定不会那样做的。

第十六章

　　我们差不多睡了整整一天，到晚上就上路了。在离我们不远的前方，有一排长长的木筏，就像一支游行队伍似的，在它的前后各有两支长桨，所以我们肯定那木筏上至少有 30 个筏工。木筏上面排列着五个相隔非常远的大窝棚，木筏当中有一个大火堆正燃烧着，每一头都有一根大旗杆。在这个木筏上当一名伙计，还是很气派的。夜空密布着乌云，天气也闷热起来，我们划到了一个大河湾里。河面相当宽，两岸生长着茂密的树林，没有透出一点缺口，也没有光亮。我们说起开罗，不过等到了开罗，能否认出它来，我们没有任何把握。我说或许会认不出来，因为我听说就只有十几户人家在那里生活，若当时他们都没有亮着灯，我们又如何辨认正经过哪一个市镇呢？吉姆说如果两条大河在那儿汇合，我们会看得出来的。可是我说我们也许会以为我们刚经过了一个岛屿，回到了原来的河中呢。这让我和吉姆感到不安。于是就冒出这么个问题：我们怎么办？我说一见到灯光，就划到岸边去，对他们说爸爸在后面的大商船上，马上就过来了，他这是头回跑买卖，想了解一下去开罗还有多远。吉姆觉得这是个好主意，于是我们一边抽烟，一边等。

　　我们现在只好小心，别把那个小镇错过了。他说他一定会认出它的。因为一见到那个小镇，他就是自由人了。但是如果错过了那个地方，他就又到了一个买卖奴隶的地方，再也别指望获得自由了。他每隔一小会儿就跳起来说："是不是那儿？"

但是那不是，那是鬼火，或者是萤火虫，他只好又坐下，继续像原先那样观望。吉姆说他离自由这样近，使他浑身发热、打哆嗦。嘻，老实告诉你吧，听到他这样说，我也浑身发热、打哆嗦，因为我慢慢意识到他差不多就要自由了。这要怪谁呢？唉，当然要怪我呀。无论如何我始终很内疚。这件事扰得我心烦意乱，我简直无法在一个地方安安静静地待下来。在这以前，我从没有想起我这是在干什么，但是现在沉痛地感到了，而且还老是撇不开，就像一把火越来越烧得人心里难受。我想说这事不能怪我，因为我并没有唆使吉姆从他的合法主人那儿逃走。但这没有用，我的良心每回都站出来说："可是你是知道他是为了找自由才逃跑的，你本来可以划上岸去告发他呀。"事情就是这样，这一点我根本就没法推脱，叫人为难的地方也就在这儿。我的良心对我说："可怜的华森小姐究竟做了什么对不起你的事，你竟忍心看着她的黑奴从你的眼皮底下逃走，你连吭都不吭一声？那个可怜的老太婆有哪一点对不起你，你竟对她这么下作？哦，对了，她想方设法教你读书，教你懂规矩，想尽各种办法对你好。这就是她做的事。"

我觉得我的无耻已经到了让我痛不欲生的地步了。我在木筏上烦躁地走来走去，心中暗暗责骂自己，吉姆也打我身边不耐烦地走来走去，我们俩都没法安静下来。每当他跳着转过身来说："开罗到了！"我听了就觉得好像挨了枪子儿，我想如果那真是开罗，我可能会难过得死去。

吉姆一直在大声说话，而我却在想心事，他说到了自由州以后，头一件要做的事就是攒钱，一个子儿也不花，等到攒够了钱，他就到华森小姐家附近的农庄上，从庄主手上把他老婆赎出来，之后两人一起努力，再把孩子们赎出来。要是主人不肯卖，他们就找个主张废除奴隶制的人把他们偷出来。

我简直不敢相信这话是他说的。你看他刚一认定自己很快就要自由了，就变得跟以前大不一样了。这真应了那句老话："黑人得寸进尺。"

这可能是我的鲁莽行为造成的吧。这儿就有这么个黑人，可以说他是在我的帮助下逃出来的，现在竟明目张胆地说要把他的孩子偷出来，而那两个孩子是属于一个我连认都不认识的人，一个从没有损害过我的人。

我听到吉姆说这种话心里很难过，他这样说实在是降低了身价。我的良心搅得我心中越来越不平静，最后我对它说："请对我宽容一点吧，现在还不算太晚，我一见到灯光就划上岸去告发他。"这样一来，我便立刻安下心来，感到很舒畅，心情轻松得像一根羽毛。我所有的烦恼都没有了。我警觉地注视岸上，看有没有灯光，心中也喜滋滋的，好像在唱歌。

不多久，出现了一盏灯光，吉姆喊起来："我们平安无事了，哈克，我们平安无事了！快跳起来，蹦跳几下吧！那就是开罗那个好地方呀，总算到了！这回准错不了！"

我说："吉姆，我先把小船划过去看看，你也知道说不定还不是呢。"

他跳上独木舟，把他那件旧大衣垫在船底，好让我坐在上面，他把桨递给我，我把小船撑开时，他说："不久，我就会兴奋地喊叫了，我要说，这全靠哈克出力呀，我是自由人了，要不是哈克，我永远也得不到自由。这都是哈克做的好事，吉姆一辈子也忘不了你呀，哈克，你是吉姆最好的朋友，也是老吉姆现在唯一的朋友。"

我刚把小船划开，正急着要去告发他，但是听到他这样说，我又好像有点泄气了。我漫不经心地往前划着，说不出心里是什么滋味。

等我划出去50码的时候，吉姆说："你走了，忠实的哈克。在白人里头，对老吉姆说话算数的还只有你哩。"

唉，我心里真不好受。但是我对自己说，我是不得已才这样的，我想躲也躲不开呀。就在这时候，有两个带枪的人坐着小划子过来了，他们停下来，我也停下来。

其中一个说："那边是什么？"

"一只木筏。"我说。

"你是那筏子上的人吗？"

"是的，先生。"

"那上面还有没有人？"

"只有一个，先生。"

"今晚那边河湾上游跑了 5 个黑奴，你那个伙计是白人，还是黑人？"

我没有立刻回答，因为这时我的嘴巴好像不是我的了。我憋了一两秒钟，想鼓起勇气说出来，但是我的勇气不足，甚至还没有一只兔子的胆子大。

我知道自己蔫下来了，所以就改变了主意，脱口而出："他是白人。"

"我想我们要亲自过去瞧瞧。"

"我真希望你们能快点儿过去，"我说，"因为我爸爸在那边，也许你们能帮我把木筏拖到岸边有灯光的地方去。他病了，妈妈和玛丽·安也病了。"

"哦，真讨厌！我们正忙着呢，小孩。不过我看我们还是去一趟。喂，使劲划吧，我们一块儿过去看看。"

我和他们一样使劲往前划着船。我们刚划了一两下，我就说："爸爸一定会非常感激你们的，真的。每当我求人家帮我把木筏拖到岸边去，一个个都走开了，我一个人又拖不动。"

"啊，那些人也真是坏透了。不过也怪，喂，小孩，你父亲得了什么病？"

"是那种……种……那种……嗜，也不是什么大不了的病。"

他们停住桨不划了，这时候离木筏已经不远，他们中有一个人说："小孩，你可别骗我们，你最好老老实实告诉我们他到底得了什么病。"

"我说，先生，我说，老老实实说，但是请你别撂下我们走开。他得的是那个……那个……先生们，只要你们往前划一点，我把缆绳抛给你们，你们也用不着靠近木筏，求你们啦。"

"往后退，约翰，往后退！"其中一个说，他们立刻倒划桨，"离远一点，小孩，划到下风去，该死的！我看风已经把它刮到我们这儿来了。你安的什么心啊，你明知你爸爸得了天花，你想让我们都死吗，为什么不明明白白说出来？你是不是想让大家都传染上？"

"嗯嗯，"我哭着说，"我以前见人就把实情告诉他们，但是他们听了就走开，不理我们了。"

"我们虽然很同情你这可怜的小家伙，但是我们，嘻，见鬼，你知道我们可不想得天花。你听着，我来告诉你怎么办吧，你不要一个人上岸去，那会坏事的。你再往下漂大约 20 英里，就到了一个小镇，在河的左岸，那时候，太阳已经升得老高了，你求人家帮忙时，就说你家里人都病倒了，在打摆子。别再傻乎乎的，让人家猜到是怎么回事。我们这是要帮衬帮衬你，所以你得从这儿往前走 20 英里，那才是个乖孩子呢。在那边有灯亮的地方上岸没有一点好处，那只不过是个堆木场。喂，我想你爸爸肯定很倒霉吧，连钱都没有了。我把这块 20 元的金币搁在这块木板上，你等它漂过你身边，就把它捡起来，这是给你的。把你们抛下不管，我觉得实在是太不像话；可是，老天爷！天花可不是闹着玩的呀，你难道不明白？"

"等一等，帕克，"另一个人说，"这儿还有一枚 20 元的金币，你帮我搁在木板上吧。再见了，小孩！你就按帕克先生说的去做，管保你顺顺当当的。"

"是那样的，小孩，再见了，再见。你要是能帮忙抓住那逃跑的黑奴的话，你还可以得一笔钱哩。"

"再见，先生，"我说，"只要我碰到的话，一定会那么做的。"

他们划走了，我又回到木筏上，因为我觉得自己又做了件错事，所以情绪很不好，我也知道要想学会不做错事对我来说是办不到了，一个人小时候第一步没走对，以后要学好也没机会了。一旦遇到危难，就没有力量支持他把该做的事坚持下去，所以他就要吃败仗。我是这样想的：倘若你照对的去做，把吉姆交出去，你心里会比现在更好受些吗？不会的，我暗暗说，我会感到难受，我的感觉会跟现在完全一样。好了，我又说，既然做对了有麻烦，做错了反而没事，而且报应完全一样，那么你学会不做错事又有什么用呢？这个问题可把我难住了，我没法回答。所以我想我不再为它伤脑筋了，从今往后，凡事要看当时的情况，怎么方便就怎么干。

吉姆不在窝棚里，四处不见他的踪影。我喊了一声："吉姆！"

"我在这儿呢，哈克。他们走远了没有？别大声说话！"

原来他跳进了河里，躲在尾桨下面，只把鼻孔露出水面。我对他说，他们已经走远了，于是他便爬上木筏。

他说："我一直在听你们说话。我溜进河里，如果他们到筏子上来，我就游上岸去。等他们走了，再游回到木筏上来。可是，天呀！你可把他们骗到家了，哈克！你实在是太厉害了！真的，孩子，你的妙计救了老吉姆，老吉姆不会忘记你的，宝贝。"

后来我们谈到那些钱，那真是一笔不小的款子，每人 20 块钱呀，吉姆说现在我们可以坐轮船的头舱了，这些钱能让我们在自由州想去哪儿就去哪儿。他说木筏再走 20 英里并不算远，但是他还是希望我们现在已经到了那边。

天快亮的时候，我们靠了岸，吉姆把木筏藏得严严实实，做得一点也不含糊。接着他又干了一整天，把东西一包包捆扎好，一切都准备妥当，只等弃筏登船了。

那晚 10 点左右，我们远远看见左手边河湾处一座小镇上的点点灯光。

我坐着独木舟过去打听。不一会儿，我发现河中有一个人坐在小划子里放滚钓线，我便划过去问他："先生，那儿是不是开罗？"

"你脑子没问题吧，那儿怎么会是开罗呢？"

"那是什么镇呢，先生？"

"你要是想知道，就自己过去看看。你倘若在这儿多待半分钟，给我添麻烦，我就叫你吃不了兜着走。"

我又划回木筏。吉姆特别失望，但是我说没关系，我琢磨着下个镇就是开罗了。

天亮前我们又经过了一个镇，我准备过去瞧瞧，但是那儿是一片高地，我就没去。吉姆说过开罗附近没有高地，我忘了。我们在靠近左边河岸的一个沙洲上泡了一天。我渐渐起了疑心，吉姆也犯疑了。我说：
"可能我们在下雾的那天晚上过了开罗。"

他说："别谈这事了，哈克。我想那蛇皮带给可怜黑奴的厄运还没完呢。"

"吉姆，我要是压根儿没见到那条响尾蛇就好了，我真希望压根儿就没见着它。"

"这不是你的过错，哈克。你也不知道呀，你别为这事老责怪自己。"

天大亮的时候，近岸的这边是俄亥俄河清澈的河水，毫无疑问，靠外面那一边是那条名副其实的老泥河！原来开罗早就过去了。

我们把这事重新讨论了一下，觉得走旱路是不行了。我们当然不能逆水把木筏划到上游去。我们除了把独木舟等到天黑再划回去以外，别无他法了。所以我们在棉白杨树丛里睡了一整天，为的是养足精神好干活，但是我们在天擦黑时回到藏木筏的地方一看，独木舟不见了！

我们半天没说一句话，再说也没有什么好说的。我们都清楚地知道，这一切都是因为那条响尾蛇皮而起，所以谈它又有什么用？谈多了，只显得我们好像在找碴儿似的，肯定会招来更多的晦气，而且没完没了，直到我们完全明白过来，不再吭声了，才算完事。

后来我们又商量怎么办好一些，结果没有找到别的办法，觉得只有坐着木筏顺水漂下去，等有机会买一条小船再往回走。我们也不想在周围没人的时候，像爸爸常干的那样，去"借"一条船，因为那样做会招惹人家来追。

于是，天黑以后，我们又把木筏撑出来，离开了那里。

那张蛇皮使我们吃了这么多苦头，要是谁还不相信玩蛇皮是一桩蠢事，就请他继续往下读这本书，看看那张蛇皮还为我们招惹来一些什么麻烦，他就会相信了。

通常都是在有木筏停泊的岸边买独木舟。可是我们没见河下游有木筏停泊，我们只好又往前走了三个多钟头。夜色变得昏暗阴沉，这比下雾好不了多少，几乎同样令人讨厌。你说不清那条大河的模样，也分辨不出距离的远近。后来到了夜深人静的时候，忽然有一条轮船从下游开上来了。我们点起灯笼，心想它会看得见，上行的船一般不靠近我们，它们沿着沙洲，专挑礁石下面水流平缓的地方走；但是在这样的夜晚，它们开到主航道中，顶着逆流硬往上闯，拼命向前。

我们听见它轰隆隆地开过来了。可是一直等到它走近了才看清楚，它正对准我们开过来了。他们经常这样子，想看看能靠我们多近而又不撞着我们的木筏；有时候击水的明轮咬掉了一根长桨，船上的领航员就伸出脑袋来哈哈大笑，自以为干得很巧妙。嘿，它开过来了。而这艘船似乎想要与我们擦肩而过，但仔细一看却又是在冲着我们驶过来。这是一条大轮船，它匆匆开了过来，看起来像一大团乌云，周围有一排排像萤火虫一样的亮光。但是它突然一下子就来到我们面前，简直大得吓人，一长排敞开的炉门像烧红的牙齿闪闪发光，它那巨大的船头和防护栏伸到我们头顶上来了。有人向我们喊了一声，船上的铃一齐叮叮当当响起来，示意停机，紧接着传来一阵猛呼乱骂和嘘嘘的放气声，吉姆立刻从木筏那边，我从这边跳入水中，几乎是同时，轮船从正中间把木筏撞得粉碎。

为了给我头顶上轮船的那个 30 英尺的击水轮多留些地方，我便沉到了水底。我估计待了一分半钟。然后我急忙浮出水面，因为我几乎要憋死了。我冒出了上半个身子，水与我的胳肢窝相齐，我的鼻子往外喷水，嘴里也吐出了几口水。河水依旧很急。轮船停机十秒钟后，又重新开动了。他们从来就不顾及筏工的死活，所以轮船又搅起浪花向上游驶去，尽管我还能够听得见它的声音，但是它已经消失在昏暗的夜色中，看不见了。

我大声喊吉姆，但是没有得到回应，我在"踩水"的时候，抓住一块碰到我的木板，我便推着它拼命朝岸边游去。可是我却发现自己游进了一股横流中，所以我就赶紧改变方向，向那边游过去。

这股横流几乎长 2 英里，我艰难地游了过去。最后，我平安地游到了河岸。我只能看见前方稍远的地方，不过我仍然在那坎坷的路面上走了四五百码，然后看见一幢带厢房的旧式木头大房子，我来到近前时才留意到它。我正准备疾步离开这地方，可是就在这时有一大群狗从屋子里跳了出来，冲着我"汪汪"乱叫，我明白在这个时候站着不动是最好的。

第十七章

约莫过了一分钟，有人在窗前喊了声："谁啊？别喊了？"

我说："是我。"

"你是哪位？"

"乔治·杰克逊，先生。"

"你想干吗？"

"没什么，先生。我只不过是想要从这里过去，可是这些狗把我的路挡住了。"

"都已经很晚了，你偷偷摸摸地在这里做什么？"

"我哪有偷偷摸摸的，我从轮船上面掉到了河里。"

"哦，你掉了下来？这是真的吗？快来人，给我划一根火柴。你刚刚说你是谁来着？"

"乔治·杰克逊，先生。我还是个孩子。"

"你听好了，若真是这样的话，你没必要害怕，你不会受到任何伤害的。现在你不要动，就站在原地。你们有谁可以去把鲍勃和汤姆叫醒，还要带过来几支枪。乔治·杰克逊，还有没有其他的人呢？"

"没有，先生，就我自己。"

屋子里亮起了灯，里面的人在跑来跑去。那人喊着："贝特西，你这老糊涂，快把枪拿走！你傻了吗？把枪放在后面的地板上。鲍勃，你和汤姆要是都准备好了，就站到自己位置上去。"

"都准备好了。"

"乔治·杰克逊，你认不认识薛柏森一家子？"

"他们是谁，先生，我从没有听说过他们。"

"唔，可能是这样，也许不是。喂，都准备好，往前走，乔治·杰克逊，注意，别走得太急，慢慢走过来。你要是有同伴，让他在后面待着。他要是出来的话，就得挨枪子儿。现在你慢慢走过来吧，你自己把门推开，不要开得太大，你一个人能挤进来就行了，听到没有？"

我走得不快，我也走不快。我每一次只慢慢地挪一步，周围很静，我能听到自己的心跳。那群狗也不声不响，但是它们跟在我后面，离我很近。我走到那个用三根原木砌成的台阶前时，听到屋里人开锁、拨门闩、拉插销的声音。我用手轻轻推门，先推开一点点，然后再推开一点点，这时有人说："好啦，够了，把头伸进来吧。"我照他说的做了，但是我担心他们可能会把我的脑袋扭下来。

他们都在那儿，瞪眼看着我，我也看着他们，蜡烛在地板上搁着，就这样过了十五六秒钟。三个大汉用枪对准我，老实说，真吓得我往后缩。年纪最大的那个，一头花白头发，大约有60岁了，其他两人有三十来岁，他们都很精神，长得很漂亮。还有一位和蔼可亲的白发老太太，她背后站着两个年轻的妇女，我看不太清楚。那位老先生说："好啦。我看没问题了，进来吧。"

那位老先生刚等我进来就把门锁上，闩上门闩，插上插销，那两个年轻人带着枪往里走进了一间大客厅，客厅铺着碎呢拼成的新地毯。那是一个没窗户的角落，如果在窗外开枪他们是不会被打到的。他们举着蜡烛，细细打量我，然后都说："嘻，他不是薛柏森家的人。不是，他可没一点薛柏森那一家子的味儿。"接着那老头儿说，为了小心起见，他要搜我的身，并且还说我是不会介意的，所以他没有细搜我的口袋，只用手在外面摸了摸，说没问题了。他要我随便点儿，别拘礼，把我自己的情况都说出来，但是那位老太太说："哎哟，天呀，索尔，这可怜的孩子浑身湿透了，他可能也饿坏了吧？"

"你说得对，罗切尔，我把这事忘了。"

于是老太太又说："贝特西（这是个女黑奴），你快去给他弄点吃的东西来，越快越好，多可怜的孩子！你们哪位姑娘去叫醒布克，告诉他？哦，他在这儿呀。布克，你领这位小客人去把湿衣服都脱下来，再拿你的几件干衣服给他穿上。"

布克比我高一些，看起来年纪和我差不多，十三四岁的样子。他上身只穿着一件衬衫，蓬头垢面的样子。他打着哈欠走了进来，一只手使劲揉眼睛，另一只手拖着一支长枪。他说："薛柏森家有人来这儿了吗？"

大家说没有，刚才只是一场虚惊。

"哦，"他说，"他们要是来那么几个，我琢磨着我已经撂倒他一个了。"

大家都笑起来，鲍勃说："嘻，布克，等你来了，我们的头皮早没了①。"

"唉，没人来叫我呀，这可说不过去吧。人家老压着我，我压根儿就没有露一手的机会。"

"不用担心，布克，我的孩子，"那老头儿说，"只等时机一到，你就可以痛痛快快露一手，不用着急。你快去吧，照你母亲吩咐的去做。"

我们上楼，来到了他的房间，他给我拿了一件粗布衬衫、一件紧身短上衣和一条裤子，我把它们都穿上了。他问我叫什么名字，还没等我告诉他，他就对我说他前天在树林子里抓到一只蓝松鸦和一只小兔子。他问我蜡烛灭了的时候，摩西在什么地方，我说不知道，我从没听说过。

"那你猜一猜嘛。"他说。

我说："我以前从没听人说起过，又怎么猜？"

"只是让你猜猜嘛，这可不难啊。"

---

① 印第安人习惯把敌人的头皮剥下来作为战利品。这儿是借用，意为把他们打死了。

"哪一支蜡烛灭了？"

"嗐，随便哪一支。"他说。

"我不知道，"我说，"那你说他在哪儿？"

"这还不知道呀，他在黑暗中呀！那就是他待的地方。"

"嘿，你既然知道他在什么地方，干吗还要问我呢？"

"真没劲，我这不是让你猜谜吗？喂，你打算在这儿待多久？你在这儿一直待下去得了。现在大家都不用上学，我们可以玩个痛快。你有狗吗？我有一条狗，它能下河去把你扔进河里的小木片叼上来。你乐不乐意在礼拜天把头发梳得光溜溜的？还有许多这类的蠢事，你乐意干吗？如果不是我妈逼我，我才不干呢。这条旧裤子真讨厌！我想我最好还是把它穿上吧，但是天气这么暖和，我真不愿意穿。你衣服都穿好了吗？我看可以了，快来吧，老伙计。"

冷玉米饼、冷咸牛肉、黄油和奶酪，这就是他们在楼下给我准备的食品，我以前从没有遇到过比这更好的东西了。布克和他妈，还有所有别的人都抽棒子芯烟斗，只有那个黑女人不抽，她已经走了，还有那两个年轻妇女也不抽。他们一边抽烟，一边聊天，我也边吃边谈。那两个年轻的女人身上裹着被子，披头散发的。他们问了我一些情况，我告诉他们我们一家人原来住在阿肯色州南端的一个小农场上，后来我姐姐玛丽·安离家出走，和别人结了婚，从此杳无音信，比尔去找他们，也一去不回，汤姆和莫特都死了，最后只剩下我和爸爸。因为受了连串的打击，爸爸身体也垮了，他死之后，我就带着东西离开了那儿，我把剩下的东西都带走了，因为这个农场不是我们的。我买了头舱票，坐船往上游去，后来又掉在河里了。我就是这样来到这里的。他们听了我这番话以后，就说如果我愿意，可以在这儿住下来。这时候，天快亮了，大伙儿都去睡觉，我和布克一起睡。早晨我醒来的时候，真糟糕，我忘记管自己叫什么名字了。所以我躺在床上使劲想了个把钟头，布克一醒来，我就问他："布克，你会不会拼字？"

"会呀。"他说。

"你一定不会拼我的名字。"我说。

"我肯定拼得出，你难不倒我。"

"那好，"我说，"你拼拼看。"

"乔——治，杰——克——逊，怎么样?"他说。

"唔，"我说，"真不错，我还以为你不会呢。不过这个名字并不难拼，用不着细想，一张嘴就能说出来。"

我暗暗地把它记住了，下一回谁叫我拼读自己的名字时，我好像平时说惯了似的那么说。

这是一个很可爱的家庭，房子也很可爱。这是我见过的乡下房子中，最好、最气派的。前门没有铁插销，也没有用鹿皮带子拴着的木插销，而像城里的房子一样，门上有一个可转动的铜把手。客厅里没有床，连床铺的影子也见不到；但是城里人的客厅里，许多都摆着床。这儿还有一个大壁炉，炉底铺着砖，他们常常往砖上泼水，用一块砖在上面磨，从而把这些砖打磨得干干净净、通红通红的。有时候，他们也像城里人那样，用一种叫羊肝色的红颜料在砖上涂抹。他们的柴火架是用黄铜做的，上面搁得住一段大原木。壁炉台的中间摆着一座钟，钟面玻璃的下半截画着一个小城镇，画面正中画了圆圆的一块，代表太阳，你能看见钟摆在它后面摆动，那"嘀嗒嘀嗒"的响声，很好听。有时候来了个小货郎，把它擦得锃光瓦亮，拾掇得没有一点毛病，它就会当当敲上150下，然后累得精疲力竭不再敲了。修钟的人往往不肯要钱。

这座钟的每一边都立着一个奇怪的大鹦鹉，好像是用白垩之类的东西做的，上面用颜色涂得花里胡哨。一只鹦鹉的旁边有一只陶瓷做的猫，另一只鹦鹉旁边摆着一只陶瓷狗。你一按它们，它们就"吱吱"叫，但是嘴不张开，样子不改变，仍旧是一副漠不关心的表情。它们的"吱吱"声是从肚皮底下发出来的。还有两把用野火鸡翅膀做的扇子，摆在这些东西后面。屋子中间的桌子上有一个很漂亮的陶瓷篮子，里面堆满了苹果、橘子、桃子和葡萄。这些果子比真的要红得多、黄得多、好看得多，但是它们不是真的。因为你可以看出来，有些碰破的地方露出了里面的白垩或别的什么东西。

这张桌子上铺着一块漂亮的桌布，是用油布做的，上面画着一只展开了翅膀、有红蓝斑纹的老鹰，桌布四周还印着许多花花草草。他们说这是从老远的费城弄来的。一些书整齐地码放在桌子的四个角上，有一本是家用大型《圣经》①，里面印满了插图；有一本是《天路历程》②，讲一个人离家出走，但是没有说明出走的原因。我偶尔翻开来看看，这本书很有意思，但里面的道理却有些难懂。还有一本书是《友谊的奉献》③，它里面充满了漂亮的词句和诗歌，不过我没去读那些诗。另外一本是亨利·克莱④的《演讲录》；还有一本是格恩大夫写的《家庭医药备览》，书中详详细细地告诉你家人病了或死了该怎么办。此外，还有一本赞美诗集和许多别的书。屋里还有几把完好无损的柳条椅。

他们在墙上挂了一些画，主要是华盛顿和拉斐德⑤的画像，描绘战争的图画"高原上的玛丽"⑥和一幅题为《签署独立宣言》的画。还有几幅他们叫作蜡笔画的图画，那是他们已经死去的女儿画的，当时只有15岁。这些画和我从前见过的画不同，颜色多半比一般蜡笔画更黑。有一张画着一个女人，穿着窄小的黑衣裳，腋窝下用带子绑得紧紧的，两只衣袖当中鼓鼓囊囊，像一棵卷心菜。她头上戴着一顶卷边大黑帽，帽子上垂下一块黑面纱，又白又细的脚脖子上缠着黑条子，脚上穿着一双极小的黑拖鞋，看起来像两把凿子。她站在一棵低垂的柳树下，右肘支着身子，神情忧郁地靠在一块墓碑上，另一只手垂在身边，手中拿着一块白手帕和一只网袋，图下写着："莫非永无与你重逢之日吗？"另一幅画画的是一位头发一直梳到头顶的年轻女郎，她的头发挽成一个发髻，好像一把椅子的靠背。她正用手帕捂住脸在哭。另一只手上有一只

---

① 这种《圣经》附有空白页，供记载家属生死、结婚等事项用。
② 英国作家约翰·班扬（1628—1688）写的一部宗教寓言小说，反映了英国王政复辟时期的社会情况，讽刺了贵族阶级的荒淫和贪婪。
③ 当时一本流行的礼品书。
④ 亨利·克莱（1777—1852）：美国政治家，南北战争前数十年最有影响的领导人之一，曾任众议院议长、国务卿等职务。
⑤ 拉斐德侯爵（1757—1834）：法国将军，曾参加美国革命，同美洲殖民地人民共同抗击英军，与华盛顿结为生死之交。
⑥ 此处是指杰出的苏格兰农民诗人罗伯特·彭斯（1759—1796）的两个叫玛丽的情人。彭斯曾为她们写了好几首优美的情诗。

两脚朝天地仰卧着的死鸟，图下面的题词是："你的悦耳歌吟永难重闻。"还有一张画着一年轻女子正泪流满面地坐在窗前抬头望月，她手上拿着一封拆开了的信，信封的边上露出一块黑色的火漆，她用力把一个带链条的小金盒按在嘴上。这幅画下面写着："你竟去了！呜呼！你已去矣。"可能这些画都很好，可我却并不喜欢，因为当我心情不大好的时候，这些画就使我焦躁不安。每个人都为她的死感到难过，因为她准备再画许多这样的画，从她已经画好的这些图画来看，她的死对大伙儿来说是个很大的损失。但是我琢磨着，就她的性格而言，可能更适合待在天堂里。她在画那幅据说是最了不起的杰作的时候，病倒了，她日日夜夜祷告上帝，让她把这幅画画完再死，但最终也没能如愿。那张画上画的是一个穿白长袍的年轻女人，站在一座桥的栏杆上，准备往下跳，她的头发披散在背上，抬头望着月亮，泪流满面，她两只胳臂抱在胸前，两只胳臂向前伸出，还有两只胳臂朝上举向月亮。作者原来的想法是先看看哪一对胳臂的样子最好看，然后再把其余的胳臂刮掉，可是，就像我说的那样，她还没有来得及做出决定就死了。现在他们把这幅画挂在她房间里的床头上，每逢她的生日，就在画上挂一些花儿，平时就用一道小小的帘子遮起来。画上的那个年轻妇女长相还可以，但是胳臂太多了，看上去好像一个蜘蛛。

这位小姑娘在世的时候有一本剪贴簿，她喜欢把《长老会观察者》上登载的讣告、灾情事故和甘心受苦受难的事例剪下来贴在上面，并在后面附上一些自己写得很不错的诗。下面这首诗就是她写的，讲一个名叫斯蒂芬·道林·博兹的男孩子掉在井里淹死了的事。

逝者斯蒂芬·道林·博兹颂

青年斯蒂芬病沉重，
青年斯蒂芬命归西！
亲人忧伤心肝儿痛，
有无吊者哭啼啼？
青年斯蒂芬·道林·博兹，

你的命运不当如此；
亲人抚尸心惨凄，
疾病非关你之死。
既无百日咳伤其身，
又无红斑麻疹损其神；
种种疾病与他无涉，
无损斯蒂芬之英名。
满头鬈发千千结，
不因失恋痛断肠；
青年斯蒂芬真豪杰，
胃病无妨他气昂扬。
我今把他的结局讲，
且收涕泪听端详。
他失足落入深井内，
魂离浊世飞天堂。
救起排出腹中水，
可叹为时已太晚；
灵魂遨游九天上，
长留仙界不复返。

看了这样的诗不禁让人想到，倘若她不死的话将来一定能成就一番大事。布克说她毫不费劲就可以吟出诗来。他说她笔头随便一动就是一行诗，如果找不到另一行诗和它押韵，她就把这一行一笔画掉，摇摇笔杆重写一行。她什么题材都写，只要是令人伤心的事就行。每逢一个男人死了，或一个女人死了，或是一个孩子死了，他们尸骨未寒，她就把"诔词"写出来了。她把那些诗叫作"诔词"。街坊邻里说最先到的是医生，然后是艾美琳，最后才是承办丧事的人。承办丧事的人只有一次是例外比她早到，那是因为她要押死者的名字惠斯特勒的那个"勒"字的韵，耽误了一些时间来晚了一点。从此，她一天天消瘦下去，不久就死了。可怜的姑娘！有好多回她那些图画使我感到恼火，我有点讨厌她了，于是很不情愿地上楼到她从前住的小房间里去，把她那本可怜的旧剪贴簿拿出来翻看。我喜欢这个家里的所有人，我不愿意我们之间产生任何隔阂。可怜的艾美琳在世的时候给所有死去的人作诗，如今她去世了，没人作诗悼念她，这似乎说不过去。所以我费了老大劲想写一两首诗，但是不知为什么，总写不出来。他们把艾美琳的房间收拾得十分干净，所有的东西都按她生前喜欢的样子摆好。而且那位老太太还是自己照管这间屋子。她经常在这儿做针线活，读《圣经》。

嘿，我再接着讲客厅吧，客厅的窗子上挂着美丽的窗帘，颜色是白的，上面印着图画：有墙上爬满藤蔓的城堡和到水边饮水的牛群。屋子里摆着一架旧的小钢琴，我想那里面肯定会有一些白铁盘子。听着年轻的小姐们歌唱《最后一环断了》和演奏《布拉格之战》是非常快乐的事情。整个屋子的墙上都涂抹着灰泥，地板上几乎铺满了地毯，整幢房子的外部都刷成白色的了。

这座房子带有厢房，两幢房子之间相连的地方搭着屋顶，同样铺着地毯。他们有时也会在那里吃午饭，那里非常凉爽，在那里待着很舒服，再没有什么能比得上这个了。这里不仅有好吃的食物，而且非常丰盛。

第十八章

格伦基福特上校是个真正的绅士，他全家都是这样。正如俗话说，他出身好，这对于一个人而言，就像对一匹马来说，都是很有价值的。道格拉斯寡妇就曾说过。对于这位寡妇，大家都非常确切地认为她在我们镇上是第一家贵族人家。我爸爸也这么认为，虽然他自己的身份并不比一条大鲇鱼好多少。格伦基福特上校高个子，细长身材，皮肤黑中透白，没有一丝血色。他那张清瘦的脸一直都干干净净的，他长有浓眉毛、高鼻子、薄鼻翼，还有薄嘴唇，一双乌黑的眼睛深陷在眼眶中，像是从山洞中向外注视着你；高高的额骨，又黑又直的头发，披在肩上，一双细长的手。他一直都穿着一件干净的衬衫，从上到下的一套由细帆布做的白色西服，白得刺眼。每到星期天，总是穿一身蓝色的燕尾服，纽扣是黄铜的。他手提一根镶银的红木手杖。他为人和蔼，从不高谈阔论，人们可以感觉到这一点。因此，你也就有了一种可以信赖的感觉。他的微笑有时挺迷人。可是一旦他把腰板子那么一挺，如同一根旗杆屹立在那里，再加上两道浓眉下目光一闪一闪，那你就一心想往树上爬，然后再打听究竟出了什么事。不用他说话，在他面前的人都是规规矩矩的。谁都喜欢跟他在一起；他多半总是一片阳光……我的意思是说，他神态总像晴朗天气。一旦他成了层层密云，那就在半分钟之间，一片黑压压的，怪吓人的；而一旦过了这下子，那就足够了，一个星期之内，准定不会有什么不恰当之事发生。

早上，当他和老夫人下楼来，全家人便从椅子上站起身来，向他们说一声"早上好"。在他们两位落座以前，其他人是不会坐下的。然后由汤姆和鲍勃走到橱柜那儿，取出酒瓶，配好一杯苦味补酒递给他，他就在手里端着，直到汤姆和鲍勃的也斟好了，并弯了腰，说一声："敬两位老人家一杯！"他们稍稍欠一下身子，说声谢谢你们，于是三个全都喝了。鲍勃和汤姆把一勺羹水倒在他们的杯子里，和剩下的一点儿白糖和威士忌，或者把一些苹果白兰地掺和起来，递给我和布克，由我们向两位老人家举杯请安，喝下肚。

鲍勃年纪最长，汤姆是老二，个子高高的，肩膀宽宽的，棕色的脸，长长的黑发，两只有神的眼睛，都可说是一表人才。他们从头到脚，一身细帆布服装，跟老绅士一个模样，头上戴的是宽边的巴拿马帽。

而后再说说夏洛特小姐。个子高高的她今年25岁，骄傲而别有一番气派。不过只要不是在她生气的时候，她总是很和气的。但只要她一生气，那就像她父亲一样，立刻叫你蔫了下去。她长得很美。

她的妹妹苏菲亚小姐，是另一种类型，她既文静，又可爱，像只鸽子，她才20岁。

每一个人都有贴身黑奴侍候，布克也有。我的贴身黑奴悠闲得很，因为我从来不让人服侍我。不过，布克的黑奴却恰恰相反。

全家人的情形都在这里了。不过，原来还有人的——另外的三个儿子。他们被杀死了。还有艾美琳，她也死了。

老绅士在村里和镇上有好几处农庄，黑奴在100个以上。有的日子里，会有许多人聚集在这里，是骑了马从10英里或者15英里以外的地方赶来的，待个五六天，在附近的各处或在河上，痛快地玩一玩。白天，在林子里跳舞、野餐。夜晚，在屋里举行舞会。他们许多是这家人的亲戚。男人身上都带了枪。我对你说吧，这些人可谓是精英啦。

旁边还有另一些贵族人家，一共六七家吧，大多姓薛柏森的。与格伦基福特家族相比，一样格调高，身出名门，又有钱，又气派。薛柏森家和格伦基福特家使用同一个轮船码头，距我们这座大屋2英里多路。我跟他们去那儿的时候，看见过骑着骏马的许多薛柏森家的人。

有一天，我和布克拿着工具去林子里打猎。我们正要穿过大路时，听到了向这边来的马蹄声。布克说："快！朝林子里跑！"

我们跑进了林子，从林子里一簇簇树叶丛朝外张望。不一会儿，一个英俊的小伙子骑着马沿大道飞奔而来。他骑在马上，态度从容，俨然像个军人。他把枪平放在鞍鞯上。我过去见到过这人的，他是哈尼·薛柏森。但听得一声枪声，布克的子弹从我耳边擦过，哈尼头上戴的帽子滚落在地。他紧握了枪，径直朝我们藏身的地方冲过来。而我们也立即从林子里飞奔开了。林子长得不密，所以我曾几次回头察看，为了好躲避子弹。我看到哈尼两次瞄准了布克。后来他从来处往回转，我估计，是去找帽子的，但是我没有能看到。我们一路上狂奔不停，直到回到了家。那位老绅士的眼睛亮了一下，有十几分钟……据我判断，这往往是欣慰的表示。接着他平静下来，很平和，语气温和地说："孩子，我看我们应该到大路上去才对，我不想在矮树丛里打枪。"

"爸爸，薛柏森家才不干呢。他们就爱投机。"

在布克讲述事情的前后经过时，夏洛特小姐昂着头，仿佛一位女王。她的鼻翼张开，两只眼睛忽闪忽闪的。两个兄弟显得很阴沉，但全都没有说话。苏菲亚小姐呢，突然脸色发白。不过，当她知道那个男子没有受伤，脸色又恢复过来了。

等我把布克带到树底下玉米仓房的旁边，就只是两人时，我说："你真的想杀了他吗，布克？"

"对，我想是的。"

"他曾经得罪过你、陷害过你吗？"

"他呀？他从没有陷害过我啊。"

"既然这样说，那你又为何要杀死他呢？"

"哦，没有什么啊……我只是为了打冤家嘛。"

"什么叫打冤家？"

"啊，你是在哪儿长大的？难道你不知道什么叫打冤家？"

"从没有听说过啊……讲给我听听。"

"嗯，"布克说，"打冤家是这么一回事：一个人跟另一个人吵了架，于是把他杀了。另一个人的弟兄便杀了他。接下来，其他弟兄们，这是指双方的，我打你，然后你打我。再接下来，堂兄弟、表兄弟，也参加了进来……到后来，一个个都给杀死了，打冤家也就打完了。这是进行得很缓慢的过程，需要很长的时间。"

"这里的打冤家也有很长的时间了吗？"

"嗯，我想大概得有30年了吧，大概是吧。为了什么事，发生了什么么纠葛吧。然后是上法庭求得解决，判决对一方不利，他就挺身而出，把胜诉的那方给枪杀了……他当然会这么干。换了谁，都会这么干。"

"那么是什么纠纷呢，布克？是争夺田产吗？"

"可能是吧……我不知道。"

"啊，那么，最先开枪的是谁呢？……是格伦基福特家的人，还是薛柏森家的人？"

"这我怎么会知道？是很早以前的事了。"

"会有人知道吗？"

"嗯，那是的，我爸爸或者一些老一辈人知道。不过到现在，一开头，最早是怎么闹起来的，我想谁也不知道了。"

"死了挺多人吗，布克？"

"是啊，有太多机会出殡了。不过，也并非都是死人的。我爸爸就在出殡时中了几颗子弹，不过他可并没在乎，因为反正他的身子称起来也不怎么重。鲍勃给人家用长猎刀砍了几下，汤姆也受过两三次伤。"

"今年打死过人，布克？"

"打死过。双方各死两个人。大概几个月前，我的堂兄弟，14岁的勃特骑着马，穿过河对面的林子。他居然傻得没带枪。在一处偏僻的地方，他听得身后有马声。回头一看，是巴第·薛柏森老头儿，手里拿着枪正飞奔过来，一头白发迎风乱飘。勃特并没有跳下马来，躲避到树丛里，反而让对方赶上来。于是，两个人之间展开了殊死竞争，足足奔了四五英里多路，老头儿越追越近。到最后，勃特眼见自己没有希望了，便拴住了马，转过身来，正面对着人家，于是一枪打进了胸膛。你应该知道吧，老头儿奔上前来，把他打倒在地。不过呢，老头儿也并没有多少时间庆贺自己的好运气。一星期之内，我们这边的人把他给杀死了。"

"我看啊，那个老头儿肯定是个懦夫，布克。"

"我看他可绝对不是个懦夫，薛柏森家的人没有懦夫……一个也不是懦夫。格伦基福特家的人呢，也一个懦夫都没有。是啊，就是那个老头儿有一天跟三个格伦基福特家的人，一对三干了一仗，干了半个钟头，结果他是赢家。这几个人都是骑了马的。他下了马，躲在一小堆木材后面，把他的马推到前边挡子弹。可是格伦基福特家的人呢，还是骑在马上，围着老头儿，窜来窜去，枪弹雨点般地对他射去，他的子弹也雨点般向着他们猛击。后来，他受了伤，他的马也中了子弹抽搐着，他们一瘸一拐地回了家，可格伦基福特家的是给抬回去的——其中一个死了，另一个第二天死了。不，老弟，要是有人要寻找懦夫的话，他不必在薛柏森家的人身上白白浪费时光，因为他们从没有这样的孬种。"

礼拜天，我们都去了教堂。有3英里路远，全都是骑马去的。男的都带上了枪，布克也带了。他们把枪插在两腿之间，或者干脆放在靠墙随手可拿的地方。薛柏森家的人，也是这样的架势。布讲的道，说得没有什么意思……全是兄弟般的爱这类叫人听了恶心的话，可是人家一个个都说布道布得好，回家的途中说个不停，大谈什么信仰、积德、普度众生、前世注定的天命等，反正我也说不明白。总之，在我看来，这是我一生中最难熬的星期天。

午饭过后，大家都在打瞌睡，有坐在椅子上的，有在卧室里的，总之，气氛好沉闷。布克带着一条狗在草地上晒着太阳，睡得正香。我也想回卧室睡午觉。我见到苏菲亚小姐站在卧室的门前。她的卧室就紧挨在我们那一间的隔壁。她把我带进她的房间，轻轻把门插上，问我喜欢不喜欢她，我说喜欢；她问我愿不愿替她做件事，并且不告诉别人，我说我愿意。她便说，她把她的《圣经》忘了拿回来了，是放在教堂里的桌子上了，这桌子在另外两本书的中间。她问我能不能把书给她拿回来，并且不让任何人知道。我说可以，于是我很快地走出了家门，走到大路上。教堂里没有什么人，也许除了一两头猪吧。因为教堂门没有上锁，猪在夏天喜欢上了木条铺的地板，图个凉快。你要是留心注意的话，就可以知道大多数的人总是必须去的时候才上教堂，可是猪呢，便不一样了。

我总觉得有什么问题，一个姑娘家对一本《圣经》这么亲，这不大合乎情理啊。于是我把书在手里抖了一抖，一小片纸掉了下来，上面写着"两点半"。我把书翻了个遍，除此以外，什么也没有找到。这是什么意思，我也弄不清，于是我把它放回书里。我回了家，上了楼，苏菲亚小姐正在门口等着我。她把我一把拉了进去，关上了门，然后在《圣经》里找，终于找到了那小片纸。她看了上面写的，就显得异常高兴，在我没有防备的时候抱住我的腰，紧紧地搂了搂，还说我是世上最善良的孩子，还要我不跟任何人说。一时间，她满脸通红，眼睛闪着亮光，看起来可真是个绝色美人。我倒是吃了一惊。不过，我喘过气来，便问她纸片是怎么回事，她问我看了没有。我说没有，她问认得不认得写的字，我告诉她："不，只认得印刷字体。"她说，这片纸只起个书签的作用，没有别的意思。就说，我可以走了，可以玩去了。

我步行到了河边，把这件事琢磨了一番，很快便注意到我那个黑奴跟在我的后面。我们走到了后面那间屋子里的人看不到我们身影的地方，他往四处张望了一下，然后走过来说："乔治少爷，你顺着我指的方向从下边泥水滩那儿望去，会看到那么一大堆黑水蛇。"

我想，这好奇怪啊，他昨天也这么说过啊。难道人家就那么喜欢黑水蛇吗？他到底是哪门子意思呢？我说："好吧，你带我走吧。"

我跟在后面有 1 英里多路，他就蹚过泥水滩，泥水没到膝盖骨，又走了一会儿，我们就走到了一小片平地，地势干燥，长满了密密的大树、树丛和藤蔓。他说："乔治少爷，你往前走，只要几步远，就能看见黑水蛇了。我以前看过，不想再看下去了。"

随后，没多大工夫，他便消失在树木丛中了。我摸索着往里走，到了一小块开阔地段，才只像一间厨房那么大，四周全是青藤，有一个人正在那里睡着了……天啊，这正是我的老吉姆啊！

我急忙叫醒了他，可他见了我却没有吃惊。他差点儿哭出声来，他高兴得非同一般，不过并没有吃惊，他说，那天晚上落水以后，他跟在我后边泅水，我每喊一声，他都听得见的，因为他不想叫人家把他逮住，再一次成为奴隶，所以没有立刻回答。他说："我受了点儿伤，游不快了，到最后，我远远地落在你后边了。上岸的时候，我以为，我能赶上去。我正想喊你，但是我看到了那座大屋子，我便放慢了。我离你太远了，人家对你说了些什么，我没有听清……我害怕那些狗……但是，我见你进了屋，我只好躲进了树林里。拂晓时分，你们家的几个黑奴走过来，到田里去劳动，他们把我带到这儿来，指点给我这个地方，因为有水，狗追踪不到我。每天晚上，他们便给我东西吃。说说看，你过得如何？"

"啊，你为什么不早一点叫我的杰克把我带到这儿来呢，吉姆？"

"哎，哈克，在我们还没有想好办法之前，去打扰你有何用呢？但是，如今我们一切安全了。一有机会，我就去买些盆、碗、口粮，晚上我就修补木筏。"

"告诉我，吉姆，你说的木筏是怎么回事？"

"我们原来那个木筏呀。"

"你是说原来那个木筏没有被撞成碎片？"

"没有，没有撞成碎片。撞坏了不少……有一头损坏得很厉害……不过也碍不了什么事，但是我们那些东西可全完了，要不是我们往水里扎得那么深，游得又那么远，再加上天又那么黑，我们又被吓得那么晕头转向，我们本来是能看到我们的木筏的。不过，现在木筏子总算又修补好了，跟原来差不多了。"

"噢，你究竟怎样又把那个木筏给弄回来的呢……是你一把抓住了它？"

"我已经躲到那边树林里了，怎么能抓住？是这儿三四个黑人发现木筏被一块礁石挡住了，就在这儿的河湾里，他们就把木筏藏在小河岸里，在柳树的深处。他们为了争辩木筏归谁所有，争得不可开交，很快就被我听见了。那木筏子是我和你的，而不属于他们。我还说，你们是想从一个白人少爷手里，把他的财产给夺过去，藏起来？这样，才把他们间的争执给解决了。我还给他们每人两角钱，他们这才兴高采烈，希望以后还会遇到木筏，好让他们发财。他们照料我可好哩，凡是我要他们为我干些什么，从来不需要我说第二遍。老弟，那个杰克可是个很友好的黑人，为人挺机灵。"

"是啊，他很机灵。他没有对我说你在这里，他要我到这里来，说是要给我看黑水蛇，要是出了什么事啊，与他可毫不相关。他可以说他自己从没有看到我们俩在一起，这确实也是事实。"

至于第二天的事，我简直不愿意多说啦，我看还是长话短说吧。我清早醒来，本想转个身，再睡一小会儿，却发现一片寂静……没有任何人走动的声音，这可是不寻常的事。下一件事我注意到的是布克也已经起床了，不见了踪影。好，我立马起了身，疑惑地往楼下走，四周寂无一人，静悄悄的。门外边也是一样。我不知道到底是怎么回事。到了堆木场那儿，我碰见了杰克，我说："什么事啊？"

他说："乔治少爷，难道你还没听说过这件事情？"

"不，"我说，"到底怎么啦？"

"啊，苏菲亚小姐离家出走啦！她真的出走啦。她是晚上什么时间出走的……到底是什么一个时间，谁也不知道……是和年轻的哈尼·薛柏森结婚去的，明白吗……但是人家是这么个说法，是家里发现的，大概是在两个钟头以前……或许还更早一些……我跟你说，他们的动作可真够麻利的。那样匆忙立刻带枪上马，怕是你从来也没有遇到过。那些妇女也出动去鼓动她们的亲属们。老爷和儿子们背了枪，上了马，沿着河边大道追，要全力以赴在那个年轻人带着苏菲亚小姐过河之前抓住他，打死他。我看哪，前途可是很糟糕啊。"

"布克没有叫醒我就走了？"

"是啊，我想他也不会叫你的。他们不想把你卷进这件事。布克少爷把枪装好子弹，说要逮住一个薛柏森家的人押回家来，要不然，就是他自己倒霉。我看啊，薛柏森家的人在那边多得是，他只要有机会，一定会逮一个回来。"

我沿着河边的路拼命往上游赶去，一会儿便听到远处传来了枪声。等到我能看见堆木场和轮船停靠的木材堆那里，我拨开树枝和灌木丛使劲向前走，后来找到了一个理想的去处。我爬上了一棵白杨树，躲在树杈那儿。子弹打不到那儿，我就在那儿张望。不远处，在这棵大树的后边，有一排3英尺高的木头堆放在那里。我本想躲到木堆后边去的，但考虑之后我没有去木堆后边，这也许是我的运气好。

有四五个人在木场前一片空地上骑着马来回走动，一边咒骂吼叫，想要把沿轮船码头木堆后边的一对年轻人打死……可就是不能得手。他们这帮人中，每当有人在河边木堆那儿出现，就会遭到枪击。那一对年轻人在木堆后边背靠着背，因而对两边都把守得牢牢的。

过不多时，那些人不再骑着马一边转悠一边吼叫了，他们骑着马往木场跑过来。这时有个孩子，一枪就把一个人从马上打了下来。其余的人纷纷跳下了马，抓起受伤的人，抬着往木场那边走过去。就在这千钧一发的时刻，那两个孩子撒腿就跑。他们跑到了离我这棵树有一段路的时候，对方还未发现。等到他们一发现，就立刻跳上马在后面紧追。眼看着要追上了，但是仍然无济于事，因为那两个孩子起步早，这时已经赶到木堆后边躲了起来，又占了对方的上风，这木堆就在我那棵树的前面。两个孩子之中，其中有一个就是布克，另一个是细高挑儿的年轻人，大约有20岁。

这些马上的人乱闯了一阵，然后骑着马走开了。等到看不见他们的影子了，我便朝布克大喊一声，告诉他我在这儿。他开始还弄不清我是从树上发出的声音，被吓了一大跳。他告诉我一定要留心看，只要他们一出来，就赶紧告诉他。还说他们肯定是在玩弄鬼花招……不会走太远的。我本来想要从树上爬下来，但是没有下去。这时布克就一边大哭，一边跳脚，说他和他的表兄乔（就是那另一个年轻人）发誓要报今日之冤仇。说他父亲和两个哥哥被打死了；对方，也死了三四个人。说薛柏森家的人设了埋伏。布克说，他的父亲哥哥们应该等他们的亲戚来援助以后再行动的……薛柏森家人的力量，远远胜过他们。我问他，那个年轻的哈尼和苏菲亚小姐的情况怎么样。他说，他们已经顺利过河了。我很高兴听到这个消息，可是布克是另一个样子。他又气又恨，因为这一天他朝哈尼开了枪，但是没有打死他……像这样的事，我还闻所未闻哩。

突然之间，砰！砰！砰！响起了枪响声。那边的人没有骑马，悄悄穿过林子，绕到他们后边，冲了过来。那两个孩子朝河里跳……两人都中了弹……他们往下游划，对方在岸上对着他们一边射击，一边大喊："打死他们，打死他们！"我当时是多么难受啊！几乎从树上摔下来。这种种全部的过程，我也不想叙说了……要是这样做的话，只会叫我更疼痛难忍。我希望，当初那个夜晚，我根本没有爬上岸来，不至于亲眼目睹这次的惨祸。我的脑海里，将永远赶不掉这种种的一切……有好多次，我还梦见了这发生的一切啊。

我害怕极了，一直在树上躲到天黑。我间或听到远处林子里有枪声。有一两回，我看到有一小伙的人骑着马、背着枪，驰过木材场，因此我估计着冲突还没有完。我心里很难受，仿佛太阳失去了光辉，因此打定了主意，从此绝不再走近那座房子。因为我寻思，这全是我闯的祸啊！我断定，那张纸片是苏菲亚小姐要和哈尼·薛柏森在晚上两点半钟一起出走。我心想，应该把我知道的事都告诉她父亲的。这样，他父亲或许会把她关在房间里不许出来。这么一来，这场可怕的灾祸就准定不会出现。

我一下了树，就沿着河岸下游偷偷走了一段路。我发现河边躺着两三具尸体。我把他们一步步拖上岸来，随后盖住了他们的脸，就赶快离开。把布克的脸盖起来时，我不禁哭泣了一会儿，因为他对我是那么体贴入微。

这时天已黑。从此以后，我从未走近那间房子。我穿过林子，往泥水滩那边走去。吉姆不在他那片小岛上。我匆忙往小河边赶，一路拨开了柳树丛，心急火燎地只想跳上木筏，逃脱这片可怕的土地……可是木筏不见了！我的天啊！我多么恐惧啊！我几乎有两分钟时间喘不过气来。我大叫了一声。我隐约听到在离我20多英尺的地方有个声音："天啊，难道是你吗，老弟？千万别作声。"

是吉姆的声音……这样悦耳的声音，过去可从来没有听到过啊。我在岸边跑了一段路，登上了木筏，吉姆一把搂住了我，见了我，他真是兴高采烈。

他说："上帝保佑你，亲爱的。我以为你又死啦。杰克来过。他说他料想你已经中弹死了，因为你一直没有回家。因此我这会儿正要把木筏划到小河口去，我已经做好准备工作，只要杰克回来告诉我你一定已死，我就把木筏划出去。天啊，又能见到你，我简直高兴坏了，亲爱的。"

我说："好吧……那好极啦。他们肯定以为我已经被人打死了，再也找不到我了，尸体往下游漂走了……那边的确有些东西会叫他们有这样的想法……吉姆啊，所以我们不能再延误时间了，赶快向大河划去，越快越好。"

直到我们到了密西西比河的中段，我才总算放下心来。然后我们悬挂起了信号灯，心想我们又回到从前那段自由自在、蝶飞花舞的日子。从昨天开始，我就没吃过东西，所以吉姆拿出一些乳酪、玉米饼、猪肉、青菜和白菜……尝起来非常美味，世上再没有比这更好吃的了。我一边吃着饭，一边和他聊着，心里高兴极了。能够和冤家相离远远的，我非常开心。吉姆能够离开那片泥水滩，也感到非常开心。我们说，究其根本，没有任何东西可以赶得上木筏子了。其他地方总是很别扭，让人愁闷，唯有木筏子是另一片天地，待在木筏子上，感觉自由自在，非常舒服。

第十九章

　　我们愉快地度过了两三天。我们是以这样的方式来消磨时光的：河的下游水面很开阔，有的地方宽一英里半，我们在晚上划船，白天就靠岸隐藏起来；每当天快亮的时候，我们就马上停止航行，然后将木筏停靠在河边，差不多每一次都把木筏停泊在一个沙洲下面的死水里，用砍来的白杨树枝和柳枝盖住筏子。接着，我们就放钓线，然后我们就去河里游一会儿，以便凉爽一下，提提神。之后我们就在水没膝盖的沙滩上坐着等待天亮，周围听不见任何声音，安静极了，仿佛整个世界都已经进入了梦乡，只是不时地响起牛蛙的叫声。从水面上向远处望去，只看到一条模糊的黑线，其他的就什么也看不到了，而那条模糊的黑线就是对岸的树林。然后你能看到在天空中出现了一块灰白色，不一会儿那块灰白色便扩散开来，结果远处河流的颜色变淡了，不再是黑乎乎的，而变成了灰色。你能看见一些小黑点在很远很远的地方漂浮，那是大型平底运货驳船一类的船只。长长的黑线是木筏。因为河上很安静，所以你就能听见远处传来的长桨的“吱嘎”声，或岸上的嘈杂声。不久，你可以看到水面上有一条纹路，你凭这条水纹的模样，就可以知道那儿有一棵沉没在水中的大树，湍急的流水冲击在上面，就形成了那样一条纹路。你还可以看见水面上雾气蒸腾。东方变红了，这条河也红了，你能看清楚离对面河岸很远的树林边上有一所用圆木搭成的小木屋，那儿大概是个堆木场吧，那儿堆着一堆堆木头，中间却空得很，你随便从哪儿都能扔进一条狗去。突然吹起了一阵风，它由远处向你轻轻刮过来，又凉爽，又新鲜，甜丝丝的，很好闻，因为那边树木花草多。但是有时候却会闻到一股臭气熏天的死鱼味儿。天亮后，阳光下所有的东西都是笑眯眯的，燕雀儿一个劲儿在唱！

有一点烟火不会有人注意，所以我们就从钓鱼绳上摘下几条鱼来，做了一顿热气腾腾的早餐吃。吃过饭后我们就望着河面出神，不久就睡着了。懒洋洋地醒来后，东张西望想看看是什么把我们吵醒的，这时候也许会看到一条小火轮呼哧呼哧地朝上游开。因为它靠对岸近，什么也看不清楚，只看得出它是一条有船尾外轮的船还是条有明轮的船。然后大约有个把钟头，整个世界只剩下一片冷清寂寞。接下来，你会看到远远地漂过来一只木筏，上面也许有个呆头呆脑的小子在劈柴，因为他们老爱在木筏上干这种活儿。这时你只能看见他在挥动着斧头，却听不见任何动静。你马上又看到斧头举了起来，等它举过那人的头顶时，你才听到"咔嚓"一声，声音从水面上传过来就要这么长的时间。我们懒洋洋地这边坐坐，那边躺躺，竖起耳朵听，四周一片寂静，什么也没听到。我们就是这样打发日子。有一回河面上起了大雾，来往的木筏和小船上，有人敲打着白铁盘子，怕轮船把它们撞翻了。一条平底驳船，或一只木筏紧挨着我们过去。我们能听见上面船工的谈话声和笑骂声，听得一清二楚，但是根本就看不见他们的影子，这情景真让你觉得浑身的汗毛都竖起来了，就好像半空中在闹鬼似的。吉姆说他相信那就是鬼，但是我说："不对，鬼不会说：'这该死的鬼雾真讨厌。'"

天黑以后，我们便把木筏划到河上，就不管它了，让它自己随水漂，随后我们点燃烟斗，把双脚伸进水里晃来晃去，天南海北地神聊，只要没蚊子叮咬，我们白天黑夜都光着屁股，布克家的人给我做的衣服太好了，穿起来不舒服，再说我也不太喜欢穿衣服。

有时我们很难见到一个人，宽阔的河面上只有我们两个人守望着，很久很久也见不到别的人。远处是河岸和一些小岛，与我们这里隔着一片水，那儿也许有一星星火光，那是小木屋窗口燃着的蜡烛；有时候你能在水面上看到一两点火光，你也知道那是木筏上或平底船上的灯光；你也许还能听到拉琴和唱歌的声音从一只小船上飘过来。在木筏上过日子可快活哩。我们头上有缀满星星的天空，我们总是仰卧在筏子上看星星，并且讨论着它们是人造的呢，还是天生就有的。吉姆说，星星是人造出来的，我却觉得它们是天生的。吉姆说，它们是月亮产的。嘿，这种说法好像有些道理，所以我就没有反驳他。因为我见过一只青蛙产的卵也差不多有星星那么多，所以月亮当然也可以产星星。我们常常注视那些往下掉的星星，看着它们像闪电一样发光落下。吉姆认为那些是已经坏掉了的、从窝里扔出来的星星。

每天夜晚，我们总有一两次要看见一只轮船在黑暗中开过去。它不时从烟囱里喷出满天的火星，像雨点似的飘落在江面上，好看极了，然后它拐过弯去，它的灯光突然都消失了，船上的嘈杂声也隔断了，河上又安静下来。这艘轮船过去很久以后，它掀起的波浪才打过来，把我们的木筏轻轻地摇晃几下，这以后不知又要过多久，除了几只青蛙等什么东西的叫声外，你也许什么声音也听不见。

半夜以后，岸上的人都睡觉了，大概有两三个小时，岸上一片漆黑，小木屋的窗户里再也没有点点火星。那第一个重新亮起来的火星，告诉我们早晨快到了，于是我们立刻找躲藏的地方，把筏子停靠在那里。

一天早晨，天快亮的时候，我发现了一只独木舟，便划着它过了一条急流，到了大河岸边，然后顺着一条两岸长满柏树的小河沟，往上游划了大约 1 英里，想去找一些浆果。当我正要经过小河沟与一条路交叉的地方时，忽然有两个人拼命地顺着小路飞跑过来了。我以为他们是在追我或者吉姆呢，心想这下我可完了。我慌慌张张地正要把船从那儿划开，可是他们当时离我很近，大声叫嚷，求我救他们的命，说他们没干什么坏事，可是有人在后面追赶他们，说有人也有狗，很快就撵上来了。他们想往船上跳，但是我说："你们别上来，我还没有听见狗叫和马蹄声，你们赶快钻进那片杂木林里去，再顺着河沟往上跑几步，还来得及，然后跳下水，蹚着水再到我这儿来上船，这样狗就闻不到你们的气味，不会跟上来了。"

他们照我讲的做了，之后，我就连忙朝我们停靠的沙洲逃去。几分钟后，我们才听到远处人喊狗叫。我们只听得见声音，却没见着他们的踪影。他们好像在那儿瞎折腾了一阵。我们越走越远，后来几乎一点也听不到他们的声音了。等到我们又来到大河里的时候，一切都安静下来了。我们又划过急流，来到沙洲边，往棉白杨树林中一藏，平安无事了。

两人中，有一个人 70 开外年纪、秃头、长一脸花白的连鬓胡子，他戴一顶压扁了的旧垂边帽，身穿一件油腻腻的蓝色毛衬衫和一条破烂的蓝色细斜纹布裤子，裤脚塞在靴筒子里，背着两根家制的吊带——不，他只有一根了。他胳臂上搭着一件蓝斜纹布的旧燕尾服，上面钉着上等的铜纽扣。他们俩都携带着又大又破、鼓囊囊的毡制旅行提包。

那个年轻人，大概 30 岁，衣着也挺寒酸的。我们吃完早饭，大家一起休息、聊天，我竟得知这两个家伙原来彼此都不认识。"你犯了什么事？"秃头问另一个家伙。"唉，我原本是卖除牙垢剂的，那东西也确实能把牙垢除掉，并且常常把牙瓷也一块儿给弄下来了。可是千不该万不该，我不该在那个地方多待了一个晚上，我正准备溜之大吉的时候，碰巧在镇上这边的小道上遇见了你，你说他们追来了，求我帮你逃跑。于是我告诉你，我自己也闯了祸，说不定什么时候就会有麻烦，正想跟你一块儿跑掉。我的事就这些，你是怎么回事？"

"唉，我在那儿搞了个小小的戒酒复兴运动，搞了个把星期，老少娘儿们都挺喜欢我，因为我把那些酒鬼整得够呛，这可是实情。我一个晚上能挣五六块钱，按人头收费，每人一毛，儿童和黑人免费。正当生意做得一天比一天红火时，可是不知什么缘故，昨晚有个小小的谣言四下里传开了，说我经常偷着用杯中物解闷儿。今天早晨，有个黑人把我叫醒了，告诉我说，老乡们在暗中集会，他们说让我先跑半个钟头，他们再动身追赶，如果能追上，就一定不放过我；他们要给我身上涂柏油、粘上鸡鸭毛，再叫我骑杠子游街①，我知道他们干得出来。我没等吃早饭就跑了，当时也不饿。"

"老天，"年轻的那个说，"我想我们应该合伙干，你说呢？"

"这个主意看上去不错。你主要是干哪一行的？"

"我的本行是印刷工，平时也卖点成药，上台演演戏，演悲剧，你是知道的。有机会也搞一搞催眠术，给人看骨相；有时还在学堂里教几天唱歌和地理；有时也来一场演讲，哦，我干的事可多哩，几乎是能干什么就干什么，所以也算不上什么正式的工作。你干的是哪一行？"

"我年轻的时候给人治病，还真干了些年头哩。我最拿手的是按摩，专治恶性肿瘤、瘫痪之类的顽症。要是我能找到帮我探底的人，我给人算命也算得挺灵。讲道我也在行，主持个野外布道会啦，到处传教啦，都在行。"

那个年轻人沉默了一会儿，后来叹了一口气，说："哎呀！"

"怎么啦？"秃子说。

"真没想到，我竟沦落到跟这种人混住在一起的地步。"

他说着就拿出一块破布来擦眼角。

"去你妈的，跟我们这种人在一起还有失你的身份吗？"秃子毫不客气、傲慢地说。

"不是，对我来说是够好的了，我也只配交你这种人。想当年我是何等高贵，是谁把我弄到这种下流的地步？是我自己呀。我并不怪你们，诸位，压根儿就不怪你们。我谁也不怪，这都是我自作自受。任凭这冷酷的世界怎么胡闹，有一件事我心中是有数的，这世上总得有我的一块坟地。世人以前怎么对待我，现在照样可以怎样对待我，把我的一切都抢走——我的亲人、财产、所有的东西；但是我的坟地他们可抢不走。总有一天，我会躺在里面，把一切都忘掉，让我这颗可怜而已破碎的心安息了。"他继续擦眼角。

"去你的那颗可怜而已破碎的心吧，"秃子说，"你干吗把你那颗可

---

① 当时美国流行的一种私刑。

怜而已破碎的心扔给我们呢？我们又没有对不起你。"

"不错，我知道，我并不是责怪你们，先生们。是我自己把自己的身价降下来的。是的，是我自己干的。所以我应该受罪，完全应该，我连哼都不哼一声。"

"从多高的身价降下来的？你原来的身价有多高？"

"嗬，说出来你也不会相信的，世人绝不会相信的——还是算了吧——不要紧。我出身的秘密……"

"你出身的秘密？你的意思是不是说……"

"先生们，"那个年轻人正经八百地说，"我今天就给大伙儿露露底吧，因为我心里觉得我信得过你们。按理说，我是个公爵！"

吉姆听到这话，眼珠子都鼓出来了，我和他一样。这时秃子说："岂有此理！你在开玩笑吧？"

"我当然不是在开玩笑，我的曾祖父，布里奇沃特公爵的长子，他为了呼吸纯净的自由空气，就逃到了这个国家。他大约在上世纪末死后留下一子，他自己的父亲差不多是与他同时死去的。这位已故的公爵的二儿子夺取了爵位和遗产，那位年幼的真正的公爵倒没人理睬了。我就是那位小公爵的嫡系子孙，我就是名正言顺的布里奇沃特公爵，可是如今的我却沦落到孤家寡人的地步了。高官显爵被人夺走，还被人家到处驱赶，遭到这冷酷世界的蔑视，身上穿得破破烂烂，人累倒了，心伤透了，而且堕落到与穷凶极恶的坏人同在一只筏子上混！"

吉姆觉得他很可怜，我也有同样的感觉。我们想要安慰他一下，可他的痛苦是无法减轻的，所以安慰的话对他没用。他说如果我们承认他的公爵身份，那几乎比任何别的东西对他都更有好处，于是我们说我们愿意承认，不过我们得知道该做些什么。他说我们对他讲话的时候，应该鞠躬，并且口称"阁下"或"大人"，但是如果我们直接叫他"布里奇沃特"也没关系，他说那只不过是个爵位，而不是名字。吃饭的时候，我们应该有个人侍候他，他想要我们替他干点什么，我们就得去干。

哎，这都很容易，所以我们都照办了。吃饭的时候，吉姆始终都不离左右地侍候着他，嘴里还说"阁下请吃点这个好吗？请吃点那个好吗？"等等。谁都看得出来，这样做甭提使他多么高兴了。

可是没过多久，那老头儿不大吭气了，而且见到我们围着公爵团团转，对他百般宠爱，他神情显得不大痛快。他好像有什么心事，所以到了下午他说话了。"喂，不成器沃特①，"他说，"我特别为你感到难受，我也有那种烦恼。"

"是吗？"

"是的，难道你以为只有你一个人从高处摔下来了吗？"

"哎呀！"

"是的，有出身秘密的也不只你一个人。"天哪，他哭起来了。

"不许哭！你这是什么意思？"

"不成器沃特，你觉得你这个人靠得住吗？"老头儿说，仍在抽抽搭搭地哭。

"我这个人就是刀架在脖子上也靠得住！"他拉起老头儿的手，使劲捏了捏，说，"把你的出身秘密说出来吧！"

"不成器沃特，我就是从前的朵芬皇太子②啊！"

我敢肯定吉姆和我这回是目瞪口呆了。然后公爵说："你是谁？"

"是的，我的朋友，你没有听错，此时此刻，在你眼前的就是那个可怜的失踪了的罗衣十七③——罗衣十六和玛丽·安托尼生的儿子。"

"你！凭你这把年纪？不对！你不会想说你是从前的查理曼④吧？那么你现在至少有六七百岁了。"

"唉，我已经被苦难折磨得不成样子了，不成器沃特，是苦难把我折磨成这模样的，苦难弄得我满头白发，未老先衰，过早地秃了顶。是

---

① 布里奇沃特：原文是 Bridgewater，老头儿把它说成 Bilge-water，blige 俚语中有"废话""傻话"之意。

② 路易十六和玛丽·安托尼于 1770 年结婚，1785 年生朵芬，如果当时朵芬（1840 年）仍在世，应是 55 岁，而这个老头儿，前面说过已 70 多岁了。

③ 路易十七的讹音。

④ 指查理曼大帝（746—814）：于 768—814 年为法兰克王，并于 800—814 年为西罗马帝国皇帝。

的，先生们，你们眼前这个一身粗蓝布裤褂、穷困潦倒的人，就是那个被放逐在外、遭人践踏、受苦受难的合法的法兰西国王呀。"

他一边说一边捶胸顿足地哭起来，伤心不已，我和吉姆被搞得一时也束手无策了。这时我们感到喜忧参半啊，因为能把他弄来跟我们一块儿待着。于是我们像刚才对待那位公爵一样，开始安慰起他来。但是他说安慰也没有用，除了死，别的法子对他是不会有任何好处的；不过他又说如果大家能按照他的身份对待他，对他说话时单腿跪下，以"陛下"称呼他，吃饭服侍他先吃，在他面前他不让坐就不坐下，这样就会使他心里暂时舒坦些、好过些。于是吉姆和我就开始对他叫起"陛下"来，为他干这干那忙活开了，他不对我们说"你们可以坐下"，我们就乖乖地站在那里。这对他实在太有用了，他变得兴高采烈心情舒畅了。可是那位公爵对我们的做法看来很不满意；不过国王仍真心实意地对他表示友好，他说公爵的曾祖父和所有别的不成器沃特公爵，当年都受到他父亲的器重，经常恩准他们进宫去。可是那位公爵怒气冲冲地待在一旁，生了半天气。后来国王说："不成器沃特，我们可能得在一起相处老长一段时间，你老这么使小性子有啥好处？那只会弄得什么都别扭。我生来不是个公爵，这不是我的过错，你生来不是个国王，也不是你的过错，所以发愁又有什么用？我常说顺其自然、随遇而安，这就是我的处世格言。再说我们今天在这儿，凑在一起，也不是坏事呀，有的是东西吃，日子过得轻松自在……喂，公爵，把你的手伸过来，我们还是交个朋友吧。"

公爵把手伸过去了，吉姆和我都很高兴。这样一来，所有的不愉快都一扫而光了，大伙儿都感到特别满意，因为木筏上要是有人彼此不和，大家都不好受。再说在一只木筏上，你心目中最要紧的事就是希望人人都满意，都觉得对劲，对别人也和和气气的。

不久后，我就肯定这两个人在撒谎，他们只是无耻的骗子和吹牛大王，根本就不是所谓的国王和公爵。可是我只是保持沉默，只是默默地把它放在心中，若不想发生争吵，不想引起麻烦，这是最好的办法了。若他们让我们称呼他们为国王、公爵，那也可以，只要这一家没有风波就好。我没有告诉吉姆，是因为我认为这对他没什么好处。若说我从我爸爸那里没学到其他的东西，可是我至少学会了一点，即和他们那种人在一起生活，上等策略就是：他们喜欢做什么就让他们做，不要去招惹他们。

第二十章

他们问我为什么要把木筏子盖起来，为什么白天躲着睡觉，不航行……吉姆真是一个逃亡的黑奴吗？我说："上帝啊，难不成一个逃亡的黑奴会向南方走吗？"

不是的。他们也认为不是的。我得把事情的原委说出来，就说："我的亲人是密苏里州派克郡的。在他们死后，只留下我和我的爸爸以及我的兄弟伊克。我爸爸觉得我可以去找我的叔叔朋斯一起生活。我叔叔的一块地位于奥尔良 30 多英里的河边上。我的爸爸穷困潦倒，并且欠了很多债。所以还清债务后，就剩下十几块钱还有黑奴吉姆。而要走 100 英里路，只凭这点钱，是根本不可能买到轮船的头舱票的。在大河涨水期间，爸爸时来运转，竟发现了这个木筏子。我们就想着，不如就乘坐这个木筏子去奥尔良。但是，有一天晚上，一只轮船撞到了木筏前边的一只角，我们都落了水，游到了轮子下面。吉姆和我游了上来。平安无事。可爸爸是喝醉了酒的，伊克是个才 5 岁的孩子，他们就再也没有上来。后来几天里，我们遇到过不少麻烦事儿，因为总有人坐了小船追过来，要夺走吉姆，说他是个逃亡的黑奴。从此，我们白天就躺下，等到夜晚，没有人给我们找麻烦再走。"

公爵说："我来想个办法吧，好叫我们白天高兴的时候也能行驶。

让我仔细考虑一下吧……我一定能想出一套万全之策的。今天我们暂且不去管它，因为我们当然不想在大白天走过下边那个镇子……那不太安全。"

下午时分，天黑起来了，像要下雨的样子，天气沉闷，天地分界处闪电不断。树叶也抖动了起来，这场雨将会来势凶猛，这是显而易见的。所以公爵和国王便去检查我们的窝棚，看看床铺是什么样子。我那张床，铺的是一床草褥子比吉姆那条絮着谷子壳的褥子多少要好一点；他那一条，掺和着许多玉米棒子，躺在上面顶得生痛；一翻身，谷子壳响起来，人像在干燥的树叶子上打滚，那声音吵得人难受。公爵表示想睡我那张床，可是国王不愿意。

他说："照我看，爵位高低会提醒你，一张塞了玉米棒的床，不适宜于我睡。还是由阁下去睡那张塞玉米棒的床铺吧。"

吉姆和我一时间又着急起来了，害怕他们又纠缠起来。等到公爵说出了下面的话，我觉得我们真是太幸运了。

"我命中注定是要老被人踩踏的。我当年高傲的头颅，已经给不幸的命运打得粉碎啦。我屈服、顺从，这是我的命运嘛。我在这世界上孤单单只身一人……让我受苦受难吧，我能受得了这一切的危难。"

天完全黑下来的时候，我们立即出发了。国王嘱咐我们尽量向大河的中央走，在驶过了那个镇子后再经过很长一段路以前别点灯。我们逐渐逼近一小簇灯光，那便是那个镇子了，知道吧——我们又平安地走了1英里地。等到开出下游五分之三英里，我们就升起了信号灯来。9点钟时，大雨倾盆，电闪雷鸣，闹得不可开交，所以国王交代我们两人都要小心看守，一直要等到天气好转。然后，国王和公爵爬进窝棚过夜。接下来我要一直值班到12点。不过，即使能睡觉，我也不会去睡的，因为这样的暴风雨，并不是一周之内天天能见到的。不，简直就很少见到。天啊，风正在一路上厉声叫唤着！每隔两三秒钟，电光一闪，一英里路之内，一下子照得明晃晃的。在大雨中，你只能见到一处处灰蒙蒙的小岛，被大风吹得东倒西歪的大树。然后"咔嚓"一声，轰隆隆、轰隆隆……雷声在滚动，一直滚向远方，才逐步消失……紧接着，

"唰"地一下，打了个闪电，跟着是一个震耳欲聋的大霹雳。我几乎被那大浪头打到水里去了。不过既然我身上没有穿什么衣服，我不在乎。对水上露出的树干、木桩，我们不难对付。既然电光老在四下里闪来闪去，我们就能对水面上的情况看得一清二楚，然后不费力地拨动筏子的头头，避开它们。

吉姆怕我困得顶不住，所以他说，开头一半的时间，由他替我守夜吧。他就是这样照顾人，吉姆一向这样。窝棚已经被国王和公爵霸占了，我只能到外边睡了，我不得不睡到外边去。下雨，我不在乎，因为这是暖暖和和的。眼下，浪头也不会那么高了。到两三点钟，风浪又大了起来，据吉姆说，他本想叫醒我，后来却没那么做。他觉得，浪不至于掀得太高，造成灾祸。可这下子他看错了。没有多久，突然之间，猛然冲过来一个凶猛的巨浪，一下子把我打到了水里去。吉姆捧腹大笑，差点没笑岔气儿。他可是黑奴中间最容易开怀大笑的一个呢。

该我值班了，吉姆躺了下来，一会儿就打起了呼噜。暴风雨渐渐过去，天放晴了。一见到岸上木屋里的灯光，我就叫醒吉姆，藏起木筏，藏了一整天。

国王在午饭后拿出一副破旧的纸牌，他和公爵玩了一会儿"七分"，第一场五分钱的输赢。玩腻了以后，他们就说要……用他们的话说"制订作战计划"。公爵从他的提包里拿出许多印着字的小传单，并且高声读着上面的字。一张小传单上写道："巴黎大名鼎鼎的蒙塔尔班·阿芒博士，定于某日某地做骨相学讲演，门票每人两角。附有骨相图表，每张二角。"公爵说，那就是他自己。在另一张传单上，他就是"伦敦特勒雷巷剧院扮演莎士比亚的世界著名悲剧演员小迦里克"。在其他一些小传单上，他又得到了别的一些名字，拥有种种非凡的能耐，像用"万灵宝杖"，可以画地出泉，掘土生金；还有"驱赶妖魔鬼怪"，如此等等，不胜枚举。

后来他说："我最喜欢的行当就是演戏了。皇上，你登过台吗？"

"没有。"国王说。

"那么，下台的皇上，不出两天，你将要登台演出。"公爵这么说，

"我们到下个镇子，要租下一个会场，演出《理查三世》中斗剑和《罗密欧与朱丽叶》中阳台情话两场。你看如何？"

"布里奇沃特，我是倒霉透顶了，只要能赚钱，我是不会反对的。不过嘛，演戏，我一窍不通，看得也不多。戏班子搬进宫的时候，我年龄还太小。你看，我能学会吗？"

"很容易！"

"那好，我正想再做点有意思的事儿呢。我们开始吧。"

公爵就对他讲了罗密欧和朱丽叶是怎么样的人。他说，他扮演罗密欧，所以国王只能演朱丽叶。

"公爵，让我来演朱丽叶那么漂亮的一位姑娘，就凭我的秃脑袋，白胡子，演她，也许显得有些不像话吧。"

"不，不用担心……那些乡下人不会介意这一些。再说，你得穿上行头啊，那就大不一样了。朱丽叶只是在睡觉前站在阳台前赏赏月而已。她穿着睡衣，戴着打褶的睡帽。这里就是角色穿的行头。"他拿出了几件戏服，大概是用窗帘布做的吧。据他说，这是理查第二和另一个角色穿的中古时候的战袍，再配上一件蓝布做的长睡衣和一顶打皱褶的睡帽，国王这才感到满意。公爵便拿来他的戏本，一边读角色的台词，伸伸双手，极尽装腔作势之能事。还一边跳来跳去，做示范动作，表演了该怎样个演法。然后他把那本书交给了国王，要他把朱丽叶的台词背熟。

饭后，公爵说他有个主意能让我们在白天行驶，又不会有什么危险。他说这样他就能到河湾下游5英里处的那个镇子去亲自安排一切。国王也表示愿意去碰碰运气。我们的咖啡喝光了，所以吉姆和我只能和他们坐了筏子一起去，买点咖啡回来。

我们到了镇上，街上空空荡荡，不见有人来往，四下里一片寂静，仿佛是星期天似的，简直有点儿死气沉沉。我们找到了一个有病的黑奴，他正在一处后院里晒太阳。他说，只要不是年龄太小或是病太重，或是年纪太老，全都去露营布道会了。那儿离这儿2英里路，在树林里边，国王打听清楚了怎么个走法，说他要去把那个布道会好好利用一下，还说我也能去。

公爵找的是一家印刷店。后来这家小店被我们找到了，它在木匠店旁边。木匠和印刷工人都去参加布道会了，门倒是没有上锁。这里又脏又乱，还有一些传单，上面有马和逃亡黑奴的图片。公爵脱去上衣，说现今一切有办法了。所以我和国王就去找布道会了。

半个钟头左右以后，我们到了那里，因为天气太热，身上全是汗。方圆20英里，聚集着1000人之多。林子里拴满了正在吃着草料的马。棚子是用竿子搭的架，树枝支的顶，出售柠檬水和姜饼以及青皮的嫩玉米之类东西。

棚子里，有人正在布道。只是棚子大一些，能容一帮子人。凳子是用劈开的圆木外层做的，在圆的一面凿几个窟窿，装上几根棍子，当作凳子腿。这些凳子并没有靠背。布道的人站在棚子一头的高台之上。妇女们都戴着遮阳帽，有的穿的是毛料上衣，有的是柳条布的上衣。有一些姑娘穿着花布裱子。有些青年男子赤着脚丫子，有些小孩就穿了件粗帆布衬衣。有些老年妇女在做针线活儿。而有些年轻人则在偷偷地谈情说爱。

在第一个棚子，布道的人正在读赞美诗。每念完两行，人家就跟着唱起来，听起来真有点庄严的味道。因为人多，唱得也很起劲。随后再读两行，大家又跟着唱……就这样先读后唱。这种气氛使会众们兴奋了起来，有些人使劲吼叫起来。接下来，布道的人开始认真传道，先在讲台这一头摇摇晃晃，然后到另一头摇摇晃晃；再后来往台前向下弓着腰，胳膊和身子一直都在摇摇摆摆。布道时，他使出了全身力气大声叫喊。每隔一会儿，就把《圣经》高高举起，摊了开来，好像是向左右两边递着看的，一边高喊着："这就是田野里的铜蛇！看看它，就可以得到活命。"会众立即回应："荣耀啊……阿门！"他就这样布下去，会众也跟着吼、哭喊，还说着"阿门"。

"啊，到这悔罪的板凳上来吧！过来吧，罪孽大的人！（阿门！）过来吧，生病的人和悲伤的人！（阿门！）过来吧，腿疼的人、跛脚的人、瞎眼的人！（阿门！）过来吧，穷困不堪的人，陷于耻辱的人！（阿门！）

过来吧，所有体弱的、堕落的、受罪的人！……带着一颗破碎的心过来吧！带着一颗悔恨的心过来吧！带着你们褴褛的衣裳，带着罪行和肮脏过来吧！洗涤罪孽的圣水是自由供给的，天国之门是永远打开的……啊，进来吧，安息吧！（阿门！荣耀啊！荣耀啊！哈里路耶！）"

布道会的人在热烈地讲着，但声音却被淹没在一片哭喊和乱叫声里，以至于听不清他在说什么。人群里，有人站起身来，脸上挂着泪，挤到了那一排忏悔的板凳边，等到一群人全都到了悔罪的板凳那里，他们就疯狂地又唱又吼，并且扑倒在面前的稻草上。

我一眼就看到国王正跑过来。你听得见他那压倒一切人的声音。紧跟着，他一抬腿走上了讲台，在牧师的请求下，他开始发言。他对大家说，他是一个海盗……已有 20 多年历史的海盗，远在印度洋之上。他部下的人在春天一次战斗中损失惨重。现今他已回了国，想招募一批新人。前天晚上，他不幸遭到了抢劫，落得身无分文，被赶下了轮船。但尽管如此，他对这个遭遇倒是很高兴，认为是平生一大好事，该谢天谢地。现在他是不幸福的人了。虽然他如今依旧很穷，但他主意已定，要立即想方设法返回印度洋，以此余生，尽力劝解那些海盗走上正道，干这样的一件事，他能比任何人做得更漂亮，因为他和遍布在印度洋上的海盗全都非常熟悉。他反正要到达那里的，尽管他远道前往，要花很长时间，加上自己又身无分文，他不会放过每一个机会，对被他劝说改正过来的每一个海盗说："你们不必感谢我，你们不用把功劳记在我的名下，一切功劳归于朴克维尔露营布道会的恩人们，人类中天生的兄弟和恩人们……还应归功于那位海盗们最真挚的朋友——亲爱的牧师！"

这时，他哭了，弄得大家也都跟着哭起来。有人高声喊："给他凑一笔钱，凑一笔钱！"刚说完，就有六七个人争着干开了。有一个人嚷道："让他拿一顶帽子转一圈，我们替他凑这笔钱吧！"周围的人也都表示赞同，而传教士也同意了。

国王一边抹着泪为大家祝福，一边拿着帽子在人群前转圈，以此来感谢大家对远在海上的海盗如此关爱。每隔一会儿，就会有最美丽的姑娘泪流满面，走上前来，问他能否让她亲亲他，作为对他的一个永久的纪念。他当然求之不得。有些漂亮姑娘，他又抱又亲了五六回。人家邀请他多待一个星期，并请他到他们家住，还把这事儿看成是一个荣耀。国王却回绝了人家，并说今天已是露营布道会的最后一天，他留下来也没有什么用了。再说，他巴不得马上到印度洋去感化那些海盗们。

我们回到木筏上以后，他数了一数钱，发现他募得了 98 元 6 角 9 分。外加他捡来的一只 3 加仑威士忌的酒罐，那是在穿过林子回家时在一辆大车下面捡的。国王说，要算总账的话，今天可以说是他传教生涯中收获最多的一天了。他说，讲了也白讲，搞野营布道会，对信教的游子和对海盗同样不起作用。

公爵呢，本来自以为干得很不错。等到国王讲了他如何露了一手之后，他这才不那么想了。他在那家印刷店，为农民干了几件小小的活，印了出售马匹的招贴，收了 4 块钱。他还代收了 12 元的报纸广告费。公爵宣传说，如果预付，4 元便可，人家也就按此办法付了钱。报费原是 3 块钱一年，照他的规定，凡是预付，只收 6 角钱一年，他收了 5 个订户。他们原本想按老规矩，用木柴、洋葱头折现付钱。可是公爵说，他刚盘下这家店，把价钱定得很低，无法再低了，因此贷款一律付现。他还即兴写了三首小诗，是那种既美妙又带点儿忧伤的……有一首诗的题目是《啊，冷酷的世界，碾碎这颗伤透了的心吧》。他临走前，这首诗排成铅字，随时可以印出，登在报上，而他分文不收。最后，他为了这 9 块 5 毛钱，整整忙活了一天。

而后，公爵给我们看了他印的另一件小小的活计，也不要钱，因为是为我们印的。那是一幅画，画的是一个逃亡的黑奴，肩膀上扛一根挑着包袱的木棍。黑奴下面写着"悬赏 300 元"。这是吉姆，写得一丝一毫也不差。上面写道，此人从新奥尔良下游 40 英里处的圣·雅克农庄逃跑，潜逃时间是去年冬天。据说，他大概是往北逃的，如若能把他抓住送回的，必有重谢，等等。

"如今啊，"公爵说道，"在今晚以后，只要大家乐意，就不妨在白天行驶了。见到有人来，我们就用一根绳子，把吉姆从上到下捆绑好，放在窝棚里，把这张招贴给人家看看，说我们是在上游把他给抓住的，说我们太穷，坐不起轮船，所以用我们的朋友做担保，买下了这个木筏子，正开往下游去领那个赏金。若给吉姆戴上手铐什么的，可能会更好些，但那就与我们说过的很穷不相符了，那就像戴上金银一类很不相称了。用绳子，那是恰到好处，正如我们在戏台上说的，三一律，必须遵守啊。"

我们全夸奖公爵干得很利落，因为这样白天行驶从此不再会有什么麻烦了。公爵在那个小镇上印刷店里干的那一套，肯定会引起一场大闹。不过我们断定，我们当晚会走出去离镇好几英里路远，那场吵闹就跟我们无关了，只要我们乐意，我们完全可以顺利地向前开。

我们躲到晚上9点左右才出来，悄悄地离开了镇子。

清晨3点吉姆喊我值班时，他对我说："哈克，你觉得我们以后还会遇见什么国王吗？"

"不，我认为不会了吧。"

"那，"他说，"那就好。一两个没什么，若再多了，我可就无法承受了，这位喝得醉醺醺的，公爵呢，也强不到哪儿去。"

吉姆特想知道法国究竟是什么样的，所以总是想让国王说法语。可国王说，他已经远离自己的国家很久了，再加上又经历了这么多，他已经忘记法语怎么说了。

第二十一章

等天亮了，我们也没有靠岸，仍然朝前航行。没多久，国王和公爵走出了窝棚，脸色很不好，看起来很疲惫的样子。可是他们从木筏上跳到河里，游了一会儿后，就开心起来。吃了早饭，国王坐在木筏的一个角上，把靴子脱下，卷起裤腿，把脚浸没到水里晃荡，清凉一下。他点燃烟斗，一直背《罗密欧与朱丽叶》里他那一部分台词。等他倒背如流后，就和公爵一起合练。公爵只得反复给他讲每句话该怎样说；他叫他把手放在胸口，学着叹气。一会儿，他说他做得不错。"不过，"他说，"不用那么大声喊'罗密欧'！这样听起来就像公牛叫。你应该病弱地、有气无力地喊他，就是这样：'罗——密欧！'没错，就是这个味儿。因为朱丽叶是一个小姑娘，她只不过是个孩子而已，你也知道的，她的声音是绝对不会和一头公驴一样粗声粗气的。"

接着他们拿出两把公爵用橡木板条做的长剑，开始练习斗剑。公爵自称查理三世，他们在木筏上打打闹闹、跳来跳去的样子很有看头。但是没多久，国王绊了一跤，掉到河里去了。事后，他们坐下来休息，聊他们过去在这条河上的种种冒险经历。

午饭后，公爵说："嘻，卡佩①，你也知道，我们都想把这出戏演得呱呱叫，所以我想咱们得给它添上点什么东西才行。我们得备个份儿，要是台下喊'昂阔'②，就好歹可以拿出去对付一下。"

"'昂阔'是什么意思，布里奇沃特？"

公爵向他解释了，然后接着说："我就跳个苏格兰高地舞或是水手号笛舞来应付一下。你呢，嘻，让我想一想吧。哦，有了，你就来一段哈姆雷特的独白吧。"

"哈姆雷特的什么？"

"哈姆雷特的独白，这你应该知道啊。这是莎士比亚的戏中最有名的东西。那真是崇高，崇高呀！每次都把满场的观众吸引住了。这本书里没有这一段，我手头只有一卷书，让我打开我的记忆之门，把它给凑完整吧。"只见他双眉紧锁踱着步子，那样子实在不敢恭维，然后又把眉毛往上一扬，接着又用一只手紧按额头，摇摇晃晃地往后退几步，嘴里哼哼唧唧地呻吟几声，接着又叹气，装出掉泪的样子。他演得的确很精彩。过了一会儿，他回想起来了，让我们注意听。然后他摆出一副至尊的样子，一条腿朝前迈，两只胳膊高高举起，头朝后仰，眼望天空，然后他就乱说乱嚷，咬牙切齿。之后，他就表演独白，他那段台词从头至尾都是吼出来的，他挺胸叠肚，身子摇来摆去，赛过了我以前看过的任何一次演出。这就是那段台词，他把它教给国王的时候，我轻易地就学会了。

　　活下去还是不活；正是这出鞘的短剑使漫长的人生成为苦难。因为谁愿意背负着沉重的包袱，直到伯南森林真的移到了屯西南。但是对身后事的恐惧，杀害了无辜的睡眠，大自然的第二条必由之路，使我们宁肯抛掷出狂暴命运的矢石而不愿飞往我们陌生的异地。

　　一想到这一点我们就不得不犹豫；你敲门把邓肯唤醒吧，

---

① 法王路易十六的姓。
② 法语，意为："再来一个！"

但愿你能做到。因为谁愿意忍受人世的鞭挞和嘲弄，忍受压迫者欺侮、傲慢者凌辱、法庭的拖延和他的痛苦所能带来的死亡感。在荒凉死寂的午夜，坟场张开大口，鬼魅穿着礼俗规定的庄严的黑衣，但是那个旅人一去就不复返的未发现的国土正向人间喷出毒气。就这样，决断的本色，像谚语中所说的那只猫①，蒙上了忧虑的病容，所有低垂在我们屋顶上的乌云，因此偏离它们的方向，失去了行动的名分。

　　这正是求之不得的大好结局。但是，且慢，美丽的奥菲莉娅：别张开你那冷酷无情的笨嘴；你到尼姑庵去吧。快去！

　　嘿，可能是老头儿对这段台词也特别喜欢吧，他很快就背熟了，所以演出了第一流的水平，他好像生来就会这一段似的。他学这段独白，练到情绪激昂的时候，便狂呼大叫，身子朝后仰，那样子简直太棒了。

　　我们刚得到一个机会，公爵就紧紧抓住并印了一些海报。后来，我们又往前漂流了两三天。这两三天里木筏上热闹得不得了，因为一天到晚他们不干别的，只斗剑和排练，这是公爵用的词儿。一天早晨，我们到了阿肯色州南的地方，远远望见河湾边一个不丁点大的小镇，于是我们在镇的上游大约四分之三英里的地方靠了岸。停筏子的地方正好是一条小河沟的河口，小河好像被遮盖在了由两岸柏树构成的隧道里。除了吉姆以外，我们一行人便都乘独木舟到下游那个小镇去，寻找演出的机会。

　　巧的是，正好有个马戏团在那儿演出呢，老乡们坐着各种破旧马车或骑着马到镇上来了。那个马戏班子天黑以前就要离开那里，所以我们的戏正好有机会上演。公爵租下法院大厅当剧场。我们到处去贴海报。海报上是这么写的：

　　莎士比亚戏剧重新上演！！！

─────────────────

① 英语中有"猫有九条命"的谚语，但还有"忧能杀猫"的俗谚。

节目精彩！

只演一晚！

世界著名悲剧演员：伦敦特勒雷巷剧院小旦维·迦里克，伦敦皮卡迪里大街布丁巷白教堂皇家草市大剧院及皇家大陆剧院老爱德蒙·基恩演出莎士比亚戏剧《罗密欧与朱丽叶》中场面壮美富丽的阳台会！！！罗密欧——迦里克先生，朱丽叶——基恩先生，全团演员协同演出！全新服装，全新布景，全新道具！同场演出《理查三世》中之斗剑惊心动魄，演技娴熟，令人胆寒！理查三世——迦里克先生，里士满——基恩先生，特别加演哈姆雷特不朽之独白！！！由著名演员基恩演出！曾在巴黎连续演出 300 场！因应邀即赴欧献艺！只演一场！

票价：2 角 5 分；儿童及仆役每人 1 角

然后我们就在镇上到处游荡。这里的房子是一些简陋破旧的、用干木头搭成的房子，从来就没有刷过油漆；房屋建在桩柱上，离地面有三四英尺高，这样河水泛滥的时候就不会被水淹。住宅的周围都有小菜园，好像什么都没种，园子里只有一些曼陀罗和向日葵，还有一堆堆的炉灰、旧靴旧鞋、破瓶子烂布和用坏了的白铁器皿。围墙是用不同的木板在不同的时候钉起来的，东倒西歪，很不像样；围墙上的门大都没有合页，只用一根皮带拴着。有的围墙不知什么时候刷过白灰，但是公爵说，那是哥伦布时代刷的，很可能是。人们还时不时地把跑进园子里的猪往外赶。

所有的商店都排列在一条街上，每家门前都有自己搭的白布凉篷，乡下人常把他们的马拴在凉篷的柱子上。篷子底下摆着一些装货用的空木箱，一些游手好闲的人整天坐在上面，用巴洛折刀在箱子上划来划去，嘴里嚼着烟草，有时候张大嘴巴打哈欠、伸懒腰，真是一伙儿不折不扣的二流子。他们戴着有伞那么大的黄草帽，可以不穿上衣，也不穿背心；他们彼此之间称呼比尔、布克、汉克、乔、安迪，说起话来，无精打采、慢声慢气，还夹杂着许多粗话。每一根凉篷的柱子上都靠着这样一个二流子，他几乎老是把双手插在裤兜里，有时候抽出来拿一块板烟放进嘴里去嚼，或是挠痒痒。整天人们听到他们说的是这样的话："汉克，给我一口烟嚼吧。"

"不行，我只剩下一口了，你问比尔要吧。"

比尔可能会给他一口，也许会撒谎说他没有了。这些二流子有的穷得身上没有一分钱，更没有一口属于自己的嚼烟。他们的嚼烟都是借来的。他们对一个家伙说："杰克，借我口嚼烟吧，我刚才把我的最后一口给了本·汤姆生了。"这样的话只能骗生人，可是杰克却不是生人，所以他说："你给了他一口嚼烟，是吗？你妹妹那只猫的奶奶也给过他一口哩。拉夫·布克勒，你想从我这儿借两吨都行，只要先把以前借的还我，而且不问你要利钱。"

"唉，我不是也还了一些给你吗？"

"不错，你大约还了有六口吧。你从我这儿借去的是从店里买来的板烟，可是还给我的是黑乎乎的烟砖。"

从店里买来的板烟是扁平的黑色烟饼，但是这些家伙嚼的多半是扭在一起的生烟叶。他们向别人借嚼烟的时候，只是把烟块放在上下齿之间咬住，然后用两只手使劲撕扯，直到把它撕成两半。有时候，这块烟的主人哭丧着脸看着递还给他的那块咬剩的烟饼，用挖苦的口气说："喂，你把这块板烟拿去吧，还是给我那半块吧。"

街道上除了烂泥还是烂泥，黑得像柏油的烂泥，有的地方几乎有 1 英尺深，其余的地方也有两三英寸深。满大街的猪在游来荡去，咕噜咕噜地哼着，一只满身是泥的母猪领着一窝小猪懒洋洋地沿着大街走过去，然后当街躺下，在泥水中滚来滚去，人们不得不给它让路。它把腿伸开，眼睛闭上，扇动两只大耳朵，让小猪崽吃它的奶，那种样子，好像捡到了钱一样高兴。隔不多久，你就会听见一个二流子大声嚷嚷："嗨！小东西！去咬它，老虎！"那只母猪连忙爬起来就跑，它拉长声音尖叫着，那叫声很可怕，因为它每只耳朵都被一两条狗咬住不放，在上面荡秋千，后面还有三四十条狗追上来了。这时候，你就会看到那些游手好闲的人一个个都站起来，看着它们跑得无影无踪了，他们就哈哈大笑，觉得这事挺开心，脸上都露出满足的神情。然后他们又回到原来的地方坐下，一直等到有狗打架再起来。仿佛这世界上只有狗打架那类的事才使他们浑身感到痛快，除非在一条野狗身上抹上松节油再点着火，或是在它的尾巴上拴一个白铁盘子，看着它跑到死，他们才会觉得更有意思。

镇上沿河一带有些房屋伸到河岸以外去了，好像在弯腰鞠躬，眼看就要栽到河里去。里面住的人都搬出去了。还有些房子的一个屋角下面的河岸塌下去了，那个屋角就悬了空。但是里面还有人住，这是很危险的，因为有时候一次就可以塌掉一幢房子那么宽的一块陆地。有时候，一块四五百码长的陆地开始塌陷，沿着河岸往下塌、往下塌，一个夏天就全部坍到河里去了。这样的小镇得一次接一次不断地往后挪才行，因为河在不停地吞噬它。

那天越靠近中午，街上的车马就越多，而且还一直不断地从乡下赶来。家家户户都带着午饭在车上吃。喝威士忌酒的人也不少，我还看见三起打架的。不一会儿，有人喊着："老鲍格来了！伙计们，看哪，他又从乡下跑来过酒瘾啦！"

二流子们一个个面露喜色，我想他们一定经常逗弄鲍格。其中有一个说："不知道他这回要打垮谁。如果这20年来他想打垮的人全都败在他手上了，那他现在的名气也不小了。"

另一个说："我想他一吓唬我，我就能长生不老了，所以我希望他是冲我来吧。"

鲍格骑着马飞奔而来，他像印第安人那样大喊大叫，他吼着："我是来打仗的，快给我让路！棺材要涨价了！"

他喝醉了，摇摇晃晃地坐在马鞍上。他已经50多岁了，脸上红扑扑的。

他毫不客气地回敬着大家的叫骂，说等轮到他们的时候，要把他们一个个揍得不省人事，但是他现在没工夫同他们磨蹭，因为他这次回到镇上来是为了杀掉老谢本上校的，他的处世格言是："先吃肉，后喝汤。"

他瞧见我，就骑马跑过来说："你这个孩子想找死吗？一边去！"

说完他又继续往前跑。我很害怕，但是有个人说："他这话是随便说的，他喝醉了酒就这样胡闹。他可是阿肯色州心眼儿最好的老傻瓜，他从不伤害别人。"

鲍格在镇上最大的一家商店门口停了下来，他低下头从凉篷的帘子底下往里瞧，大声喊着："谢本，你滚出来！出来见见你骗过的人。我今天揍的就是你这个卑鄙小人，我要给你一点颜色瞧瞧！"

他就这样不住嘴地骂着，凡是能想到的骂人的话都用上了，把谢本骂得狗血喷头。整条街上都挤满了人，他们一边听，一边不时大笑、起哄。不多久，一个年纪大约55岁的人大摇大摆地从店里出来了，在这个镇上他比大家穿得好得多，围观的人群往两边退，给他让路。

他沉着地、慢悠悠地对鲍格说："你这一套我腻透了，不过我可以忍到1点钟，记住，忍到1点，过了这个时辰就不行了。如果你在1点钟以后再张嘴骂我一句，无论你跑多远，都逃不出我的手心。"

他说完就转身进去了。周围一下子静了下来，没有了吵闹声。鲍格骑马走开了，他一边走，一边尽量提高嗓门儿臭骂谢本，过了一会儿，他又骑马回来，在商店门前站住，仍然骂个没完没了。有几个人围住他，劝他别骂了，但是他不听；他们告诉他，大约再过15分钟就1点了，所以他必须回去，他得立刻离开这儿，但是都没有用。他硬是憋足劲儿骂个不停，还把自己的帽子扔到泥水里，让马在上面踩；一会儿他又骑着马沿着大街狂奔而去，白发在空中飘扬。凡是有机会接近他的人，都千方百计想把他轰下马，好把他关起来，让他清醒清醒，可是这样都没有用，他又沿着大街猛冲过来，把谢本又臭骂了一顿。

后来有人说："去把他的女儿找来！他有时候听他女儿的。现在，只有他女儿才可能把他劝回去。"于是有人跑去叫他女儿。我向街那头走了一会儿就停下了，几分钟后，鲍格没骑马回来了，他光着脑袋摇摇晃晃地穿过大街朝我走来，他的朋友挽着他的胳膊，催他快走。他一声不响，神色不安。他走得很快。

有人喊了一声："鲍格！"

我朝那边望过去，原来是那位谢本上校。他一动不动地站在街上，右手举着一支手枪，枪口朝天握在手上。这时，一位年轻姑娘跑来了，有两个男人跟着她。鲍格和扶着他的人都转过身去看谁在叫，那两个人看到手枪，连忙闪到一边去了。只见枪管慢慢往下移，最后稳稳地端平了，两根枪管都扳起了扳机。鲍格猛地把双手往上一举说："哦，老天爷，别开枪！""啪！"第一枪响了，他摇晃着往后退，两手在空中乱抓。"啪！"第二枪响了，他往后一仰，身子重重地摔倒在地上，两条胳膊左右摊开。只听那位年轻姑娘尖叫着冲了过来，一下子就扑倒在她父亲身上，哭着说："哦，他把他打死了，他把他打死了啊！"周围的人聚拢过来，你推我搡地都想看个明白，圈子里边的人把他们往后挤，大声喊着："往后退，往后退！让他透透气，让他透透气！"

谢本上校把手枪往地上一扔，急向后转，走开了。

鲍格被抬到一家小药店里，围观的人群仍一个劲儿地挤，全镇的人都跟在后面看热闹，我也挤进前去，找了一个离他很近的位置站着。他们把他放在地板上，拿一本大《圣经》垫在他脑袋底下，另外打开一本摊在他胸口上。他们把他的衬衣撕开了，我见到了一颗子弹穿过的窟窿眼。他深深地喘了十几口气，他吸气的时候，胸脯把那本《圣经》顶起来；呼气的时候，《圣经》又落下去了，就这样过了一阵。他死了，他们便把他哭喊着的女儿从他身边拉走了。她大约16岁年纪，人长得很秀气、很可爱，可是脸色苍白，一定是吓坏了。不久，全镇的人都来了，他们钻的钻、挤的挤，都想到窗前去看一看，但是占据了好位置的人都不肯让开，站在他们身后的人嘴上不停地说："喂，你们这些人还没看够吗，讲点儿道理，也该让别人看一眼了吧。别人也跟你们一样有权看一看呀！"

有不少站在前面的人就回嘴，也唠唠叨叨说个不休，我盘算着大概会出乱子，就趁早溜了出来。街上到处是人，大家的情绪都很激动，亲眼看见开枪的人，都在向别人讲述事情发生的经过。这些人的身边都围着一大群人，伸着脖子听他们讲。一个留着长发、把一顶白色皮礼帽戴在后脑勺上的瘦高个子，手拿一根弯把手杖，在地上指指点点，画出鲍格站的地方和谢本站的地方，围观的人跟着一会儿走到这儿，一会儿走到那儿，认真看着他的一举一动，一边微微点头，表示听懂了他的话。他们还弯下腰去，双手撑在大腿上，看着他用手杖在地上画出那两处地方。瘦高个比画完后，就在谢本原先站过的地方站着，紧皱着眉头，帽檐拉到了眉毛那里，大叫一声"鲍格！"之后慢慢地放下手杖，端平后，大声喊"啪"，身子晃动着向后退去，又喊一声"啪"，就向后倒在了地上。当时在现场的人都称赞，他演得非常逼真，和当时发生的情况丝毫不差，有十几个人都想要请他喝酒。

后来，有人说，理应把谢本处死。大家都同意这样做，所以人们就像疯了一样跑起来，边跑边喊着。有人竟然扯下晾衣服的绳子，想把它作为绞索。

第二十二章

　　他们像印第安人那样，一路上狂吼乱叫、气势汹汹地朝谢本家冲去。无论什么东西都不能阻挡他们的去路，否则将会被撞倒，然后踩得稀巴烂，那景象真是可怕。孩子们在这群乱哄哄的人前面拼命乱跑，大叫着躲避他们。妇女们都挤在各家的窗口向外看，黑人小孩都爬到了树上看，还有很多黑人男男女女从围墙缝里往外张望。当人群来到时，他们就马上散开，退到很远很远的地方。还有很多妇女和小女孩都被吓哭了。

　　人群拥到了谢本家的用尖板条隔成的围墙前，挤在一起吵吵嚷嚷，吵得连自己说话的声音都听不到。这是个 20 英尺见方的小院子。有的人大喊道："把围墙拆掉！把围墙拆掉！"紧接着就是一阵打砸的声音，围墙瞬间倒了下来，人群就像海浪般涌进了院中。

　　就在这时，谢本从二楼走出来，往屋前小门廊的顶棚上一站，手中拿着一杆双管长枪，十分镇静，一句话也不说。吵闹声立刻静了下来，海浪般的人群往后退缩。

　　谢本不说话，只是站在那儿，看着下面。这种静使你发毛，浑身不自在。谢本用目光慢慢地扫过人群，他目光所及之处，人都在对他瞪着眼，想压一压他的气焰，但是他们办不到，他们都低下了眼睛，好像做了亏心事似的。过了一会儿，谢本似笑非笑地打了几个哈哈，这不是那种让你听了感到快活的笑声，这种笑你听了会觉得好像吃了掺进沙子的面包。

接着，他满脸鄙夷地、慢悠悠地说："你们居然想用私刑杀人！真好笑！你们居然以为自己有那么大的胆量，敢对一个堂堂的男子汉动用私刑！不要因为你们敢给那些偶尔流落到这里、无亲无友的娘儿们身上涂柏油、粘鸡毛，就以为你们也有足够的勇气敢对一个男子汉下毒手。哼，一个堂堂的男子汉就是落到一万个你们这种人手中，也没有什么危险，只要是在白天，只要你们不在他背后。

"我对你们这些人简直太了解了。我是在南方出生、长大的，北方我也待过。所以南北各地的普通人我都了解，普通人都是胆小鬼。在北方谁想怎么欺侮他就可以怎么欺侮他，他回到家里就祷告上帝，请求赐给他一副贱骨头，好去受那份窝囊气。在南方，一个人大白天就敢洗劫公共马车上的满满一车人。你们那些报纸经常说你们是勇敢民族，当然，你们也就自以为是了，其实你们根本就不比其他人勇敢多少。你们的陪审团为什么不敢把杀人凶手都判绞刑？那是因为害怕有人在背后给他们放黑枪，这正是他们干得出来的事。

"所以，他们每回都宣判凶手无罪释放。后来一条'好汉'身后领着 100 个戴着假面具的胆小鬼在夜里出动，把那个恶棍用私刑处死了。你们今天错就错在没有带一条好汉一同来，这是其一；其二是你们没有等到天黑就来了，而且没戴假面具。你们只带来半条'好汉'，就是站在那边的布克·哈克尼斯。要不是他领着你们来，你们早就跑掉了。

"你们本不想来。一般人都不喜欢惹麻烦、冒险，你们也不喜欢惹麻烦、冒险。不过只要有半个有男子汉气概的人，就像站在那边的布克·哈克尼斯，高喊'用私刑处死他！用私刑处死他！'你们就不敢打退堂鼓，生怕人家会识破你们的原形。胆小鬼，于是你们就'嗬嗬嗬'叫起来，紧紧扯住那半条好汉的衣角，气势汹汹地跑来了，赌咒发誓说要干几件大事。你们这群没有主见的家伙，可真够可怜的。军队也是这样的东西，乌合之众。他们打仗的勇气不是生来就有的，而是倚仗人多势众，倚仗有军官领头才敢打的。但是一群没有好汉领头的乌合之众那就更是等而下之，不值得人可怜了。现在你们最好夹着尾巴滚回去，爬进洞里藏起来。你们如果真的要用私刑干掉谁的话，那就要按南方的规矩，在夜里干，并且来的时候，要戴上假面具，还要拉扯上一条好汉一块儿来。现在你们走吧，把你们那半条好汉也一同带走。"这时，他把枪朝上一甩，架在左胳臂上，拉开了扳机。

此时，汹涌的人群退潮般四散开来，布克·哈克尼斯也跟在后面跑，那样子还不算太狼狈。我如果愿意，还可以在那儿多待一会儿，但是我不想待下去了。

我就到演马戏的地方去了，我想伺机能从帐篷底下钻到里面去。我身上带着那块值20元的金币和一些零钱，但是我想最好还是留着别花掉，因为现在远离家乡，又没有熟人，说不定什么时候就要钱用。还是多加小心为好。买票进去看马戏，当然是没错的，但是既然不买票也能进，那就犯不着把钱浪费在这种事情上了。

这真是一流的马戏，以前从没有见过这么精彩的表演。他们全体骑马进场的时候，都是一对一对的，一男一女并排走，男的只穿贴身的内衣内裤，没穿鞋，马也没镫，双手舒适自如地叉在大腿上。总共有20个演员。每个女的肤色都很好，长相美得挑不出毛病，简直像一群货真价实的皇后，她们穿的衣服值好几百万，上面缀满了钻石。这么美丽的场景我还是第一次见。接着他们一个个在马背上站起来，绕场兜圈子，身子微微晃动，是那样轻盈优雅。男的挺着腰板，显得很高很直，逍遥自在，他们的头一上一下地动着，好像擦着帐篷顶疾飞的燕子。女的穿着玫瑰花瓣似的衣裳，那一片片花瓣在她们屁股周围轻柔地飘动，看上去像一把漂亮的阳伞。

他们快跑起来之后，又在马上跳起了舞，先把一只脚翘在空中，然后再换另一只脚翘起，那些马越跑身子越倾斜得厉害，马戏团的领班绕着场子中间那根柱子来回转，把鞭子抽得"噼啪"响，同时大声喊着"啪！啪！"小丑就跟在他背后说笑话。过了一会儿，骑马的都松开手扔下缰绳，女的双手握拳叉腰，男的双臂抱在胸前，这时候那些马的身子斜得多厉害，跑得多欢呀！最后他们一个接一个从马上跳进场子里，潇洒地鞠了一躬，然后蹦蹦跳跳地退场了，顿时全场掌声雷动。

嘻，这场马戏从头至尾演的都是惊心动魄的节目，那个可笑的小丑一直在出洋相，差点儿把大家笑断了气。领班的只要一开口对他说话。他就立即回敬他一句俏皮话。他怎么想得出那么多的俏皮话，而且来得那么快、那么恰如其分，对于这一点我无论如何也弄不明白。我真不知道他哪来的那么多俏皮话啊。不久，一个醉汉要到场子里去，说他想骑马，还说他可以骑得跟任何人一样好。人家当然不许他进去，可是他不听，表演整个儿停下来了。接着大家就对他吼起来，取笑他，这一下可把他气疯了，他就横冲直撞破口大骂起来。结果把大家惹火了，人们纷纷朝场子里涌去，喊着："把他揍趴下！把他扔出去！"有一两个女人扯起嗓子尖叫起来。于是马戏团领班就出来说了几句话，说他希望不要闹乱子，而且如果他觉得自己在马上坐得稳的话，他可以让他骑一回马。大伙儿一听，哈哈大笑，都说行呀，于是那人就爬上马去。

他刚一骑上去，那匹马就乱冲乱窜、东蹦西跳起来，两个马戏班的人死死揪住马笼头，想把它拉住。那个醉汉紧紧抱住马脖子，马跳一下，他的两只脚便飞到半空中舞一回，这下子可把那些人给乐坏了，笑得流出了眼泪。末了，尽管那两个马戏班的人使出了浑身的力气，那匹马还是挣脱了缰绳，发疯似的跑开了。它不停地绕着场子跑，那个醉鬼趴在它背上，双手紧紧抱住它的脖子，先是这边的一条腿几乎垂到了地上，然后身子滑过去，那边的那条腿又差不多碰到地面了，大家简直要乐疯了。看到他那么危险我并不觉得好笑，我吓得浑身直哆嗦。可是不一会儿，他挣扎着骑到马背上去了，他抓住缰绳，身子一下子歪到这边，一下子又摆到那边，接着他一跃而起，甩掉缰绳，站在马背上了！那匹马也疯跑起来，好像房子被烧着了一样。他站在马背上，轻盈地兜圈子，既轻松，又自在，好像他这一辈子从没醉过似的。后来他开始脱衣服往下扔，他一共扔下了 17 件，随后，出现在你眼前的是一个身材细长、长得很漂亮的人，他穿的衣服也很好看很艳丽，你以前根本没见过。他用鞭子狠狠地抽那匹马，抽得它拼命地跑，最后他从马上跳下来，对观众鞠了一躬，连蹦带跳地回化妆室去了，大家又惊又喜，狂呼乱叫起来。

这时候，领班才明白上了当。我看他的神色懊丧极了，嗐，那家伙原来是他自己班子里的人！他刚才开的那个玩笑，完全是他自己动脑筋想出来的，对谁都没有漏一点口风。嘿，但我可觉得这样挺别扭的，不过我可不愿意跟那个领班换一下位置，哪怕给我 1000 块钱也不干。世界上也许有比这更棒的马戏吧，这我可说不准，可是我还没有见过。不管怎样，这对我来说是够精彩的了，以后无论在哪儿碰上它，我每回都要去光顾的。

那天晚上，我们的戏也上演了，但是只有十多个观众——收支刚好相抵，那些看戏的一直笑个不停，把公爵气疯了。戏还没演完，人都走光了，只剩下一个小男孩睡着了没走。于是公爵说，这些阿肯色的木脑袋瓜子根本欣赏不了莎士比亚；他们只想看看滑稽剧，甚至比滑稽剧更次的东西。他说他估摸得出他们的趣味。于是第二天早晨，他拿来好几张包东西的纸以及一些油墨，写了好多张海报，张贴在镇上的各个角落。海报上面写着：

> 在本镇法院演出！
> 仅演三天！
> 著名的悲剧演员、活跃在伦敦以及欧洲大陆各个剧院的小旦维·迦里克和老爱德蒙·基恩，出演惊心动魄的悲剧《国王的鹿豹》，又叫《皇家稀世奇珍》！门票 5 元一张。
> 海报下面有一行大字体：
> 妇幼不宜！

"好了，"公爵说，"若是那行字吸引不来他们，那就或许是我不了解阿色肯州人了！"

第二十三章

国王和公爵搭建舞台，悬挂幕布，在台前放了一排蜡烛当脚灯，拼命地忙了一整天。到了晚上，整个场子很快就挤满了人。等到场子再也挤不下一个人的时候，公爵从入口处走开，绕到场后，走到戏台上，站在幕布前面，做了一个小小的开场白。他先对这出戏大大夸赞了一番，说这是有史以来最惊心动魄的一出戏。他大肆吹捧了一番这出戏，又吹嘘了一番老爱德蒙·基恩，说他将要担纲这出戏的主角。最后当他吊足了观众的胃口时，幕布被卷了起来，只见国王一丝不挂，四肢着地，手舞足蹈地爬了出来。他全身涂抹着各种颜色的环纹，一圈一圈的，就像天上的彩虹。他身上其他的行头就不一一说了，总之非常放肆，可是又引人发笑，观众们笑得前仰后合，差点断气。国王在台上蹦跳了一阵儿，然后又一蹦一跳回到了后台。这时大家吼呀，鼓掌呀，笑呀，一直闹到他回到台上重新表演了一次。之后，他们又闹着叫他出来表演了第三回。啊，看那个老傻瓜搞的这套鬼把戏，恐怕连头牛看了也会大笑不止吧。

随后公爵把幕布放下，对台下鞠了一躬，说这出伟大的悲剧只能再演两个晚上，因为与伦敦方面签的约迫在眉睫，特勒雷巷剧院的门票早已全部售出。接着他又向观众鞠了一躬，说如果他的戏让他们看得开心、获得教益，那就请他们向他们的亲朋好友多做介绍，让他们也来看看，那他一定会感激不尽的。

有二十来个人大声嚷起来了："什么，就这样完了？没下文了？"

公爵说是演完了。这下子可热闹了，大家都喊："上当了！"发疯似的跳起来，就要向台上那两个悲剧演员扑过去。此时，有个长相不错的大个子跳上了一条板凳，大声说："先生们，先别动手！听我说一句话。"他们就站住听他说，"我们今天是上当了，而且是上了大当，但我想我们都不愿让全镇的人把我们当成笑柄来嘲弄吧。一辈子都让他们笑个没完没了，这可不行呀。现在我们应该从这儿安安静静地出去，说这出戏演得好，让镇上其他的人也来上一次当！那样一来，我们大家就扯平了。这样做不是更明智一些吗？""法官说得有道理！确实聪明！"大家都叫起来。"那好，受骗上当的事我们一句也别提。回家去吧，劝大伙儿都来看看这出悲剧。"

第二天镇上听不到说别的，只听人说那演出是如何如何棒。那天晚上戏场又是爆满，我们又照样骗了他们一回。我和国王、公爵回到木筏上，大家一起吃了一顿晚饭。后来，差不多到了半夜，他们要我和吉姆把木筏从小河沟里撑出来，划到河心再往下漂，到镇子下游大约两英里的地方靠岸藏起来。

第三天晚上，戏场上又塞得满满的。不过这回不是新观众，而是前两晚来看过戏的人。我在戏场门口挨着公爵站着，看见入场的观众有的口袋里鼓鼓囊囊装满了东西，有的上衣里面塞着什么东西，我知道那不是什么好东西，绝对不是。我闻到了臭鸡蛋和烂白菜之类的东西的气味。假如我知道走路时揣一只死猫在身上会是什么情形的话（我敢说我肯定知道），那就不难想象出当时的场景是什么样子了。我挤进戏场里待了1分钟，但是里面的气味我受不了。等到这地方再也挤不进去一个人的时候，公爵给了一个人两毛五分钱，要他替他把一会儿门，然后他就绕过戏场，朝舞台门走过去，我跟在他后面，等我们一拐弯来到黑暗处，他说："现在赶快走，等过了这些房子，到了没人家的地方，你就像有鬼在后面追似的，拼命往筏子上跑！"

我照他说的做了，他也跟着跑起来。我们同时上了木筏，一眨眼工夫，我们就向下游漂去，河上一片漆黑，静悄悄的，我们朝河心慢慢划过去，没人说一句话。我心里想，那位可怜的国王一定被观众揪住了，脱不了身，在那儿大吃苦头吧，但事情根本就不是那样。不一会儿，他从窝棚里爬出来说："喂，公爵，这回你玩的那套老把戏结果怎么样？"他压根儿就没到镇上去。

我们漂到离那个小镇大约 10 英里的地方，才把灯点上，吃了顿晚饭。国王和公爵谈起捉弄那些人的法子，笑得前仰后合，差点儿把自己的骨头架子都笑散了。

公爵说："都是些糊涂虫、草包！我知道看头场戏的人不会声张出去，而且会把镇上别的人都骗来上我们的圈套；我也知道第三晚他们会来找我们算账的，以为该轮到他们搞我们了，唔，是轮到他们了，我倒很想知道他们这一轮捞到了多少，我也想知道他们是怎样利用这个机会的。如果他们愿意，可以举行一个野餐会嘛，他们带的好吃的东西可不少啊。"

那三个晚上，这两个无赖一共骗了 465 块钱。我以前从没见过像这样整车往家里拉钱的。

不一会儿，他们都睡着了，打起鼾来。吉姆说："哈克，他们这些当国王的这样胡来，你不觉得奇怪吗？"

"不，"我说，"不奇怪。"

"为什么不奇怪呢，哈克？"

"我说它不奇怪是因为这是他们的本性，我想他们都差不多。"

"但是，哈克，我们这个国王简直是货真价实的无赖呀，的确是这种货色，地地道道的无赖。"

"可不是，这也是我要说的。照我说，几乎所有的国王都是无赖。"

"是吗？"

"你只要读过一点写他们的书，就知道了。你瞧瞧亨利八世吧，我们这一位国王跟他比起来简直正经得像个主日学校的校长哩。再瞧瞧查理二世、路易十四、路易十五、詹姆士二世、爱德华二世、理查三世，还有四十几个别的国王。除此以外，还有萨克孙王国的国王，当年也是横行霸道、为所欲为。哎呀，你应该瞧瞧老亨利八世年轻时是个啥样子，他可真是个花花太岁。他每天娶一个老婆，第二天早晨就把她的头砍掉。他干起这种事来满不在乎，好像是吃饭时叫用人端几个鸡蛋上来似的。'把耐儿·格温①给我带来。'他说。他们就把她送去了。第二天早晨，'砍掉她的脑袋！'他们就把她的脑袋砍掉了。'把简·肖尔②带来。'他说，于是她就乖乖地来了。第二天早晨，'砍掉她的脑袋！'他们就把它砍下来了。'按铃叫美人萝莎曼③来。'铃声一响美人萝莎曼就来了。第二天早晨，'砍掉她的脑袋。'他要她们每人每晚给他讲一个故事，就这样不间断地一天天讲下来，他最后弄到手了 1001 个故事，然后把它们编成一本书，取名叫《末日裁判书》④，这本书名字取得好，它很切合实际情况。吉姆，你不了解国王，但是我了解他们。我们这里的这个老二流子，在历史上我所知道的国王当中，要算是最清白的了。哼，亨利居然想入非非，要跟我们美国捣乱。他是怎样动手的？事先发了通告吗？给了我们国家一个机会吗？没有。他趁机把波士顿海湾中那些船上的茶叶都抛进海里，又匆匆忙忙拼凑了一个《独立宣言》，向人家挑战⑤。这就是他的作风，他从不给人家任何一个机会。他猜疑他的父亲威灵顿公爵。嗐，你猜他怎么干来着？叫他自己到场说清楚？没有，他把他像一只小猫一样扔到大酒桶里淹死了⑥。假设有人在他待的地方放些钱，你猜他会怎么干？他就把钱都偷走。假设他同你签了约，答应为你办一件事，你把钱付给他了，但是没有坐在那里监督他完成，

---

① 耐儿·格温（1650—1687）：英国女演员，查理二世的情妇。

② 简·肖尔（？—1527）：英格兰国王爱德华四世的情妇。

③ 亨利二世的情妇。

④ 1086 年，英王威廉一世颁布的全国土地、财产、牲畜和农民的调查清册，哈克把它与《一千零一夜》（又名《天方夜谭》）混淆在一起了。

⑤ 上面这几句话又是哈克胡诌。将茶叶扔进海里，发表《独立宣言》的都是美国人，与亨利八世风马牛不相及。1773 年北美各州拒绝向英国缴纳茶叶税，并将停泊在波士顿湾的三艘英船上的数百箱茶叶抛入海中，这就是历史上有名的波士顿茶党案。三年后（1776 年），美国人发表《独立宣言》，宣布独立。

⑥ 威灵顿公爵（1769—1852）不可能是亨利八世的父亲。在大酒桶里淹死的据传是克拉伦斯公爵（1449—1478）。

你猜他会怎么着？他保管把你的事撂在一边，去干别的事。假设他一张开嘴，那么又会怎样？如果他不赶紧闭上，就准会跑出一句谎话来。亨利就是这样的害人虫。我们要是同他待在一起，而不是同我们的国王在一起的话，他一定会把镇上的人捉弄得更惨，比我们的国王干的不知要狠多少倍。当然这也并不意味着这两位就是温顺的小绵羊。你只要看看他们干的那些残酷的事儿就知道了。但是不管怎么样，同那头没骗过的老公羊比起来，他们两人就算不了什么了。总而言之，我的意思是说，国王终究是国王，你得迁就他们一些。整个儿来看，他们是一伙儿不折不扣的痞子。他们就是在这种教育下长大的。"

"可是，哈克，他们都是一路货色。一个国王身上臭烘烘的，我们有什么方法？历史书上也没说有什么办法。"

"说起这位公爵，他有些方面还是可取的。"

"是的，公爵与国王是有不同的，但是差别不是很大。作为公爵来说，我们这位只能算个中不溜的坏蛋。只有当他喝醉了酒的时候，眼神不好的人才看不出他和一个国王有什么不同。"

"唉，哈克，不管怎样，有这两个就够我们受了，我不想要更多的国王、公爵了。"

"我也是这样想的，吉姆，但是既然我们负责照管他们，就得了解他们是什么人，凡事迁就他们一点。有时候我真希望能有那么一个没有国王的国家哩。"

如果把这两个人不是国王和公爵的真相告诉吉姆，那又会有什么用呢？不会有任何好处的。而且也正如我说的那样：你也分辨不出他们与真的有什么区别。

后来我睡着了，轮到我守夜的时候，吉姆也没有叫醒我，他经常这样。天刚亮我就醒来了，这时候他耷拉着脑袋坐在那里，正在独自叹气。我没有理睬他，也没有声张。我知道是怎么回事，他在思念远在上游的老婆孩子，他无精打采的，想家想得很厉害，因为他这一辈子从没有离开过家。我知道他思念亲人的心情是与白人一样的。这好像不合常情，但是我想是那样的。一到晚上，他以为我睡着了，就又像往常那样唉声叹气，嘴里念叨着："可怜的小伊丽莎白呀！可怜的小约翰尼呀！我好苦哟！我想我再也见不到你们了，再也见不到了！"吉姆真是个善良的黑奴。

我不知怎么的，跟他谈起他的老婆孩子来了。过了一会儿，他说："这回我心里感到特别难受，因为我听到那边岸上好像有打人的声音，又好像是重重的关门声，这令我想起我从前虐待我的小伊丽莎白的情形。那年她只有 4 岁，又害了猩红热，病得死去活来，可是后来慢慢好了。有一天我见她东站站、西站站，就对她说：'把门关上。'她根本没动，还是站在那儿，好像在望着我眯眯笑。我气疯了，提高嗓门儿对她吼着：'你听见没有？去把门关上！'她还是一动不动地站在那儿眯眯笑。这一下子可把我的肺都气炸了，我说：'我今天非叫你听我的话不可！'我说着就在她脸上打了一巴掌，把她打得趴在地上去了。然后我就上了另外一间屋子，在那儿待了十来分钟，等我回来，看见那扇门仍然开着，那孩子正站在门口，低着头哭，眼泪直往下淌。嘻，我简直气疯了，正要扑过去揍她，但是，那门是朝里开的，正在这时候，一阵大风刮来，门'砰'的一声关上了，从后面重重地撞在孩子身上，只听见'扑通'一声，我的天呀，那孩子再也不动弹了。我当时被吓得差点晕过去，我感到特别……特别……我也说不出来究竟是什么滋味。我跌跌撞撞地走出来，浑身哆嗦着，又稀里糊涂地摸到那扇门边，慢慢地打开门，偷偷地伸着脑袋从背后看那个孩子。我使劲大喊了一声'啪！'她丝毫不动！啊，哈克，我就痛哭起来，一边哭，一边将她搂在怀中，说：'哦，可怜的宝贝！上天宽恕可怜的老吉姆吧，因为他只要活着一天，他就不会原谅自己的！'哦，哈克，她听不到，又说不出来，成了聋哑人，我真不该对她如此狠心呀！"

第二十四章

第二天傍晚时分，我们把船停靠在河上一个长满柳树的小沙洲旁。大河两岸分别有两个村庄。公爵和国王又开始设计新的方案，准备去镇上施展一番，他们一定是又想出了骗人的法子。吉姆呢，他对公爵说，他希望他们能早点回来，不然他就得整天被捆绑在窝棚里，实在烦闷。你知道，我们每次留他一个人的时候，都要把他捆起来，不然的话，要是碰巧有人看见他只有一个人待在那里，又没有捆绑着，那么他就不会被人认为是个逃亡之后又被抓住的黑奴了，你明白吧。公爵就说，他每天都被捆绑起来，实在有点难受，他得想出一个办法来，免得受这个罪。

公爵是一个非常聪明的人，一会儿工夫，他就想出了一个好办法。他让吉姆穿上李尔王的服饰，这是一件碎花布长袍、一套黄马尾制作的假发和大胡子。他又取出了戏院里化妆用的颜料，在吉姆的脸上、手上、耳朵上、颈子上，全都涂上了一层神秘的蓝色，看上去好像一个人已经淹死了几天之久。这种从未见过的怪异的模样着实吓人呢。接下来，公爵拿出来一块木板，在上面写着："有病的阿拉伯人——只要他不发疯，是不会伤害别人的。"

他把木板立在窝棚前的木桩上，吉姆很满意。他说，这比被捆住时担惊受怕，度日如年的日子好多了。公爵对他说，这样自由自在一些。要是有什么人来近处打扰，那就从窝棚跳出来，装模作样一番，并且像一头野兽那么吼叫一两声。依他看，这样一来，人家会溜之大吉，尽管让他自由自在。这样的判断，理由倒很充分。倘若是个平常人，不必等他吼出声来，就会撒腿便逃。因为他那个模样，不只是像个死人，而且看起来比死人还要恐怖哩。

这两个流氓又想演出《皇家稀世奇珍》那一场，因为这能捞到大钱。不过他们也觉得不安全，因为直到现在，上游的消息传闻，或许已经一路传开了。他们一时想不出最适合的妙计，因此公爵便说，暂时放一放，给他几个钟头，让他再动动脑筋，看能否针对这个阿肯色州的村落，想出一个绝好的办法来。国王呢，他说他准备到另一个村子去，不过心中倒并无什么确切的计划，想让上天帮忙，指引一个捞钱的路子。据我看，这意思是说，靠魔鬼帮忙吧。我们在上一站都从铺子里增添了一些衣服，国王这会儿便穿戴起来。他还要我也穿起来。我当然就照办了。国王穿了一身黑色的衣服，看起来很气派。我过去从未想到过，服饰会把一个人变成另一个样子。啊，实际上，他本像个脾气怪异的老流氓，可如今呢，只见他摘下崭新的白水獭皮帽子，一鞠躬，微然一笑，他那种又气魄，又和善，又虔诚的模样，你准以为他刚从诺亚方舟里走出来，说不定他原本就是利未老头儿本人呢。吉姆把独木舟清理干净了，我也把桨准备好了。大约在镇子上游3英里的一个滩嘴下面，正停靠着一艘大轮船。大轮船停靠了好几个小时了，正在装货。

国王说："看看我这身打扮吧。依我看，最好说我是从上游圣·路易或者辛辛那提，或者其他有名的地方，最好是大些的地方来到这里。哈克贝利，朝大轮船那边划过去，我们要坐大轮船到那个村庄去。"

当听他说要去搭乘大轮船走一趟，我不用吩咐第二遍，便划到了离村子半英里开外的岸边，然后沿着陡峭的河岸附近平静的水面快划。不大一会儿，就碰见一位长相很好、涉世不深、年纪轻轻的乡巴佬儿。他坐在一根原木上，正拭着脸上的汗水，因为天气确实很热，并且他身旁还有几件大行李包。

"船头朝着岸边停靠。"国王说，我照着办了，"年轻人，你要到哪里去啊？"

"搭乘大轮船，要到奥尔良去。"

"那就上船吧，"国王说，"等一等，让我的用人帮你提你那些行李包吧。你跨上岸去，帮一下那位先生，阿道尔弗斯。"我明白这是指我。

我照着办了，随后我们一起出发了。那位年轻人感激万分，激动地说大热天提着这么重的行李真够累的。他问国王往哪里去。国王对他说，他是上游来的，今天早上在另一个村子上的岸，如今准备走几英里路，去看看附近农庄上一个老朋友。

年轻人说："我一看见你，就对我自个儿说：'肯定是威尔克斯先生，一定是的，他刚刚差一步，没有能准时到达。'可是我又对自个儿说：'不是的。依我看啊，那不是他。如果是这样，他不可能打下游往上划啊。'你不是他，对吧？"

"当然不是。我的名字叫勃洛特格特·亚历山大，勃洛特格特牧师。我该说，我是上帝一个卑贱的仆人。不过嘛，不管怎么说，我还是替没能准时到达的威尔克斯先生感到惋惜，要是他为此丢掉什么的话……我但愿事实并非如此。"

"是啊，他不会为此丢失什么财产，因为他照样可以得到财产，但是他却失去了与他哥哥彼得在临终前见上最后一面的机会啊……大概他哥哥不会在意。这样的事，谁也说不好……但他的哥哥为了能见他最后一面真是不惜一切代价。最近几个星期来，他谈论的就是这件事了，此外没有什么别的了。他从小时候起便没有和他在一起了，他的兄弟威廉。他根本从没见过他，那是个又聋又哑的威廉，大概是 30 岁，或许 35 岁。彼得和乔治是移居到这里的两个。乔治是弟弟，结婚了，去年夫妻双双死了。哈维和威廉是弟兄中仅剩下来的人了。就像刚才说的，他们还没有及时赶到诀别啊。"

"有没有什么人给他们捎去了信呢？"

"哦，送了的。一两个月前，彼得刚生病，就捎去了信。这是因为当时彼得说过，他这一回啊，怕是好不了啦。你知道吧，他很老了。乔治的几个女儿陪伴他，她们还太年轻，除了那个一头红发的玛丽·简。因此，乔治夫妇死后，他就不免觉得孤零零，也就觉得世间没什么值得留恋了。他迫切地想和哈维见上一面，再和威廉见上一面。因为他是属于那么一类的人，这些人说什么也不肯立什么遗嘱之类。他给哈维留下了一封信。他说他在信中说了他偷偷地把钱放在了一个秘密地方，也讲了他希望怎样妥善地把其余的财产分给乔治的几个闺女，因为乔治并没有遗留下其他的文件。至于这封信，是人家想方设法叫他签了名的文件啦。"

"依你看，哈维为何事没有来？他住在哪里？"

"哦，他住在英格兰，在歇费尔特，在那边传教，还从没到过这个国家。他没有很多空闲的时间……再说呢，也可能他根本没有收到那封信啊，你知道吧。"

"太可惜了，可怜的人，不能在死前见到兄弟，太可悲了。你说你是去奥尔良的？"

"是的。不过这只是我要去的一处罢了。下星期二，我要搭船去里约·热内卢。我叔叔家在那儿。"

"那可是很远的路途啊。不过，走这一趟是很值得的。我真想也能去那里。玛丽·简是最大的吗？其余的人有多大呢？"

"玛丽·简 18 岁，苏珊 14 岁，琼娜 12 岁……她是最倒霉的一个，是个兔唇。"

"可怜的孩子们。孤苦无依地给抛在了这个无情的世界上。"

"啊，否则，她们的遭遇还可能更惨呢。老彼得还有几个朋友。他们不会听任她们受到伤害。一个叫霍勃逊，是浸礼会的牧师；还有教堂执事洛特·霍凡；还有朋·勒克、阿勃纳·夏克尔福特；还有律师勒未·贝尔；还有罗宾逊医师；还有他们的妻子儿女；还有寡妇巴特雷……总之还有好多人，上面是彼得交情最深的，他写家信的时候，常常提到过他们。因此，哈维一到这里，会知道到哪里去找朋友的。"

哈，国王一个劲地问这问那，差不多把那个年轻人肚子里都掏空了。他若是没有把这个镇上的每个人、每件事，以及所有跟威尔克斯和彼得有关的情况打听明白，那才算是怪事呢。彼得是位鞣皮工人。乔治呢，是个木匠。哈维呢，是个非国教派牧师。如此等等。

那个老头儿接下来又说道："你愿意赶远路，一路走到大轮船那里，那又是为什么呢？"

"因为这是到奥尔良的一只大船。我担心它到那边不肯靠岸。这些船在深水行进时，任凭你怎么喊，它们也不会肯靠岸。辛辛那提开来的船肯定会停。不过，现在这一只是圣·路易来的。"

"彼得·威尔克斯的生意还兴隆吗？"

"哦，还兴旺，他有房有地。人家说他留下了四五千块钱，不知道他把钱藏到了什么地方。"

"你说他何时死的啊？"

"我没有说啊，但是那是昨晚上的事。"

"明天出殡，应该是这样吧？"

"是啊，大抵是中午时分。"

"啊，多么凄惨。不过呢，我们每个人都得经历这一遭，只是时辰早晚的事，而且我们该做的事，便是做好准备，这样，就不必担忧了。"

"是啊，先生，这是最好的法子。我妈总是这么说的。"

我们划到轮船边的时候，货快装好了，很快就要开了。国王没让我们上船，所以我最终还是失去了坐轮船的机会。轮船一开走，国王嘱咐我往上游划1英里路，到了个没人的地方，他上了岸。他说："现在立刻赶回去，把公爵给带到这儿来。还要带上那些新买的手提包。要是他到河对岸去了，那就划到河对岸去，把他找到。千万要把他带到这儿来。好，你就赶快吧。"

我知道他心里打啥主意，不过我自然不吭一声。我和公爵回来以后，我们就把独木舟藏了起来。他们就坐在一根圆木上，由国王把事情的经过讲给了公爵听，跟那位年轻人说的完全一样，简直一字不差。在他讲述的过程中，始终像一个英国人讲话的那个道儿，而且学得惟妙惟肖，也真难为这个流氓。我可学不来他那个派头，所以就不学了，不过他学得确实很好。

接下来，他说："你打扮成又聋又哑的角色，感觉怎样？"

公爵说，这当然没问题。说他过去在舞台上表演过又聋又哑的角色。这样，他们便在那儿守候着轮船开过来。

傍晚，开来了几只小轮船，不过并非从上游远处开来的。最后开来了一只大轮，他们就喊船停下。大轮放下一只小艇，于是我们上了大轮。它是从辛辛那提开来的。当他们知道我们要去的地方只在四五英里之外时，简直把他们气坏了，把我们臭骂了一顿，还扬言说，到时候不放我们上岸。不过公爵倒很镇静。

他说："要是两位先生愿意每英里路各付1块钱，用大轮船的一只小艇来回接我们，那大轮就让他们坐了吧，你们说呢？"

这样，他们才同意了。刚到那个村子，大轮就派小艇把我们送上了岸。当时有二十来个人聚集在那里，一见小艇开过来，就都围了过来。国王说："有谁能够告诉我彼得·威尔克斯先生住哪里？"他们就你看着我，我看着你，点点头，好像在说："我说得怎么样？"然后其中一人轻声地说道："对不起，先生，我现在能告诉你的只能是他昨天傍晚在哪儿住过。"

顷刻之间，老东西的身体就开始摇摇欲坠了，一下子扑到那个人身上，把脸颊贴在他肩膀上，冲着他的后背大哭起来，说道："天啊，天啊，我们那可怜的哥哥啊……他走啦，我们竟没能够赶上见一面。哦，这叫人怎么受得了啊！"

然后他一转身，哽咽着，向公爵打了一些奇怪的手势，于是公爵就把手提包往地上一丢，哭了起来。他们俩是我见过的最无耻的人。

人们把他们围了起来，并说着安慰和同情的话。还替他们提着手提包，将他们送到山上去，并且让他们依偎着自己的身子哭，又对他们说了他们的两个哥哥临死前的所有情况。于是国王打出各种手势，把这些都对公爵说了，所以他们两个人为鞣皮工人的死感到的那种悲哀，就像是12门徒全被人杀死了似的。我向上帝发誓，在此之前我从来没有遇到过这种情形。这件事情真让人为人类感到可耻啊。

第二十五章

不久后，整个镇子都知晓了此事，人们从各个方向飞奔过来，有的人边跑边穿衣服。不一会儿，我们就被赶过来的人群给围住了，那脚步声仿佛是一支行进中的军队发出的声音。院子里站满了人。

一会儿工夫，就有人在围墙后面伸着脑袋问："那就是他们吧？"

这时，在这群人中，就有人回答："没错，就是他们。"

当我们到了彼得家时，只见他的门前已经密密麻麻地挤满了人，那三个姑娘都站在门口。玛丽·简确实是红头发，那也毫无关系，她依然那么美丽，神采奕奕，她看到叔叔们都回来了，心里非常高兴。国王张开双臂，玛丽·简就扑到了他的怀里，同时豁嘴姑娘也朝公爵扑了过去，于是他们都相拥在一起！周围的人，特别是那些女人们，此情此景令她们感动不已，泪流满面。

然后国王偷偷地推了公爵一下，我看见了他这个小动作。接着他向四周看了看，瞧见那副棺材放在屋角里的两把椅子上，于是便和公爵都伸出一只手搭在对方的肩膀上，另一只手捂住眼睛，一本正经地走过去。大伙儿都往后退，给他们让路，所有的声音都安静了下来，还有人"嘘"了两声。男人们都摘下了帽子，低下头，屋子里静得连一根针掉在地上也能听见。他们俩走到棺材边弯下腰去，往棺材里瞥了一眼，接着就"哇哇"地哭起来，那哭声响得在奥尔良也几乎可以听见。然后他们又用胳臂互相搂住对方的脖子，就这样足足哭了三四分钟，我还没见过男人像他们这样号啕大哭的。而且，你要知道人人都在放声大哭，鼻涕、眼泪把地上弄得湿漉漉的，我可从没有见过这种场面。后来他们一个走到棺材这边，一个走到棺材那边，双膝跪下，把脑门子贴在棺材上，假装在心中暗暗祷告。我敢保证你绝对没见过那种场景，大伙儿都立刻情不自禁地"呜呜哇哇"哭起来，那几个可怜的小姑娘也哭开了。几乎所有的女人都走到姑娘们跟前，一句话也不说，神色庄严地亲她们的脑门儿，然后把手搁在她们头顶上，仰面望天，泪水直往下淌，接着"哇"的一声哭出来，最后一边擦眼泪，一边抽抽搭搭地走开，好让下一个女人也来表演一番。我还从没有见过这样令人恶心的事情。

过了一会儿，国王站起来，往前走了两步，酝酿好感情，悲悲切切地发表了一通演说。他一把鼻涕一把眼泪地信口胡诌，说他和他可怜的弟弟失去了兄长，他们长途跋涉了 4000 英里，却可怜他连亲人最后一面也没见着，但是大伙儿亲切的吊慰和这些圣洁的泪水，对他们来说，使这场劫难平添了许多甜蜜、许多神圣，所以他打心窝窝里感激大家，他弟弟也打心窝窝里感激大家，因为话语太没劲、太冷，难以传情，所以他无法用嘴来表达他的感激。像这一类的废话、胡话，他说了又说，直说得人恶心想吐。接着他装出一副虔诚的样子，用带哭的腔调说了一声"阿门"，然后又放开嗓门儿，哭了个昏天黑地。

他刚一说完，人群中马上就有人唱起了荣耀颂，大家都拼命扯起嗓子合唱，这歌唱起来很温暖，就好像刚做完礼拜走出教堂那样舒坦、痛快。音乐这玩意儿确实是个好东西。我听完那一大堆拍马奉承的无聊话后，没想到音乐竟然能使人神清气爽，耳目一新，听起来是那样朴实、那样美妙。

然后国王又开始胡诌起来，他说如果这家的几个最要好的朋友今晚愿意同他们共进晚餐，帮着料理死者的后事，他和他的几个侄女一定会很高兴。他还说他那苦命的哥哥经常在信中提到那些亲切的名字，所以他想把下面这些人的名字报一报，他们是：霍勃逊牧师先生、洛特·霍凡教会执事、朋·勒克先生、阿勃纳·夏克尔福特、勒未·贝尔和罗宾逊医生，以及他们的夫人，最后还有巴特雷寡妇。

霍勃逊牧师和罗宾逊医生到镇子的另一头共同猎食去了，也就是说，医生要把一个病人度到另一个世界去，而那位牧师正在一旁给他指路。贝尔律师到远在上游的路易斯维尔①办事去了。而其他的人则都像傻子似的在不停地点头，微笑着同国王握着手，公爵用手胡乱比画，嘴里一直在"咕咕——咕咕咕"地叫个不停，像个不会说话的娃娃。

于是国王又信口胡吹起来，他指名道姓地把镇上每个人、每条狗的情况都说到了，而且他还谈到镇上过去发生的各种各样的小事，谈到乔治家里发生的事和彼得的许多情况。他一个劲儿地告诉人家，这些都是他从彼得的信中了解到的，这当然是骗人的，这些听了令人高兴的事，一桩桩、一件件都是我们用小船送到轮船上去的那个傻小子告诉他的。

然后玛丽·简把她伯父留下的那封信拿出来了，国王接过信大声念着，他边念边哭。信上说这幢住宅和3000块金币给姑娘们，鞣皮工厂（目前生意挺红火）连同另外几幢房子和地（大约值7000块钱），还有3000块金币给哈维和威廉，信上还说明了那6000块钱藏在下面地窖中的什么地方。两个骗子说，要公平合理地处理这事，于是便让我拿着蜡烛与他们一起去取钱。我们进了地窖就把门关上了，他们找到了那一口袋钱，把它们倒在地上，那么一大堆金灿灿的钱币，看上去真是可爱。哎呀，国王的眼睛放出了怎样的光彩啊！

他在公爵的肩上拍了一巴掌说："嗜，这是再好也没有了！哦，我看绝没有比这更妙的事了！喂，不成器沃特，这一下子可胜过了演《皇家稀世奇珍》吧，是不是？"公爵承认是胜过了。他们把金币一把把抓起来，又让它们从指缝中漏下去，叮叮当当地掉在地板上，国王说："不成器沃特，虽然表演是我们的本行，但我们今天却是托了老天爷的福。从长远来说，这办法最好。我什么办法都试过，没有哪一个比得上这个。"

---

① 美国肯塔基州最大的城市，紧邻俄亥俄河。

无论是谁都会被这一大堆钱乐坏了吧，也不会有人费心思去数的吧。可是不然，他们俩非要数一数才放心。于是他们就数了一遍，结果发现少了450块钱。

国王说："该死的家伙，不知道他拿这450块钱干什么去了。"

他们为这事伤了好半天脑筋，到处翻寻了一遍。公爵说："唉，他病得那样重，也许是弄错了吧，我看就是这么回事。最好是随它去，不要再提它了，少这几百块钱也没有什么关系。"

"哼，少这几个钱当然没什么关系，我根本就不在乎，我现在考虑的是钱的数目不符。你也知道，我们都想把这件事办得公平合理，光明正大。我们要把这袋钱扛上去，当着大家的面点清，那么就没人会起疑心了。可是，你也知道，既然那死人说有6000块钱，我们就不能……"

"别说了，"公爵说，"那我们就把少的钱给补上吧。"说着他就从自己口袋里往外掏金币。

"公爵，你头脑确实灵活，这是个好主意。"国王说。

"这回《皇家稀世奇珍》又帮我们解决了难题。"他也掏出了一些金元，把它们堆在一起。

这一来几乎使他们破了产，但是他们总算补足了6000块钱，1块也不少。

"喂，"公爵说，"我想我们还是上去把这笔钱点清后，就交给那几个姑娘。你看怎么样？"

"好家伙，公爵，让我抱你一下吧！你这个主意真是绝了，谁也想不出来。你的脑袋瓜真聪明得惊人。哦，这绝对是个妙计，准没错。如果他们爱疑神疑鬼，就让他们疑心去吧，这一招准能让他们上当。"

国王把数好的钱摞在一边，大家把桌子围住了。300块钱一摞，正好20摞。人人见了都馋得要掉口水。然后他们俩又把钱扒进口袋里，我看见国王又神气起来，准备再做一次演说：

"各位朋友，在那边躺着的我可怜的兄长，对在他身后为他悲叹哀伤的人是慷慨大方的。可怜的兄长不是为了怕伤害我和威廉的感情，对她们一定会更慷慨的。你们说他会不会这样？在我看来这是不成问题的。那么，如果在这种时候，我还要妨碍他了却自己的心愿，那还算什么兄弟？如果在这种时候，我还要抢……是的，是抢……这几个他钟爱的可怜的小乖乖的钱，那还算什么叔叔！我要是了解威廉的话……我以为我是了解他的……他也会……嗜，还是先问问他吧。"

国王转身向公爵比画起来，他比画了半天，公爵都只是呆呆地看着，然后好像突然明白了他的意思，就向国王跳过去，高兴得拼命"咕咕"乱叫，把他拥抱了十五六次才罢手。然后，国王说："我知道他会同意的。我想他这种举动能使任何人都明白他对这件事的想法吧。过来吧，玛丽·简、苏姗、琼娜，把这些钱拿走，通通拿走。这是躺在那边的那位好心人送给你们的，他身体已经冰凉，但心里高兴着哩。"

玛丽·简向他冲过去，苏珊和豁嘴向公爵冲过去，接着又是抱又是亲的，那场面我以前从没见过。大家都含着热泪围上来，和他们拉手，几乎把这两个骗子的手都拉掉下来了。人人嘴里说个不停。"你们真是好心人啊！多可爱！没想到你们会这么好！"

没过多久，大家又都谈起那个死人来，说他如何如何好，他的去世是多么大的损失，以及这一类话。又过了不大一会儿，一个长着一副严酷面孔的大汉从外面挤进来了，他站在一旁边听边看，不说一句话。也没有人跟他说话，因为这时候国王正在演说，大家都在聚精会神地听着。国王正在说一件什么事，这时已经说到一半了："今晚我们会邀请死者生前的这些好朋友来这儿吃饭。明天我们希望大家都来，每一位都来，因为他尊敬每一个人，喜欢每一个人，所以请大家参加他的殡葬酒宴是很恰当的。"

他就这样稀里糊涂地扯下去，自己还觉得讲得很动听，隔一会儿他就把"殡葬酒宴"这个词儿提一遍。后来公爵再也忍受不住了，于是就在一块小纸片上写下"是殡葬典礼，你这老笨蛋"，然后把纸片折叠好，"咕咕"地叫着走过去，把它从别人头上递给国王。国王接过来看了一下，就把它塞进口袋里去了，说："可怜的威廉，他虽然身体有病，但心里却明白得很。他要我邀请大家来参加殡葬，要我对大伙儿表示欢迎，其实，这正是我现在正在做的事情。"

然后他煞有介事地继续胡扯下去，就像他刚才做的那样，不时把他那"殡葬酒宴"的词儿加进去，等说过第三遍后，他就说："我倒不是因为'殡葬酒宴'是个常用词才老说它，而是因为'殡葬典礼'这个词在英国已经不再通用了。而'殡葬酒宴'，是正确的说法。现在我们在英国是说'殡葬酒宴'。'酒宴'这个词更贴切些，因为它更准确地表达了你们所追求的东西。这是一个由希腊文词头'窝锅'和希伯来文词尾'吉辰'构成的词，'窝锅'是'外面''公开''到处'的意思；'吉辰'有'种植''掩盖'的意思，所以含埋葬之意。因此，你瞧，'殡葬酒宴'就是一个公开的或公众的葬礼。"

我真是生平第一次见这种坏蛋。这时候，那个长着一副严酷面孔的汉子，冲着他哈哈大笑起来。大家都感到震惊，异口同声地说："怎么啦，医生！"

阿勃纳·夏克尔福特说："怎么啦，罗宾逊，你难道没有听说这个消息？这就是哈维·威尔克斯呀。"

国王满脸堆笑，连忙把手伸过去，说："你就是我那苦命的兄长的亲密好友罗宾逊医生吗？我……"

"把你的手拿开，别碰我！"医生说，"你说话像英国人，是吗？我还从来没有听到过学得这么蹩脚的英国话。你是彼得·威尔克斯的弟弟！你是个骗子，货真价实的骗子！"

嘿，情绪激动的人们，纷纷劝说，劝他平静下来，一个劲儿向他解释，告诉他说哈维已经用几十种方式证明他就是哈维，他叫得出每个人的名字，就连狗的名字也知道。他们央求他，不要伤害哈维的感情，不要伤害那几个可怜的姑娘的感情，还说了许多诸如此类的话。但是没有用，他仍在不停地破口大骂，说他英国话学得那么烂，英国话要像他那样学得那样蹩脚，就一定是个骗子，一个撒谎的人。那几个姑娘紧紧偎依在国王身边哭。突然，医生转向她们说：

"我以前是你们父亲的朋友，现在是你们的朋友，我要保护好你们，不让你们受害遭难，因此我以一个朋友的身份、一个诚实的朋友的身份告诫你们，不要理睬这个流氓，不要同他打交道。他是个愚昧无知的流浪汉，他所谓的希腊文和希伯来文完全是胡扯。他属于那种一眼就能让人看穿的骗子，不知道他从哪儿打听到了这么些空空洞洞的人名和无聊的事，你们居然信以为真了，这些糊涂朋友也是见识短浅，他们竟然也在一旁帮着糊弄你们。玛丽·简·威尔克斯，你知道我是你的朋友，而且是一个毫无私心的朋友，现在听我的话，把这个卑鄙的恶棍撵出去，算是我求你啦，好吗？"

玛丽·简挺直了身子，哎呀，她真漂亮！她说："我想说的就是这个。"她拎起那袋钱，把它放在国王手中，说，"把这6000块钱都拿去吧，替我们姐妹投资做生意，也不用给我们打收条，你愿意怎么做就怎么做。"

说完，她就站到国王的身边，搂着国王，苏珊和豁嘴也在另一边搂着国王。然后就听见了雷鸣般的掌声以及跺脚的声音。这个时候，国王的脸上露出了得意的笑容。

那位医生说："好吧，从此之后我再也不管这事了，不过我要提醒大家，在不久后，当你们想起这一天时，就会感到恶心的。"说完，他就离去了。

"那好，医生，"国王开玩笑似的说，"我们会派她们前去请你的。"这句话逗得大家哈哈大笑。大家都认为国王说的这句俏皮话太棒了。

第二十六章

　　人们都离开后，国王就问玛丽·简家中是否有空房间，她说有一间，可以让威廉叔叔住，她想让哈维叔叔住进自己的那间稍微大些的房间，她自己则去她两个妹妹的房间住，睡在帆布小床上。位于阁楼的那间小房间，国王说，可以留给他的贴身男仆住，他指的是我。

　　玛丽·简带着我们看了那些房间，屋子的装饰简朴而温馨。她说如果哈维叔叔觉得她的长衣和其他生活用品碍事的话，她可以统统把它们清理出去，不过国王说这些东西都无妨，那些长衣都会挂在墙上，前面有一个垂到地上的印花布帘子挡着。有一个屋角里放着一只旧皮箱，在另外一个屋角里搁着一个装吉他的琴匣，房间里都是女孩子们拿来装饰屋子的各种小玩意儿。国王说这些东西让他感到家的温馨，让人很舒服，因此不要轻易地搬动它们。公爵的那间很小，但也很好，我那间阁楼屋也不错。

　　晚餐很丰盛，来了很多客人，我站在国王和公爵的椅子后面侍候他们，别的客人就由那几个黑人侍候，玛丽·简坐首位，她旁边是苏珊，她们俩一边吃一边说松饼是如何如何不好吃，果酱是多么糟糕，炸鸡又是怎样的差劲，连咬都咬不动，还有诸如此类的一些废话。女人说这些话的用意无非是想听几句称赞的话而已。大家都知道，每样东西都是头等的，因此也就这么说了，他们说："你们怎么把松饼烤得这么美味呀？""天呀，你们从哪儿弄来这么好的泡菜呀？"以及这一类言不由衷的奉承话。你也知道，请客吃饭时，大家都是这样说的。

等大家吃完以后，我和豁嘴姑娘在厨房里吃他们剩下的饭菜当晚餐，其余的人在帮着黑人收拾东西。豁嘴反复盘问我英国的事情，有时候我真是难以招架，觉得自己好像是站在薄冰上，战战兢兢的。

她说："你见过国王没有？"

"哪一位国王？威廉四世吗？嘻，我当然见过，他常去我们那个教堂做礼拜。"我知道他已死去多年，但是我依旧那样说。当我说他常去我们教堂做礼拜时，她就说："什么，他经常去吗？"

"是的，经常去。他坐在讲坛的另一边，就对着我们的座位。"

"我想他是住在伦敦吧。"

"哎，不错。他当然是住在伦敦了。"

"可是，你是住在谢菲尔德吧？"

我知道这一下露馅了，只好装出被鸡骨头卡住了喉咙的样子，便趁机考虑怎样下这个台阶。过了一会儿，我说："我是说他住在谢菲尔德的时候，常到我们教堂来。那时候是夏天，他去那儿洗海水澡。"

"咦，我怎么从来不知道谢菲尔德还靠海呢。"

"是呀，谁说它靠海来着？"

"你刚才说的呀。"

"我没说。"

"你说了！"

"我没说。"

"说了。"

"我压根儿就没说过这种话。"

"好吧。那你到底想说什么？"

"我说他来洗海水澡，这就是我的原话。"

"那好，要是谢菲尔德不靠海，他又怎么能洗海水澡呢？"

"你听着，"我说，"你见过康格雷斯矿泉水①吗？"

"见过。"

"这种矿泉水你一定去那儿才能弄到吗？"

"当然不一定。"

"所以威廉四世要洗海水澡，也不一定非去海边不可。"

"那他怎么洗呢？"

"就像这儿的人弄康格雷斯矿泉水一样，用桶运来。因为国王要洗热水澡。可是在远离谢菲尔德的海边，他们没法把那么多海水都烧热，他们没有那种设备。"

"哦，这回我总算明白怎么回事儿了。其实你一开始就讲清楚，就可以节省许多时间。"

我听她这样说，就知道我总算过了这一关，所以我觉得挺舒服挺高兴。

接着她又问："你也上教堂做礼拜吗？"

"是的，常去。"

"你坐在什么地方？"

"这还用问，当然是坐在我们的座位上呗。"

"谁的座位上？"

"嗐，我们的……你哈维叔叔的座位。"

"他的？他要座位干吗？"

"要座位坐呀。你说他要座位干吗？"

"嗐，他不是应该站在讲坛上吗？"

对了，他可是个牧师啊。我心里明白又露馅了，于是又假装让鸡骨头卡住了一回。我想了一会儿，然后说："难道你以为教堂里就没有其他的牧师了吗？"

"其他的牧师是干什么的啊？"

"什么！难道你以为就一个牧师给国王讲道？你这个女孩子真没见

---

① 来自美国纽约州中东部著名的萨拉托加温泉。

过世面。他们的牧师不少于 17 个。"

"17 个！我的天呀！我才不愿意坐在那里听完那么一大群牧师讲道哩。哪怕永远上不了天堂，我也不听。那得讲一个星期呀。"

"不会的，他们一人讲一天。"

"那别的牧师干什么呢？"

"嗜，要他们撑门面呗。你怎么什么都不懂啊？"

"哼，我根本就不想懂这些破事儿。英国人对用人怎么样？是不是比我们对黑人好？"

"一点都不好！英国的用人简直比狗都不如。"

"他们难道没有假日吗？像我们这样，从圣诞节到新年放一个星期假，7 月 4 日①也放假？"

"嘿，你听听！不用你自己说，一听就知道你没去过英国。嗬——哎，琼娜，他们从年头到年尾哪里见过假日？从没有看过马戏，没有上过剧场，也不去看黑人表演，哪儿也不去。"

"也不到教堂做礼拜吗？"

"不去。"

"可是，你刚才不是说常去教堂吗？"

嗜，我又给自己出了一道难题。我忘了我是那老头儿的用人，但是我灵机一动，很快就想出了一种解释。我告诉她贴身的男仆如何同普通用人不一样，不管他愿不愿意，都得上教堂做礼拜，和主人一家子坐在一起，因为法律上有明文规定。但是我解释得不够圆满，说完后，我发觉她仍然不满意。她说："说实话，你一直在撒谎吧？"

"我说的都是真的。"我说。

"你把手放在这本书上发个誓。"

我看到那不是《圣经》，只是一本字典，于是把手放在上面赌了个咒，这时候她才稍微满意了一点。她说："好吧。不管怎么说，你的话我还是不能全信。"

---

① 美国的独立日，即国庆节。

"哪些你不信呢，琼娜？"玛丽·简说，这时她刚一脚踏进厨房，苏珊跟在她后面，"他一个外地人，又远离他的亲人，你这样对他说话是不对的，也太不友好了，要是别人这样对你，你高兴吗？"

"玛丽，你这人怎么老是爱捣乱。我又没做对不起他的事。我觉得他对我说了一些谎话，所以我说他的话我不能全信。我说的就是这些。我想这么一件小事他能受得住的，是不是？"

"我不管事大事小，人家一个客人，你就不该那么对他。如果你处在他的位置，人家对你这样说话你的脸往哪儿搁？所以你不应该说那些让人听了难为情的话。"

"哎呀，玛丽，他刚才说……"

"他说什么都不重要。要紧的是，你得对他好才行。不要讲些不三不四的话，让人家想起他是在异国他乡，举目无亲。"

我心想这就是我听任那个老坏蛋抢她钱的姑娘呀！

接着苏珊也把豁嘴狠狠地数落了一番！当时的情况就是这样，你不信我也没办法。

我想，这又是一个我听任她的钱遭人抢劫的姑娘！

接着玛丽·简又把豁嘴骂了一通，骂完后又好言好语地劝慰了一番，她这人就是这样。但是等她把话说完以后，可怜的豁嘴就被弄得嗷嗷直叫。

"那么，好吧，"她的两个姐姐说，"你就给他赔个不是吧。"

豁嘴照办了，而且话说得很漂亮，叫人听了心里特别舒服。我恨不得再撒一千个谎，好让她再给我赔一回不是。

我心想，这是第三位我听任她的钱遭抢的姑娘！等她道完歉以后，她们又来劝我了，叫我别介意，大家也都是好心。这时候我觉得自己很卑鄙下流，心中暗暗打定了主意，无论如何也要把这笔钱替她们收藏好。

于是我就溜走了，嘴里说去睡觉，心里想现在不是睡大觉的时候，等以后再说。当只剩下我一个人的时候，我就把这事前前后后想了一遍。我想，要不要偷偷地去找那个医生，告发这两个骗子？不，那可不行。他也许会说出来是谁告诉他的，那么国王和公爵就不会放过我。我要不要偷偷向玛丽说明真情呢？也不行，我没胆量那样做。她脸上的表情准会让他们起疑心，钱已经到了他们手上，他们会立刻把钱拐走。到那时，我也会被牵连进去，脱不了干系的。不行，我得想一个两全的办法，既把钱偷出来，又不让他们疑心。他们在这儿得了手，不把这一家子和整个镇上的人拼命耍弄一番，他们是不会走的，所以我有足够的时间找机会下手。我要把钱偷出来藏好，过一段时间，等到了河的下游，再写信告诉玛丽藏钱的地方，但是只要可能，我最好今晚就把钱偷到手藏起来，因为那医生虽然嘴里说不管这事了，也许不会就此罢休，说不定还会把他们吓跑哩。

所以我决定到他们住的地方看看再说。楼上的过道里黑乎乎的，但是我还是找到了公爵住的房间，我就用手在里面到处乱摸起来。可是我想起就国王的为人来说，他是不会把那笔钱交给别人保管的，非由他自己管着他才放心，于是我进了他的房间，在里面满屋子乱摸。但是我知道没有蜡烛什么事也办不成，我当然不敢点蜡烛。于是我就想，只好用别的办法了，躲在那里偷听他们说话。这时候，我听见他们走过来的脚步声了，就准备往床底下钻，我伸出手去摸床，但是床不在那儿，我估计错了，我摸到的是挡住玛丽那些长衣服的帘子，于是我蹿到帘子后面，躲在那些长袍当中站着，一动也不敢动。

他们一进房间，就把门关上了。公爵进来所做的第一件事就是弯下腰去看床底下。我庆幸自己刚才想找床没找着，你也知道，当你打算干什么秘密事情的时候，自然就会往床底下钻。他们坐下来以后，国王说："喂，你刚才是怎么回事？怎么把人家的话打断？我们在下面和大伙儿一起热热闹闹地聊天，那可比在这儿听他们数落强多了。"

"哎，是这么回事，国王。我心里不踏实，老感到不自在。那个医生是我的一块心病。我想知道你有些什么打算。我有个想法，我觉得挺实在。"

"什么想法，公爵？"

"我们最好在下半夜3点以前从这儿溜出去，带着我们已经弄到手的东西，赶快朝下游跑。特别是我们这么容易就把这笔钱弄到了手……原先还以为要去偷回来，没想到她们又还给我们了，你也可以说是硬甩给我们的。我主张马上收摊子溜之大吉。"

听他这一说，我心里便着急起来。要是在一两个钟头以前，情况就有点不一样了，但是现在我心里又急又失望。

国王骂骂咧咧地说："什么？不把别的产业卖掉就走？像一伙傻瓜那样跑开？扔下身边值八九千块钱的产业不要了？它正等着我们顺手带走呢，多么值钱、多么容易脱手的东西啊。"

公爵咕咕哝哝地发牢骚，说有这么一袋金币就足够了，他不想再多要，不想把孤儿们的东西抢得一点也不剩。

"嘻，看你说到哪里去了！"国王说，"除了这笔钱，我们什么也没有抢她们的呀。买她们产业的人是要吃亏的，因为人家一发现产业不是我们的，我们走后不久就会真相大白，这笔买卖就无效了，所有的东西又会物归原主。这几个孤儿又会重新得到她们的房子，对她们来说，有了房子也就够了。她们各个身强体健，是不会挨饿的。你好好想想吧，有成千上万的人还不如她们的日子过得舒坦哩。谢天谢地，她们真没有什么可抱怨的。"

嘿，公爵被国王这番话说晕了，最终答应了，说"行呀"，但是又说他还是觉得在这儿待着并不明智，那个医生时时在威胁着他们哩。但是国王说："那可恶的医生，没什么可怕的，我们这边不是还有一大群傻瓜吗？不管在哪个镇上，有这么多的人撑腰，难道还不算绝大多数吗？"

于是，他们准备下楼去。公爵说："我只是觉得我们的钱不是很安全。"

我听了这话精神一振。我刚才还以为一点有用的线索也弄不到了。国王说："为什么？"

"因为玛丽·简从现在起就要戴孝。你也知道，她首先就会吩咐整理这些房间的黑人把这些衣服装进箱子里收起来，你以为黑人就不喜欢钱吗？"

"公爵，还是你想得周到。"国王说，并走过来在帘子底下离我两三英尺的地方摸了一会儿。我连大气也不喘了，浑身发抖地紧贴着墙壁，心里盘算着，要是这两个家伙抓住了我，不知道他们会对我说些什么。我苦苦地想，要是他们果真把我抓住了，我该怎么办，但是我的脑筋刚转了半个圈，还没有来得及把对策想好，国王就把钱袋摸到手了，压根儿没想到我就站在他身边。床上的羽绒褥垫下面铺着一个草垫，他们把钱袋从草垫上的一条裂缝中塞进去，往里塞进了一两英尺，说这样就没问题了，因为黑人平时只整理羽绒褥子，不会翻动下面的草垫，草垫一年只翻两回，所以藏在里面没有被人偷走的危险。

但是，我看不一定。他们下楼还没有走到一半，我就把钱袋从草垫里掏出来了，我摸索着爬上了我的小房间里，把钱袋藏好，等以后再找机会妥善处置。我认为最好的办法，就是让这些钱离开这房子，不然的话，他们是一定会把房子掀翻的，这一点我非常了解。于是，我和衣而睡，不过这时候我是怎么也睡不着，因为很着急，想要早一点解决这件事情。不一会儿，我听见国王和公爵走上楼来，于是我就下床，爬到楼梯口伸着脑袋仔细听，等待着会不会有什么事情发生，可是一切很平静。

我就等啊等，一直等到夜深人静，而清晨的忙碌声音还未响起，此时我才悄悄地下了楼。

第二十七章

我悄悄地来到他们房间的门口听，只听见一阵阵的呼噜声，此外再也没有其他的声音了，于是我就踮起脚尖，轻轻地下了楼梯。周围没有一点声音，十分安静。我通过餐厅的一道门缝向里看，只见那几个守灵的人都已经睡着了，门向客厅敞着，遗体在客厅里放着，客厅的门开着，我走了进去。两间屋里都点着一支蜡烛，除了彼得的遗体外，没有任何人。我正朝前门走的时候，听见了有人下楼的声音。我便进到客厅，发现现在唯一能把钱袋藏起来的地方也只有棺材了。棺材盖移开了大概 1 英尺宽，这时就看见了棺材里面死者的脸，一块潮湿的布盖着脸，死者身穿尸衣。我把钱袋搁在死者交叉的双手的下面，这让我的两手瞬间冰凉了，然后我奔到房间的另一头，躲在门的后面。

下来的是玛丽·简。她轻轻地走到棺材边跪了下来，向里边看了一下，然后掏出手帕掩着脸。我看到她是在哭泣，虽说我并没有听到声音。她背对我，我看不见她的神态和表情。我偷偷溜出来。走过餐厅的时候，我想确定一下，看我有没有被守灵的发现。所以我从门缝里看了一下，见到一切正常，那些人根本就没有动弹。

我很快上了床，因为费了这么大劲儿，事情办得并不顺利。我在心里思忖，假如钱袋能在那里安然无恙，我到大河下游一两百英里地以后，便可以写封信给玛丽·简，她就能把棺材掘起来，把钱拿到手。可是，事情不会是这么简单的。可能是人家来钉棺材盖的时候，钱袋给发现了。这样，国王又会得到这笔钱。那样的话，再想把钱从他那儿弄出来可难了，可不是一天两天就能从他手里找出来。当然，我一心想溜下去，把钱从棺材里取出来，可是我没有这样做。天色渐渐亮起来了，守灵的人，有一些会很快醒来的，我说不定会给逮住啊……逮住时手里还明明有 6000 块钱，而且谁也没有雇我看管这些钱。这样的事，我却不愿意牵扯进去。我心里就是这么想的。

早上我下楼梯的时候，客厅的门是关了的，守灵的人都回家了。四周没有别的什么人，只剩下家里的人，还有巴特雷寡妇，还有我们这帮家伙。我仔细察看他们的脸，看有没有发生什么情况，但是看不出来。

快正午的时候，承办殡葬的那些人到了，他们把棺材搁在屋子中央的几把椅子上，又放好了一排椅子，包括原来自家的和向邻居借的，把大厅、客厅、餐室都塞得满满的。我发现棺材盖还是老样子，但由于人太多我也没能仔细看看。

然后人们开始往里挤，那两个败类和几位闺女在棺材前面的前排就座。人们排成单行，一个个绕着棺材慢慢走过去，还低下头去看看死者的遗容，这样每人有几分钟的时间，一共 30 分钟，有些人还掉了几滴眼泪。一切都又安静又静谧，只有姑娘们和两个败类用手帕掩着眼睛，垂着脑袋，发出几声呜咽。除了脚擦着地板的声音和擤鼻涕的声音以外，没有任何别的声音，因为人们总是在丧仪上比在别的场合更多地擤鼻涕，除了教堂。

屋里挤满了人，承办殡葬的人带着黑手套，轻手轻脚地到处张罗，做一些最后的安排，把人和事安排得有条有理，同时又不出多大的声音，好像一只猫一般。他从来不说话，却能把人们站的位置安排好，能让后来到的人挤进队伍，能在人堆里划出行走的通道，而一切只是通过点点头、挥挥手。随后他背贴着墙，在自己的位置上站好，我从未见到过某个人能这么轻手轻脚、小心翼翼、动作灵活，毫不声张就把事情安排得如此妥当。至于笑容，他的脸就像一条火腿一般，与笑容并没有多大的联系。

他们借来了一架风琴，虽然这是架坏了的琴。等到一切安排妥当，一位年轻的妇女弹起了琴。风琴像害了疝气痛那样"吱吱吱"地呻吟，大伙儿全都随声唱起来。说实话，我当时还真挺羡慕彼得的清闲。随后霍勃逊牧师庄重缓慢地开了个场。在这个时候，地窖里有一只狗高声吠叫，这可真大煞风景。大伙儿被吵得六神无主，而且狗总叫个不停。牧师不得不站在棺材前边一动不动，不知道自己该做什么了。这情景着实叫人尴尬，可谁也不知道该怎么办才好。没多久，只见那个长腿的承办殡葬的人朝牧师做了个手势，好像在说"都包在我身上了"，随后他弯下腰来，沿着墙滑过去，人们只见他的肩膀在大伙儿的脑袋上面移动。他就这么滑过去。与此同时，狗叫声越来越刺耳。后来，他从屋里的墙边滑过，消失在地窖里。然后，一瞬间，响起一声凄凉的惨叫，之后一切又恢复了平静。牧师在中断的地方重新接下，去说他庄重的话语。几分钟以后，再次看见承办殡葬的人，他的背和肩膀又在大伙儿的脑袋后面移动。他就这么滑动，滑过了屋子里面三堵墙，随后站直了身子，手掩住了嘴巴，伸出脖子，向着牧师和大伙儿的脑袋，用他低沉的嗓音对周围的人说："它逮住了一只耗子！"随后又弯下身子，沿着墙滑过去，回到了自己的位子上。大家都觉得很圆满，但他们当然也知道究竟是什么原因。这么一丁点儿小事，本来说不上什么，可正是在这么一点点儿小事上，关系到一个人是否受到尊重，招人喜欢。在整个这个镇子上，再也没有别的人比这个承办殡葬的人更受欢迎的了。

啊，这次葬礼上的布道还算不错，就是时间太长了，让人受不了。接下来国王挤了进来，又搬出一些陈词滥调。到最后，这一些总算完成了，承办殡葬的人拿起了拧螺丝的钻子，轻手轻脚地朝棺材走去，我浑身是汗，着急地仔细看着他怎样动作。可是他一点都没有多事，只是轻轻把棺材盖子一推，拧一拧，直到拧好盖严为止。这下子我可被难住了！我根本不知道钱在里边，还是不在里边。我自个儿心里在想，万一有人暗中偷走了这个钱，那怎么办？如今我怎么才能决定究竟该不该给玛丽·简写信呢？假定棺材被她挖掘了起来，结果一无所获……那她又会怎样看我呢？天啊，说不定我会遭到追捕，关进监牢哩。我最好还是不吱声、瞒着她，根本不给她写信。事情如今搞得越来越复杂啦。本想把事情做圆满，却弄得搞糟了100倍；我存心想做好事，可是原不该瞎管这闲事啊！

大家把他下了葬，我们回到了家，我再一次仔细察看所有人的脸，这是我自个儿由不得自己的，我还是心里不安啊。可是，结果仍然一无所获，从人家的脸上什么也没有看出来。

傍晚时分，国王到处走访人家，让每个人都感到舒服，也使他自己到处受人欢迎。他是要给人家留个好印象，就说他在英国的那个教堂急需要他，因此他非得加紧行事，马上把财产的事解决掉，及早回去。他这么着急，他自己也觉得不好交代。大伙儿呢，也都希望他能多住一些日子。但他们也知道这不可能。国王又说，当然，他和威廉会把闺女们带回家去，这叫大伙儿听了都很欢喜，因为这样一来，闺女们可以安排妥当，又跟亲人们生活在一起。那些姑娘们当然更是乐得合不拢嘴了。她们还对他说，希望他能赶快把东西拍卖掉，她们随时准备出发。这些可怜的孩子感到如此快乐和幸福，我眼看她们这样被愚弄、被欺骗，实在万分心痛啊。可是我又不知道有什么可靠的办法能帮上一把，使整个局面能扭转过来。

啊，天啊，国王果真贴出招贴，说要把屋子、黑奴、所有的家产统统立即拍卖，在殡葬以后实行，拍卖两天。不过，如果有人愿意在这以前个别来买，那也是可以的。

在下葬的第二天中午，姑娘们便没有了先前的快乐心情。有几个黑奴贩子前来，国王以合适的价格把黑奴卖给了他们，用他们的话说，是收下了三天到期付现的期票，把黑奴卖了。两个儿子被卖到了上游的孟菲斯，他们的母亲则卖到了下游的奥尔良。我能听得到姑娘们以及黑奴们的心破碎的声音。他们一路上哭哭啼啼的景象十分凄惨，我确实不忍看下去。那些姑娘说，做梦也没有想到，这一家会被活活拆散，从这个镇上给贩卖到别处去啊。这几个可怜的姑娘和黑奴，彼此抱住了脖子哭哭啼啼的情景，将使我永世难忘。要不是我心里明白，也许这笔买卖不会成交，黑奴们一两个星期内就会返回，我早就会忍不下去，将会跳出来，告发这群骗子。

这件事在全镇也引起了很大的震动，很多人直截了当说这样拆散母子是造孽。骗子们听到这样的议论，有些招架不住了。不过那个老傻瓜不管公爵怎么个说法，或者怎么个做法，还是一直坚决要干下去。公爵也慌了手脚，这我很清楚。第二天是拍卖的日子。早晨天大亮以后，国王和公爵上阁楼来，我也被他们喊醒了。我从他们的脸色就猜到已经出事了。

国王说："前天晚上你到我的房间里去过？"

"没有啊，陛下。"在边上没有旁人只有我们这几个人的时候我经常这样称呼他。

"昨天或者昨晚上，你没有去过吗？"

"没有去过，陛下。"

"现在你可不能再撒谎了。"

"说老实话，陛下。我说的是真话。在玛丽小姐领你和公爵看了房间以后，我就从没有走进过你的房间。"

公爵说："那么你有没有看到别人进去呢？"

"没有，大人，我记不起有什么人进去过。"

"你仔细想想。"

我觉得这是个机会，于是说："啊，我看见黑奴们有几次进去了。"

他们简直意外极了，以至于都跳了一下；没多久，那神气又仿佛早就料到了这个似的。公爵说："他们真的全都进去过吗？"

"不是的……至少不是一起进去的。我只有一次，见到他们是一块儿出来的。"

"啊……那是在什么时候？"

"就是殡葬那一天，那天我起得挺晚！刚要从楼梯上下来，我见到了他们。"

"好，说下去，说下去……他们干了些什么？他们有什么动静？"

"他们也没有干什么。反正，我并没看见他们干什么。他们踮着脚尖走了。我以为他们是进去整理陛下的房间的。他们可能认为你已经起身了，结果看到你还没有起身，他们就想慢慢走出去，以免惊扰你，惹出麻烦来。"

"老天爷，真是他们。"国王说。两人都傻了眼的样子。他们站在那里不知想些什么，直抓脑袋。然后公爵怪模怪样地笑了几声，说道："这些家伙做得多巧妙啊，还让别人以为他们是因为要离开这儿而伤心不已呢！我相信他们是伤心的。你也这么相信。大伙儿个个都这么相信。别再告诉我说黑奴没有演戏的天才啦。哈，他们的表演真是够精彩的，完全可以糊弄任何一个人。依我看，在他们身上，可以发一笔财。我要是有资本，有一座戏院的话，我不要别的班子，就要这个班子……可现在我们把他们卖了，简直是白送。我们没这份福气，只会白送啊。喂，那张白送的票子在哪里……那张期票？"

"正在银行里等着收款呢，还能在哪里呢？"

"好，谢天谢地，有这期票就保险了。"

我这时插了话，好像胆小怕事似的说："到底发生什么事了？"

国王突然一转身，十分生气地对我说："不要多管闲事，这跟你没关系。你要是有什么事的话……就管好你自己的事吧。只要你还在这个镇子上，这句话，你可别给忘了，你听到了吗？"接着他对公爵说，"我们只有把这件事硬是往肚子里咽，绝不声张。我们只能默不作声。"

在他们下楼梯的时候，公爵又偷偷地笑起来，说："卖得快来赚得少！这笔生意真不赖……真不赖。"

这时国王回过头来，凶狠地对他说："我正尽力而为嘛，正尽快拍卖掉嘛。就算最终捞不到赚头，或是倒贴了不少，什么都没有能带走，那你也比我强不到哪儿去，不就是这样吗？"

"如果当时能够听我的劝告，那他们或许还会待在这个屋子里，而我们也就早走了。"

国王又强词夺理地反驳了他几句，之后把矛头指向了我，责怪我为何要隐瞒黑奴进他房间的事，而没有早些告诉他，说即使再愚蠢也明白是出事了。接着又骂起自己来，怪自己那天没有起，并发誓说自己以后不会再做这种蠢事了。他们就这样唠叨着离开了，我的心里非常高兴，看来我把事情赖在黑奴身上的办法很奏效，而黑奴呢，也不会因此而受到任何伤害。

第二十八章

没多久，我爬下梯子，打算下楼。而当我经过姑娘们的房间时，发现门是敞着的，我看到玛丽·简正坐在打开的旧皮箱旁收拾东西，准备立即去英国。这时，她把一件叠得整齐的长袍搁在腿上，哭了起来。我看到她痛苦的样子，心里非常难受，当然，不管是谁都会感到难受的。接着我走了进去，对她说："玛丽·简小姐，你也不愿意看见别人伤心吧，我也是如此，差不多每次都这样。请你把令你伤心的事情告诉我吧。"

于是，她就对我说了。果然在我的意料之中，她是因为那几个黑人的事而伤心。她说她一开始想着开开心心地去英国的，但这一切都变了。她明白他们母子这辈子都不可能再相见了，因此到了英国她也不会快乐的，于是她又哭了起来，哭得更伤心了。她突然把双手举起来，说："哦，天哪，天哪，我只要想到他们以后不会再相见了，心里就十分难过！"

"不过他们会见面的，在两个星期以后，我知道！"

天呀，我连想都没想就脱口而出了！我还来不及动一下，她就双手搂住我的脖子，要我再说一遍，再说一遍，再说一遍！

我知道自己讲话太急，说过了头，已经没有改口的余地了。我对她

179

说让我先想一会儿。她就坐在那儿，显得很不耐烦、很激动，那模样很好看，但是脸上流露出高兴、放心的神色，好像刚拔完病牙似的。我真不知道该怎么说才好了，说了真话，是要担很大的风险的，我虽然还没有这方面的经验，不能说得十分肯定，但是不管怎样，我觉得似乎是这么回事。不过就目前这件事来说，我认为讲真话比撒谎好，而且确实要可靠些。我得把它藏在心底，等以后再好好想一想，因为这件事实在很怪，很不平常，我还从没有见过这样的事儿。最后我打定了主意，去碰碰运气。这回我干脆把实情都告诉她，哪怕像是坐在火药桶上，自己把火药点着，看会把你轰到哪儿去。于是我说："玛丽·简小姐，你能到镇外离这儿不远的地方去住三四天吗？"

"我可以住在罗斯洛普先生家里，但你为什么要这么问呢？"

"你先别问为什么吧。假如我跟你说，在两周之内那些黑人还会回到这所房子里，那你愿去那儿住四天吗？"

"住四天！"她说，"住一年我也愿意！"

"行了，"我说，"只要有你这句话就够了，你这句话比有些人吻着《圣经》起的誓还管用哩。"她笑了笑，脸"唰"地一下红了，显得挺可爱的。我说："我把门插上，你不介意吧？"

插上门后，我转身回来重新坐下，说："你不要大喊大叫，安安静静坐着，听我说。我必须把事情的真相告诉你，玛丽小姐，你得鼓起勇气来挺住，因为这不是一件好事，但是我又不得不说。你的这两个叔叔，他们压根儿是一对骗子，两个地地道道的无赖。好了，最坏的情况已经说出来了，其余的你也就不难忍受了。"

能想象出她有多么吃惊吧。可是我现在已经过了浅滩，于是就滔滔不绝地讲下去了，她的双眼闪闪发光，而且越来越亮。我把那些混账事一桩桩、一件件都告诉她了，从我们最初遇到那个往上游去搭轮船的傻小子说起，一直讲到她在大门口扑向国王怀里，国王亲了她十六七次为止。她听到这里，突然跳起来，脸像落日一样烧得绯红，她说："这畜生！嗐，不要浪费时间了，一分一秒都不要浪费，我们要给他们涂上柏油、粘了鸡毛和鸭毛，把他们扔到河里去！"

我说："肯定要这样做的。但是你的意思是说先不到罗斯洛普先生家里去就动手呢，还是——"

"哦，"她说，"我在想些什么呀！"她说完又坐下了，"请别对我的话介意，你不会见怪的，是吧？"她把她那像丝绸一样柔滑的手放在我手上，见到她那含情脉脉的样子，我情不自禁地说，我宁死也不会怪她的。"我压根儿就没想，我刚才太激动了，"她说，"好吧，现在请你继续说，我一切都听你的。"

"唉，"我说，"他们这两个骗子十分不讲理，我现在很为难，不管自己愿意不愿意，不得不跟他们再往前走一程，我不想告诉你为什么要这样做。你要是去告发他们，镇上的人会把我从他们的魔掌中救出来，我是没事了，但是还有一个你不认识的人就得遭殃。唉，我们得把他救出来呀，你说对不对？当然得救。那么，我们暂时就别去告发他们吧。"

这时，我想出了一个可以让我和吉姆甩掉这两个骗子的办法，先让人家把他们关押在这里，然后我们再离开。但是我不想白天乘坐筏子走，因为要是遇着有人问话，筏子上只有我一个人可以出来回答，别人都不敢露面，所以我打算等今晚夜深了再按计划行事。我说："玛丽·简小姐，或许你也用不着在罗斯洛普家待很久。他家离这儿有多远？"

"差不多有4英里，就在这小镇后面的乡下。"

"唔，那就好办了。现在你就上那儿去躲起来，要一直躲到今晚9点，或9点30分。你就对他们说，你忽然有急事要做，再让他们送你回来。如果你在11点钟以前到了这里，就在这个窗户前点一支蜡烛。要是我没有露面，你就等到11点。如果到那时候还没见我来，那就是说我已经走了，离开了这个是非之地，平安无事了。到那时你就跑出来，把这件事到处去讲，让他们把这两个无赖关押起来。"

"好的，"她说，"我就按你说的去做。"

"万一我被人家抓住了，你可得出来为我说话呀，总之你要尽力想办法帮我。"

"帮你辩解！我肯定会这样做的。我绝不让他们动你一根毫毛！"她说。我看到她讲这句话的时候，鼻孔张开了，两眼闪闪发光。

"我要是逃走了，就不能在这儿证明那两个恶棍不是你的叔叔。"我说，"但是即使待在这儿，我也拿不出过硬的证据来。至于说他们俩是骗子，这点我能发誓，除此以外我也没有别的办法。不过有些人做起证人来比我更好，他们不像我容易引起别人的怀疑。我可以告诉你怎样去找那些人。你给我一支铅笔、一张纸吧。你瞧，'《皇家稀世奇珍》，布利克斯维尔。'把这张字条收好，别弄丢了。要是法院想了解这两个人的情况，你就让他们派人上布利克斯维尔去，说演《皇家稀世奇珍》的那两个人已经被他们抓起来了。至于证明人嘛，嘿，玛丽小姐，只要一眨眼的工夫，那个镇上的人就都会跑来做证，而且一个个都会火冒三丈。"

我估摸着现在一切都已安排妥当了，于是说："你尽管让他们去拍卖好了，不要着急。因为这事弄得太仓促了，买主得过几天才会付款，他们拿不着钱是不会走的。如果事情按我们的计划进行的话，这笔买卖就不会算数，他们也得不到钱。这正跟那几个黑人的情形一样，那根本就不算什么买卖，黑人很快就会回来的。哼，卖黑人的那笔款子他们目前还收不到。玛丽小姐，他们现在是进退两难，处境糟透了。"

"好了，"她说，"我现在下楼去吃早饭，吃完饭就直接上罗斯洛普先生家里去。"

"哎呀，玛丽·简小姐，这可不行，"我说，"无论如何也不行，你得不吃早饭就去。"

"为什么？"

"玛丽·简小姐，你想想看，我为什么要你到那儿去？"

"嘻，这个问题我可从没想过，那你说是怎么回事呢。"

"这还不知道呀，这是因为你不是那种喜怒不形于色的人呀。你脸上的表情比书本上写的还清楚。一个人只要坐下来瞧一瞧，就像读一本大字印刷的书一样，把你的心事看得透透的。你以为你去见你的那两个叔叔，他们吻你向你问好的时候，你能够不动声色，不会……"

"好啦，我明白了！我很乐意不吃早饭就去。我两个妹妹得留在这儿？"

"是的，你不用为她们担心。要是你们都走了，他们可能会起疑心。你最好镇上的人谁也不要见。如果有邻居问你叔叔今天早晨好吗，你的脸就会泄露秘密。那可就坏了。你快走吧，玛丽·简小姐，我会安排苏姗小姐，叫她代你向你的两个叔叔问好，就说你要离开这儿几个钟头，休息一下，换换环境，或者说你去看一个朋友，今天晚上或明天一早就回来。"

"我可不想让苏姗代我给他们问好啊。"

"好吧，那就不问好了。"对她这样敷衍一下很好，至少没什么害处。这只不过是小事一桩，做起来一点也不费劲。在人世间，正是这样的小事，最能为人们扫除路上的障碍，它可以使玛丽·简觉得舒服，而且又不付出任何代价。接着我又说："再就是关于那袋钱。"

"嘻，我可真是傻到家了，但是现在也没办法了，钱已经在他们手里了。"

"不，你错了。他们没有拿到那笔钱。"

"咦，那是谁拿去了呢？"

"我也不知道。我曾经从他们那儿偷出来过，我是准备还给你的。我知道我藏钱的地方，但是恐怕它现在不在那儿了。我非常难过，玛丽·简小姐，我简直难过到了极点，但是我已经尽到了最大的努力。我差一点被他们抓住，所以刚见到一个地方，就连忙把钱塞进去跑开了，那可不是个好地方呀。"

"哦，你不要责怪自己了！这样做太不好了，我不许你老责怪自己，你也是不得已才那样做呀！这不是你的错。你把它藏在哪儿了？"

我不想惹起她再去想她那些倒霉的事。在棺材里的那具尸体的肚子上还压着一袋钱，我觉得说不出口。所以足足有一分钟我没说一句话，后来才说："玛丽·简小姐，要是你不怪我的话，我是不想告诉你藏钱的地方的，但是我可以把它写在一张纸上。只要你愿意，你在去罗斯洛普先生家的路上就可以把它拿出来看。你觉得这样做行吗？"

"哦，行，行。"

于是我就写下："我把它放在棺材里了。昨天深夜，你在那儿哭的时候，钱就在棺材里放着。我正躲在门背后，为你感到非常难过，玛丽·简小姐。”

她深更半夜一个人孤零零地在那儿哭，那两个恶棍却成了她家的座上客，使她丢尽了脸，还要抢她的钱财，我一想到这里，眼眶就湿了。我把字条折好交给她的时候，看见她的眼眶也湿了。她使劲握住我的手说：“再见了。我会一切都听从你的安排的，我永远不会忘记你的，我会经常惦记着你，还要为你祈祷。”她说完就走了。

为我祈祷！我想她要是知道我是个什么样的人，她对待我的态度会更符合她自己的身份的，即使是这样，以她的为人，也一定还会为我祈祷的。她假如动了为犹大①祈祷的念头，她就有胆量去做，我断定她是不会后退的。你愿意怎么说她都可以，但是依我看，她是我生平见到过的最勇敢坚强的姑娘，在我的心目中她简直一身都是胆。这话听起来好像是奉承人，不过这绝不是奉承话。说到长相美和心地善良，她也胜过了所有别的姑娘。自从我那回看见她走出自家的房门以后，就再也没有见过她了。是的，以后再也没有见过她。但是我心里想她想了千百万次，我时刻记着她说的那句要为我祈祷的话。如果我曾经想到过我为她祈祷会有所好处，我就肯定会去做的。

我估摸着玛丽·简是从后门溜出去的，因为没有人看见她出门。后来我碰到苏姗和豁嘴的时候，就问她们：“你们有时候到河对岸的那户人家去串门，他们姓什么呀？”

她们说：“不止一户人家哩，但是我们多半是去普洛克托家。”

“正是那家，”我说，“我差点把它忘了。嘿，玛丽·简小姐要我告诉你们，她过河到那家人家去了，她走得很仓促，他们家有人病了。”

“谁病了？”

“抱歉，我也没听清楚到底谁病了。但是，我想大概是……”

“天呀，但愿不是菡娜就好了。”

“说起来真叫人难过，”我说，“可不就是菡娜。”

---

① 耶稣的十二门徒之一，为了30块银币而出卖耶稣。

"哎呀，她上礼拜还好好的呀！她病得很厉害吗？"

"她那病可别提有多厉害了。玛丽·简小姐说，全家人昼夜在那里守着她，她可能没几个钟头可活了。"

"哎呀，这可真没想到啊！她得的什么病？"

我一下子想不出恰当的病名来，于是信口说："腮腺炎。"

"你奶奶个腮腺炎！得腮腺炎的人用不着别人坐在旁边陪着。"

"不用别人陪着，是不是？可玛丽·简小姐说，这种新的腮腺炎必须得有人陪着。"

"怎么个新法？"

"因为它跟一些别的病夹杂在一起了。"

"别的什么病？"

"嗐，麻疹呀，百日咳呀，丹毒呀，痢疾呀，还有黄疸病、脑膜炎和许多别的我叫不上名字来的病。"

"我的老天爷！他们把这种病叫作腮腺炎吗？"

"这是玛丽·简小姐说的。"

"嗐，这种病怎么会叫腮腺炎呢？"

"这还用问，它本来就是腮腺炎嘛。她一开始就是得的这种病。"

"哼，真是太可笑了。一个人要是碰坏了脚指头，后来中了毒，掉到井里，摔断了脖子，脑袋撞开了花，有人过来问他是怎么死的，有个笨蛋说：'唉，他是碰坏了脚指头死的。'这样说有没有道理？没有。你刚才那样说也毫无道理。这种腮腺炎传染吗？"

"这种问题你也问得出来？放在暗处的耙子挂不挂人？你不被这个齿挂住，就准会被那个齿挂住，对不对？你要是继续走，就非得把整个耙子带走不可，你总不能只带一个齿走开吧，是不是？唉，这种腮腺炎就像一个耙子，而且还是一个很不赖的耙子，你一旦被它挂上了，这辈子就别想脱身。"

"哦，这简直太可怕了，"豁嘴说，"我要到哈维叔叔那儿去，把……"

"哦，对啦，"我说，"你应该去。我要是你我也会去的，而且一分一秒都不会耽搁。"

"嗐，为什么？"

"这还不明白？你们那两个叔叔要尽快赶回英国去，是吗？难道他们会这样丢下你们姐妹，独自先走吗？你们也知道他们会留下等你们的。到目前为止，一切都还不错。你们的哈维叔叔是个牧师，是不是？很好，那么，一个牧师为了让大小轮船上的职员准许玛丽·简小姐上船，会说假话去欺骗他们吗？你们知道他不会干那种事的。那么，他会怎么办呢？他会说：'很遗憾，我那些教堂里的事只好请别人尽心尽力代为料理了，因为我的侄女传染上了那种可怕的综合性腮腺炎，所以我义不容辞，要待在这儿等三个月，看她是不是真的得了这种病。'不过这也不要紧，如果你们觉得最好还是去告诉你们的哈维叔叔……"

"哼，既然我们能早点去英国过好日子，为什么还要等着看玛丽·简究竟染上病没有呢？嘿，你尽说些傻话。"

"嗐，不管怎么样，也许还是和邻居们通通气要好些吧。"

"听听你在说些啥呀。你真是蠢到了极点，简直没有人能比得上你。你难道不明白他们会去对别人说吗？现在没有别的办法，只有守口如瓶，不对任何人说这件事。"

"唔，也许你是对的，是的，我看你的话不错。"

"不过我想我们总得对哈维叔叔说一声，告诉他玛丽暂时出门去了，免得他担心吧？"

"是呀，玛丽·简小姐也想让你们把这事告诉他。她说：'让她们代我向哈维叔叔和威廉叔叔问好，替我亲亲他们，就说我过河去看望那位……'那位姓什么的先生，你家彼得大伯生前很敬重的那户有钱人家姓什么？……我是指那户……""哦，你说的一定是艾朴索普家吧？"

"当然是喽。他们这种姓真让人头痛，不知怎么的，好像老是记不住。对了，她说她过河去请艾朴索普家的人，要他们务必到拍卖现场来，好买下这幢房子，因为她知道她的彼得大伯宁肯把房子卖给他们，也不愿意叫它落在别人手上。她要紧紧盯住他们，一直缠到他们答应过来为止。然后，她要是太累的话，明天早上再回来也行。她说千万别提普洛克托家，只说上艾朴索普家去了就行了，这也是实话啊，因为她确实是到那儿去商量他们买房子的事。这是她亲口对我说的。"

"好吧。"她们说完就跑去看她们的叔叔，向他们问安，同他们亲亲嘴，并且把这个消息告诉他们。

一切安排妥当了。为了能去英国，她们俩一定会守口如瓶的。国王和公爵也乐意玛丽·简到外面去找人来买房，这样一来罗宾逊医生就找不着她了。我这时的心情非常好；我觉得我这一手干得挺漂亮，我想就是汤姆·索亚自己来干，也不会比我更出色。当然，他干起来花样更多一些，但我干这种事并不怎么得心应手，因为从小就没有受过这类训练。

在广场上的拍卖挺热闹的，卖出了不少东西，人来人往地一直到了天黑。国王那老头儿也到场了，他高高地站在拍卖人身边，脸上显出很不高兴的样子，有时候引一点《圣经》上的话插上几句嘴，或是假仁假义说点什么。公爵也四处嗷嗷叫，想尽各种办法博得大家的同情，这样做太过分了。

不过，不久后，这件事终于结束了。他们把所有的东西都卖光了，只有坟地里的一小块巴掌大的地还剩着。他们坚持要卖掉这块地，像这样贪婪的人真是少见。当他们正在为卖掉这块地谈论价钱的时候，一只小火轮停在了岸边，一会儿的工夫，有一大群人上了岸，他们喊叫着，吵闹着，有人嚷道："你们的对手到了！老彼得·威尔克斯有两方继承人了，你们出钱挑选一方吧！"

第二十九章

他们带着一位斯文的老先生和一位年轻帅气的小先生，那位小先生右手绑着绷带。天啊，他们一直在嘲笑着他们，吵得很激烈。可是我觉得这并不可笑。我一开始想着国王和公爵会被吓得面色苍白，可是现在看来我错了。公爵虽然已经想到出事了，可他装出一副没事人的模样，四处转悠，嘴里不停地嘟囔着，显出满足的神气，就像是一个咕嘟咕嘟往外倒牛奶的大壶。而国王呢，他一直盯着新来的人，满面愁容，像是知道这个世上存在这样的骗子和流氓，他就很痛心似的。嘿，他装得非常像。很多有身份的人都向国王这边靠拢，以便让他明白他们是支持他这边的。那位斯文的老先生显出一种莫名其妙的神气。不一会儿，他就开口讲话了。我马上便听得出他的口音像极了英国人，和国王的口音不同，虽然国王也模仿得很好。我不能把那位老先生的话都记下来，也模仿不出他说话的口音。他回转过身去对大家说了这样一番话："发生这样的事是我万万没想到的。坦白地说，我现在还没有完全准备好，不知道怎样来应付这种事，因为我和我弟弟在路上遭遇到不幸：他摔断了胳臂，我们的行李昨晚在一个小镇上又被拿错了。我是彼得·威尔克斯的弟弟哈维，这一位是他的小弟威廉，他是个聋哑人，现在只有一只手能活动，所以连手势也做不好了。刚才我们自报了姓名，绝无假冒，再过一两天，等我取了行李就能证明。但是不到那个时候，我是不愿多说什么的，我们暂且到旅店去等着吧。"

于是，他和这个新来的哑巴走了。国王哈哈大笑一阵后又瞎吹起来。

"摔断了胳臂，挺像的，是不是？对于一个非做手势不可，但又没有学会怎么做的骗子来说，这倒挺省事的。行李丢掉了！在目前这种情况下，这样说真是妙极了！机灵极了！"

说完他又哈哈大笑起来，只有那么几个人，五六个人吧，没有笑。医生就是其中的一个，另一个是一位外表挺精明的绅士，手上提着一个老式的毡制旅行袋，他刚从小火轮上下来，这时正小声跟医生谈话，不时瞥上国王一眼，两人都会心地点点头，这人就是那位上路易斯维尔去的律师勒未·贝尔。另外还有一个强壮结实的大汉，他走过来先听完了那位老先生说的话，现在又在听国王说。等国王一讲完，这个大汉立刻就问他："喂，先生！你果真是哈维·威尔克斯的话，那你得告诉我你是什么时候到镇上来的。"

"出殡的前一天呀，朋友。"国王说。

"那天什么时间？"

"下午，太阳落山前的一两个钟头吧。"

"你怎么来的？"

"我是从辛辛那提乘'苏珊·鲍威尔号'来的。"

"好了，那你那天早晨又怎么会坐独木舟到了上游那个小岬那儿去了呢？"

"那天早晨，我没去那儿呀。"

"你说谎！"

有几个人跑到他跟前，要制止他对一位上了年纪的牧师这样说话。

"什么牧师，让他见鬼去吧，他是个满口谎言的骗子。那天早晨他到那个小岬去过，我就住在那儿，不是吗？哼，我到那儿去了，他也到那儿去了。我在那儿见着他了。他是和蒂姆·柯林斯，还有一个小男孩一起坐独木舟去的。"

医生立刻接着说："海恩斯，你要是见到那个男孩，还能认出他来吗？"

"我想可以认出来吧，我一眼就认出了，就是那边那个男孩。"

他指的就是我。医生说："乡亲们，新来的那一对是不是骗子我不知道，但这两个却是十足的大骗子啊。我就说这两句吧。我觉得应该先把他们扣压住，等真相大白了再说。走吧，海恩斯，走吧，乡亲们。我们把这两个家伙带到客店去，叫他们跟那两个人当面对质，我想没等我们问完，就能发现点什么东西。"

大家一听心里乐开了花，可是国王的那几个朋友也许不大高兴。太阳快下山的时候，我们去了旅店。医生拉着我的手和他一道走，他对我倒挺和气，但就是不松开我的手。

我们都走进旅馆中的一间大房间里，点上了几支蜡烛，把新来的那两个人也找来了。医生第一个讲话："我其实并不想为难他们，但我想他们既是骗子肯定就会有同伙吧。要是真有同伙的话，他们会不会把彼得·威尔克斯留下的那袋金币拐跑呢？这不是不可能的。如果这两个人不是骗子的话，他们就不会反对我们派人去取那笔钱，并且由我们来保管，等查清了他们确实没有问题再退给他们，你们看这样办好不好？"

人们都赞成这么办，我知道这让我们很难办。但是国王只露出了忧愁的神色，他说："先生们，我也希望钱还在那儿，因为我绝无意妨碍诸位对这次不幸的事件做一次公正、公开、彻底的调查。但是，天呀，钱已经不在那儿了，你们要是愿意，尽可以派人去查看。"

"那么，钱在哪儿？"

"唉，侄女把钱交给我以后，我就小心地藏在了床上，我觉得这应该很妥当的啊。我们对黑人的情况不摸底，以为他们也像英国的用人一样诚实。没想到就在第二天早晨，我下楼去以后，那几个黑人就把钱偷走了。我把他们卖掉的时候，还没发现钱丢了，所以他们把钱都拐走了，一个子儿也没留下。先生们，我的这个随从可以把这件事对你们说一说。"

医生和好几个人都说："胡扯！"我知道所有的人都不相信他。有一个人问我是不是亲眼看见黑人偷了钱。我说没有，但是我看见他们偷偷摸摸从屋里溜出来，又急急忙忙跑开了，我根本没想到会出事，我只是以为他们害怕吵醒了我的主人，想赶快走开，免得他找他们的麻烦。他们只问了我这一个问题。然后医生转过身来说："你也是英国人吗？"

我说是的。他和另外几个人哈哈大笑起来，说："扯淡！"

之后，他们对这件事又做了彻头彻尾的调查。一个钟头又一个钟头过去了，根本就没人提吃晚饭，好像谁也没想那回事，他们就这样不停地盘问下去，你一辈子也没见过这样说不清道不明的事。他们逼着国王讲他的来历。后来，又要那位老先生也讲讲自己的来历。除了那些怀有偏见的笨蛋以外，谁都明白那位老先生讲的是实情，而另外那个说的是谎话。过了一会儿，他们要我把知道的情况都说出来。国王狡诈地瞟了我一下，我马上明白要怎样说才不会出岔子。于是我就开始谈起我们在谢菲尔德的生活，英国威尔克斯家的情况又如何如何，等等。可是我没说多久，医生就笑起来了，勒未·贝尔律师说："坐下吧，我的孩子，你撒谎的功夫还不怎么老到啊。如果是我的话，可不想去费这个劲编瞎话呢。你还得多操练操练，你说得一点儿也不顺溜。"

我不在乎他怎么说，可是不管怎样，他总算放过了我，我心里挺高兴的。

医生又说话了，他转过身去说："勒未·贝尔，你当初要是在镇上的话……"

国王伸出手去打断他的话说："哎呀，我那可怜的哥哥生前信中常提到的老朋友就是你吗？"

律师和他握了握手，脸上露出微笑，显得很高兴的样子。接着，他们就聊开了。聊了一会儿，他们又跑到一边去低声谈话。末了，律师提高嗓门儿说："这件事情就这样办了。我把你和你弟弟的意见传达给法官，那样一来，他们就会明白这事不会有问题。"

于是，国王坐下来，把头扭到一边，潦潦草草在纸上写了几句话；然后他们又把笔给公爵，公爵接过了笔但脸上却露出了懊丧的神色，不过他还是写了。随后律师转过身来对那位新来的老先生说："请你和你的弟弟也写一两行，再签上你们的名字。"

这位老先生按他的吩咐写了，但是谁也不认识他的字。律师露出很惊讶的神色说："嘿，这是怎么回事呢？"他从口袋里掏出一大把旧信，仔细看了一遍，然后又细看了那位老先生写的字，接着又把旧信看了一遍，看完后他说："这些旧信是哈维·威尔克斯写来的，这儿有两个人的笔迹，很明显这些信不是他们写的。（国王和公爵明白他们上了律师的圈套，露出一副上当受骗的傻相）这儿是这位老先生的笔迹，大家很容易辨认出来，这些信也不是他写的。其实，他胡乱写的这两行根本就不是字。你们看，这儿有几封信是从……"

那位新来的老先生说："请允许我解释几句好吗？我的字除了我这位小弟以外，谁也不认识，所以我的信都由他誊抄。你手上那些信是他的笔迹，不是我的。"

"嘿！"律师说，"这奇怪啦。我这儿还有几封威廉写的信，你叫他写一两行，我们就可以比……"

"他可不会用左手写字，"老先生说，"他右手要是能写字的话，你就可以看出来他自己的信和我的信都是他写的。请你把两个人的信都看看吧，都是出自同一人的手。"

律师看完后，说："我看是一个人写的，如果不是同一个人写的，这两种笔迹就太相像了，我以前可没注意到。我还以为问题就此解决了呢，没想到空欢喜一场。但是不管怎么样，有一点是证实了，这两个家伙都不是威尔克斯家的人。"他对国王和公爵摇了摇头。

哼，看到了吧，老混蛋还在死扛着呢，到这时都不认输。他说这样考查根本不公平。还说他弟弟威廉是天底下开玩笑最不注意分寸的人，他没有认认真真去写，威廉一拿起笔在纸上写起来的时候，他就看出来他又要开玩笑了。他不停地说着，以至于自己都觉得这一切都是真的了。可是很快那位新来的先生打断他的话说："我想起了一件事。这儿有没有人帮忙收殓我的哥哥，帮忙收殓安葬那位刚去世的彼得·威尔克斯？"

"有，"有一个人说，"是我和亚伯·特纳帮着干的。今儿个我们俩都在这儿。"

然后那位老先生转身对国王说："那么，先生，你能告诉我他胸前都刺了些什么花纹吗？"

这突如其来的一问，使国王措手不及，他真的得赶快打起精神来应付才行，不然的话，就会像被河水淘空了根基的陡岸一样，一下子垮掉。你想想，他怎么能知道呢，这一闷棍打得着实厉害，他的脸有点儿发白，他已经控制不住自己了。屋子里非常安静，大伙儿微微朝前倾着身子，目不转睛地看着他。我心里想，他现在该认输了吧，再强辩也没用了。嘿，你猜他认输了没有？简直令人难以相信，他还是不认输。我琢磨着他是想死皮赖脸硬顶下去，直到把大家都拖得精疲力竭，自然会慢慢走开，他和公爵就可以脱身逃掉了。总之，他就在那儿坐着。没过多久，他笑着说："唔，这个问题可不好回答呀，是不是？好了，先生，我可以告诉你他胸前刺了什么花纹。那不过是一支细小的蓝箭，刺的就是这么个东西。你要是不仔细看，就看不出来。你说是不是这么回事？嗯？"

嘿，我可从没见过像他这样不要脸的讨厌的老东西。

新来的老先生轻快地转过身去，面对着亚伯·特纳和他的伙伴，两眼闪闪发光，好像觉得这一回抓住了国王的把柄，他说："喂，他胸前根本就没什么记号，这你可听见了吧？"

他们俩大声回答说："我们没见到那种记号！"

"很好！"老先生说，"你们在他胸前确确实实看到了的是一个细小模糊的字母 D 和 B（这个 B 是他姓名中的一个大写字母，他年轻时就丢开不用了），还有一个 W，每两个字母之间有一个破折号，就像这样：D——B——W。"他把它写在一张纸上，"喂，你们见到的是不是这几个字？"

他们俩又大声说："不是，我们没看见。我们根本就没看见什么记号。"

嗜，大伙再也憋不住了，一齐嚷起来："他们这帮骗子！我们把他们按到水中去吧！把他们淹死算了！叫他们骑杠子游街！"

大家立刻"嘀嘀"地叫起来，像发了疯似的大吵大闹。可是律师跳到桌子上喊着说："先生们！先生们！就听我一句话，只说一句，好不好？现在还有一个办法，我们去把尸首挖出来瞧一瞧。"

大家也都非常赞成这个提议。

"好哇！"人们异口同声地喊，立刻就要去。但是律师和医生喊着说："别急，别急！我们应该把这些人也一块儿带去！"

"就这么办！"大家又一齐喊着，"要是没找到记号，就把他们这一伙儿用私刑处死！"

这下子可无法脱身了，我害怕极了。他们紧紧地抓住我们，一路上拖着我们直奔坟地，那块坟地在河下游一英里半的地方。全镇的人都跟在我们后头，我们的吵闹声很大，而那时候才晚上9点钟。

我们经过我们那幢房子的时候，我真后悔不该让玛丽·简离开这个镇子，因为这时候，我只要使一个眼色，她就会跑来救我，当场揭发这两个无赖。

人们叫嚷着，蜂拥似的沿着大路向前走。这时候天空中布满了阴云，电闪雷鸣，树叶在风中直打哆嗦，这情景就更令人害怕了。这是我一生所遇见过的最可怕、最危险的骚乱。我有些发愣，一切都和我原来设想的不一样，若按我的安排进行，只要我愿意，我可以从从容容地看热闹，危急时刻有玛丽·简在后面保驾，把我救出来，让我脱身，可是现在在这个世界上除了那些花纹以外，别的东西都救不了我的命。要是他们没有找到花纹……我不敢往下想了，但我又失控了似的不能不想。天色越来越暗，这正是从这群人中间溜走的大好时机；但是那个粗壮结实的大汉海恩斯抓住我的手腕不放，你想摆脱他溜走，就像要从歌利亚①手中溜走一样不可能。他拽着我朝前走，非常激动，我要跑步才跟得上他。

大家来到坟地，他们来到彼得的坟前，发现带来的铲子比需要的多了100倍，可就是没人想到要带一盏灯笼来。但是他们还是借着闪烁的

---

① 《圣经》中的腓力斯巨人，力大无穷，后被大卫用石弹射死。

电光，风风火火地挖起来了，同时派一个人到半英里外的一户离坟地最近的人家去借灯。

闪电一个接一个，越来越快，雷声轰隆隆地响，但是没人管这些，大家都埋头干活。一会儿，这一大群人中的每一张脸、一铲铲从坟坑里抛出来的泥土和一切事物都看得清清楚楚。紧接着黑暗又抹掉了这一切，你什么都看不见了。

最后他们把棺材挖出来了，接着就动手拧下棺材盖上的螺钉，把棺材打开了。这时候人们拥挤着，都想钻进去瞧上一眼，这样的情景在黑夜里真让人觉得有些恐怖。海恩斯使劲拽着我，把我的手腕都拽痛了，他很激动，气喘吁吁的，我想，他完全把我忘了。

忽然间，闪电发出一片耀眼的白光，好像水闸里泄下的一股洪水，有人喊了起来："啊呀呀，那袋金币在他肚子上搁着哪！"

海恩斯大叫了一声，放开了我的手腕，猛冲过去，想挤进人群中去看一眼，我便撒腿朝着大路跑去，那副样子你是无法想象的。

路上只有我一个人，我简直像在飞一样，至少可以说路上除了伸手不见五指的漆黑、不时闪亮的闪电、沙沙的雨、呼呼的风和滚动的雷以外，就只有我一个人。我确确实实是在向前飞呀！

大雨之中的镇上没有一个人，我便沿着大街一直朝前跑，等我跑到我们那幢房子附近的时候，我眼睛死死地盯住它看。那里没有灯光，整个房子黑乎乎的，这情景使我又伤心，又失望，我也不知道为什么。可是后来当我从它旁边跑过去时，玛丽·简的窗前突然亮起了一盏灯！我的心猛地一下胀起，好像要爆裂一样，不到一秒钟工夫，那幢房子和所有的东西全部消失在我身后的黑暗中了，从此就再也没有出现在我眼前。那是我生平见过的最有胆量的好姑娘。

我跑到离镇子较远的地方，刚刚能望见那个沙洲的时候，我就睁大眼睛在河边寻找，想借两条船用用。电光一闪，照见了一条没有用链子锁住的船，我立刻抓住它，把它从岸边撑开了。这是一只独木舟，只用一条绳子拴着。那个沙洲在河心，离岸很远，可是我一刻也没耽搁，用力向前划去。等我最后划到木筏旁边的时候，我已经累坏了，要不是时间紧迫，我真想躺下来喘一口气。但是我没有那样做。我一跳上木筏就喊："吉姆，快出来，解开缆绳！谢天谢地，我们总算把他们甩掉了！"

吉姆立刻钻出了窝棚。他高兴极了，伸开双臂朝我跑来。我借着闪电的光看了他一眼，被吓得朝后一仰，掉进了河里，因为我忘了他扮的是老李尔王，而他那模样又活像个淹死了的阿拉伯人，这样就差一点把我的三魂七魄都吓掉了。吉姆把我从水中捞了起来，又要来和我拥抱，为我祝福，还要搞点别的什么。他为我们终于摆脱了那两个混蛋的纠缠而高兴不已，我说："别急，别急，等吃早饭的时候再说，等吃早饭的时候再说！快解开缆绳，让木筏顺流漂下去！"

后来，没多久，我们就漂下去了。我们又获得了自由。只有我们两个人在这条大河上漂着，没有人打扰，真的是很舒服！我情不自禁地在木筏上蹦了起来，又开心地在原地跳了几下。在我跳第三下的时候，突然听见一个很熟悉的声音，我仔细倾听、等待，只见水面上又有一道电光一闪而过，我一看果真是他们来了！他们正用力地划桨，只听见他们的小筏子发出"嘎吱嘎吱"的响声！是国王和公爵。

我猛地倒在木板上，尽力憋着才没有哭出声来。后来我也认命了。

第三十章

他们到了木筏上面之后，国王走了过来，一把抓住我的衣领，用力摇晃我，说："好啊，你这个蠢东西，想甩掉我们是吧？"

我说："不是这样的，陛下。我们并不想要那样做，请您不要这样子，陛下。"

"那好，我可要听听，你究竟是什么意思。否则，别怪我对你不客气！"

"我会把所有的一切都如实说出来的，我一定会实话实说的，陛下。把我抓住的那个人对我非常友好，他的孩子和我同龄，但不幸的是，在去年他的孩子就死去了。他还说，当看到一个孩子困在险境时，他的心里也非常难受。后来他们找到了金币，当时感到非常震惊，在冲向棺材的那一刻，他松开了我的手，并轻声告诉我，'赶紧逃走吧，否则他们一定会将你绞死的！'后来我就逃走了。我觉得自己再待下去，是不会有好事的，若是能逃走，我也不想被绞死。所以我就不停地奔跑起来，直到后来找到了一只筏子。我一到这里，就叫吉姆赶紧划，要不然他们会抓住我，把我给绞死。我还说，你和公爵，也许死期都快到了，活不了了。我和吉姆都万分难过。现在看到你们回来了，我们又万分高兴，你不妨问问吉姆，事情是不是这样？"

吉姆说是这样的。国王叫他闭嘴。还说，"哦，是啊，也很可能是这样的！"一边说，一边又把我使劲地摇。又说，要把我扔到河里淹死。

可是公爵说道：

"放了孩子，你这个老蠢货！要是换了你的话，你还不是一样这么干，有什么不一样？你逃的时候，你还记得他吗？我可记不清你曾问过。"

于是国王放开了我，并且开始咒骂那个镇子和镇上的每一个人。不过公爵说："你还是先自己反省一下吧，因为你是最罪有应得的人。你从一开始就没干过一件在理的事儿，只有一件事除外，那就是既态度稳重又老脸皮厚地凭空编了个蓝颜色箭头标记这码事。这下子高明……确实顶呱呱，只是这下子，才救了我们一命。要不是这下子啊，他们早就把我们关在看守所里了，要等到英国人的行李运到后处置我们……那就是坐班房，这我敢跟你打赌！正是这个妙计把他们引到了坟地去，那袋金币更是帮了我们的大忙。如果不是那些激动的傻瓜松开了他们的手，拥上前去看一眼，那我们今晚恐怕就要带上大领结好好睡觉啦……这个大领结还保证经久耐用，但我们只要带上一次就完啦。"

他们停了一会儿没有说话……我猜他们一定在想自己的心事……随后国王开了腔，好像有点儿心不在焉的模样。

"哼，亏我们还认为是那些黑奴偷走的呢！"

这一下可让我担心啦！

"是啊，"公爵说，声音低沉，带着挖苦的味道，"我们是这么想的。"

大概一分钟以后，国王慢慢地说："至少……我是这么想的。"

公爵说了，用了同一种腔调："不见得吧，我才这么想。"

国王气愤地说："听我说，布里奇沃特，你这到底是什么意思？"

公爵回答得挺干净利索："讲到这个嘛，我倒正想问你是什么意思？"

"嘘！"国王轻佻地说，"但是我并不知道……也许你是睡着了吧，连你自己干的什么事你都忘了吗？"

公爵这下子可生气了，他说："嘿，别跟我来这套，当我是蠢驴吗？你有没有想到，我早就知道是谁把钱藏在棺材里的？"

"是啊，先生，我知道你是明白的……因为你是自己干的嘛！"

"撒谎！"公爵向他扑了过去。国王高声叫道："把手松开！不要卡住我的喉咙！我把这些话全都收回！"

公爵说："好吧，那你必须向我保证，第一，你的确把钱藏在那里，打算有朝一日把我甩掉，然后你回转去，把它挖掘出来，全都归你一个人。"

"等一下，公爵……回答我一个问题，老实地说。假如你并没有把钱放在那儿呢，你也这么说，我就相信你，把我说过了的话全部收回。"

"你这个老浑蛋，你知道我明明没有。我想说的就是这些话。"

"那就好吧，我相信你。但是只要你回答另外一个问题……不过别发火，你心里有没有想过要把钱给拐走，然后藏起来呢？"

公爵沉默了一会儿，没有吱声，随后说："哼……其实呢，想我倒是想过，可我并没做。可你呢，不光是心里想过，并且还干过。"

"公爵，我发誓这真是我干的就让我不得好死吧。我是说我正要这么干，因为我是正要干，但是你……我是说如果有人……赶在了我之前。"

"你在撒谎！是你干的，你得承认是你干的，不然……"

国王喉咙口"咯咯"地直响，然后喘着粗气说："行啦……我招认！"

听到他这么一说，我高兴得跳了起来，我觉得比先前舒服得多啦。公爵这才放开了手，说道："如果你再不承认的话，我就淹死你。这一切都是你活该，在你干了这些事以后，你只配这样……过去我还瞎了眼，像父亲一样地信任你呢。你怎么就能那么无情地听凭那些可怜的黑奴被栽赃陷害呢，你不害臊吗？想想看，我竟然那么软心肠，相信了你的那些胡话，这有多可笑。我现在才明白，你这个混蛋，为什么你那么着急把那笔缺的数目给补足……是你存心要把我从《皇家稀世奇珍》和别处搞到的一笔笔钱财都拿出来，好全都归你一个人所有。"

国王有点胆怯，可怜兮兮地说："怎么啦，公爵，那是你说的该把缺数补上，可不是我说的嘛。"

"你给我住口！别再跟我说话！"公爵说，"现在你看到了，你落了个什么样的下场。他们把他们自己的钱全都讨了回去啦，还把我们自己的钱，除了零零星星的以外，也都带走了。滚到床上去吧……从今以后，只要你活一天，不论你穷到什么田地，不准你赖到我的头上来！"

此时，国王为了排解心中的郁闷就到窝棚里喝酒去了。不一会儿，公爵也到里面喝他的酒去了。在过了两个小时后，两个人彼此间又变得亲热起来，而且喝得越多，就越亲热，最后两人竟然相拥着睡着了。两人都很开心，可是我留意到国王并没有因心情愉悦而忘记这件事，就是不让他否认是他藏起了钱。这样，我也感到很安心、很满意。他们打着呼噜的时候，我和吉姆借此机会畅聊了好久，我对吉姆讲了很多事情。

第三十一章

　　我们很久都不敢踏上岸边的村镇，只是顺着水流直向下漂。现在我们到了温暖的南方，距离家已经很远了。我们慢慢可以看见一些长有铁兰①的树木，铁兰下垂着，就像长长的白须。我是第一次看见这种树木，因为有它们的存在，树林越发显得肃穆沉寂。现在这两个骗子感觉他们好像已经摆脱了危险，所以就又准备去骗乡下人，又计划对沿岸的村落打歪主意了。

　　他们一开始做了个戒酒报告，可是没有挣到钱。接着他们又在另外一个村子里开了一个舞蹈学校，可是他们对于跳舞知之甚少，因此他们刚开始跳起来，就被那些前来学跳舞的人撵出了村子。还有一次，他们想要教人演说，可是还没说上几句话，就被听众骂得狗血喷头，他们只得赶紧逃走了。他们还干过传教、催眠、治病、算命，各种各样的事情都试了一下，但是好像很不走运。末了，他们实在是身无分文了，只好成天躺在木筏上，一边顺水往下漂，一边想心事，大半天也不说一句话。

　　后来，他们又整天躲在窝棚里不停地说悄悄话。他们那鬼鬼祟祟的

---

　　① 一种生长在美国南方的植物，它附生在树上，但并不吸收树的营养，又名"长须"。

样子，让我和吉姆实在是感到不安。我们琢磨着他们正在策划更不像样的鬼名堂。我们最后断定他们是要闯进别人家里或店铺里去抢东西，或者准备干造假币的勾当，或是干别的什么坏事。我们吓坏了，决定不跟他们去干这种事。有一天大清早，我们把木筏藏在一个很安全的地方，那儿离上游一个叫派克斯维尔的破烂小村大约两英里。接着国王就上岸去了。他嘱咐我们躲在那里别出来，他要到村里各处去打听打听，看那儿有没有人听到演《皇家稀世奇珍》的风声。（"你的意思是说找一户人家抢东西吧，"我心里暗暗说，"等你抢完了东西再回来的时候，你就不知道我和吉姆，还有这只木筏上哪儿去了，那时候你自个儿纳闷去吧。"）他说他要是中午还没回来，那就没有事，公爵和我就可以到村里去找他。

于是我们就待在那里等。公爵焦躁不安地走来走去，仿佛窝了一肚子火似的。他动不动就骂我们，好像我们没有一件事做对了，每件事他都要鸡蛋里挑骨头。又要出乱子了，准没错。到了中午，国王没有回来，我挺高兴，不管怎样，我们可以动一动了，也许最后还可以碰上那个机会哩。于是我就和公爵上岸到村里去，在村子里到处找国王。后来在一家简陋的小酒馆的后屋里找到了喝得醉醺醺的国王，当时有一群游手好闲的人在欺侮他，拿他开心，他也拼命咒骂吓唬他们，但是他醉得连路也走不动了，对他们毫无办法。公爵一见到他就骂他老混蛋，国王马上回嘴，我趁他们骂得起劲的时候，溜出了酒馆，撒腿就沿着河边的大路向前飞奔，因为我知道我们的机会来了。我打定了主意，从今往后，他们别想再见着我和吉姆了。我跑到藏木筏的地方，累得上气不接下气，但是心里乐滋滋的。我大声喊着："吉姆，快解开木筏，我们这下可好了！"

可是没有人回答。吉姆不见了！我提高嗓门儿喊了一声，接着又喊了一声，随后又喊了一声，我急得在林子里东奔西跑、大喊大叫，但是都没有用，老吉姆不见了。我实在受不了，我就坐在地上哭了起来。但是我不能一动不动地老待在那儿。我很快又走出了树林，来到大路上，想琢磨出一个好办法，这时候，我碰到一个路过的小男孩，就问他见到过一个如此这般打扮、怪模怪样的黑人没有，他说："见到过。"

"在什么地方？"

"在下游两英里的赛拉斯·费尔贝斯家里。他是个逃出来的黑奴，他们把他抓住了。你找他吗？"

"我找他干吗？一两个钟头以前，我在树林子里偶然碰见了他，他说我要是大叫大嚷，他就把我的心肝挖出来，他叫我躺下，待在那里别动，我就按他说的做了。而且从那时一直躺到现在，不敢走出林子。"

"好了，"他说，"他已经被抓住了，这下你就不用担心了。他是从南边什么地方跑出来的。"

"他们把他抓住了，那可真是太好了。"

"可不是！抓了他还能赚到 200 块钱呢。这不等于在路上白捡了这么多钱吗？"

"是呀，我要是年龄还大些，也可以得到这笔钱的，是我先看见他的。是谁把他抓住的？"

"是个老头儿，一个外地人，他只要了 40 块钱就把得赏金的机会卖给别人了，因为他要到上游去，不能久等。你想想看，这老头儿是不是有些傻，要是我的话，就是等上 7 年，我也肯定要等的。"

"我也会等的，"我说，"不过他把他卖得那么贱，也许就值那么几个钱吧。说不定那里面还有什么乱七八糟的事呢。"

"不会有，完全是直溜溜的，一点儿也不含糊。我亲眼见过那张传单，上面把他的情况说得一清二楚，就好像给他画了一张像似的，说他是从新奥尔良下边的种植园逃出来的，不会有问题的。先生，这笔买卖绝不会有麻烦。喂，给我一口嚼烟嚼嚼好吗？"

我没有嚼烟，于是他就走了。我回到窝棚里，把头都想爆了，也没能想出个好主意。我们走了这么远的路，帮这两个痞子干了这么多事，却是搬起石头砸自己的脚。他们的心肠竟那么歹毒，使出那样的好计来坑害吉姆，为了 40 块钱，就让他在异乡当一辈子奴隶。

吉姆要是非当奴隶不可，还不如回到家乡去当。我觉得和家里人在一起，比在外面混要强千百倍，所以我最好赶紧给汤姆·索亚写封信去，叫他把吉姆的下落告诉华森小姐，可是我很快就否定了这个想法，原因有两个：吉姆是从她那儿逃走的，她会对他的忘恩负义生气厌恶，所以又会把他卖到大河下游去。就是不把他卖掉，大家对一个忘恩负义的黑人，也自然会瞧不起，会时时刻刻给他脸色看，这样一来，吉姆就会自轻自贱，觉得没脸见人。再想想我自己吧，我哈克贝利·芬帮一个黑奴获得自由的消息会到处传开，我要是再见到那个镇上的人，就会马上羞得跪下去舔他们的靴子。人大概总是不想为自己做的事承担后果吧。他以为只要能遮掩过去，就不丢人，这正是我的难处。我越发自责起来，觉得自己很坏，不是东西。最后我猛然想起，一个可怜的老太太又没做什么损害我的事，我却偏要把她的黑奴拐走，今儿个分明是上帝在扇我的耳光，让我知道我干坏事的时候，天上的神明一直在监视着我。眼前的事就是让我明白上帝的眼睛永远是睁开着的，他不许这种缺德的行为继续下去，只能到此为止。我一想到这儿，眼前发黑了。于是我尽量想办法减轻自己的罪过，心中暗暗地说，我从小就给人教坏了，所以这事不能完全怪我；但是我内心里又有个声音在不停地说："不是有主日学校吗？你本来可以去上学的。你要去了，他们会让你懂得像你这样拐带黑人逃跑的人是要下地狱、受火刑的。"

我想到这儿，不由得打了个冷战。于是我打定主意祈祷一下，看能不能和过去的我一刀两断，做个好孩子。于是我就跪下了，但是想不出该用什么话来祈祷才好。这是为什么呢？这件事要瞒住上帝是不可能的，就连我这一关也过不了。我心中很清楚为什么想不出话来祈祷。这是因为我心术不正，因为我办事不公，因为我两面三刀。我表面上装出要改邪归正的样子，但是内心里还死死抱住那最大的罪恶不肯放手。我想要我的嘴巴说，我要做正正派派、干干净净的事，我要写信给那个黑奴的主人，把他的下落告诉她。但是上帝和我都明明白白地知道这不是真的。祈祷可不能说假话呀，这一点我算弄明白了。

我现在的苦恼简直数不胜数，我不知道该怎么办了。最后我想出了一个主意。我就说，还是先把那封信写完，然后再看看能不能祈祷吧。嗐，说来也怪，我刚转了这个念头，浑身就立刻感到像羽毛那样轻松，我满腔的烦恼都没了。于是我就拿起纸和铅笔，满心欢喜地坐下来写：

华森小姐：

　　你那个跑掉的黑奴吉姆现在在派克斯维尔下游两英里的地方，费尔贝斯先生把他抓住了，你要是派人拿奖金来，他就把吉姆交给来人。

哈克贝利·芬

　　我一下子轻松了许多，好像身上的罪过都洗干净了，我这是头一回有这样的感觉，我知道现在可以祈祷了。但是我先坐在那里想了会儿心事，我想所发生的这一切多好呀，刚才我差一点儿走到地狱里去了。我就这样东想西想。后来又想到我们顺流而下的情形，我看见吉姆就在我面前，在白天，在黑夜，有时候在月光下，有时候在风雨中，我们一起在水上漂、高声谈笑唱歌。但是不知为什么，我想到的都是他的好处。我看见他自己刚值完班，不来叫醒我，又代我值班，让我继续睡觉；当看见我从大雾中回来的时候，他是多么高兴；在上游打冤家的地方，我在那片沼泽地里又来到他跟前时，他又是多么欢喜；还有许许多多这样的事情都闪现在我眼前。他总是叫我宝贝，和我亲热，凡是他能想到的事情都替我做了，他对我总是那样好。最后我想起那回我告诉那两个人说，船上有人出天花，把他救下了，他对我是那样感激，说我是他老吉姆在这个世界上最好的朋友，还说他现在只有我这么个朋友了。这时候，我一回头，看见了那封信。

　　这事真叫人为难。我拿起信，捏在手上，浑身直打哆嗦，因为我知道我要在两种选择之中做出决定，而且永远不能反悔。我考虑了一分钟，连大气也不敢出，然后自言自语说："得，我就下地狱好了。"说着就把信撕碎了。

　　这样说、这样想实在不好，但是话已经说出口，我就不收回了，也绝不再打算洗心革面做好人。我把这件事整个儿都抛到脑后去了，打定主意重搞歪门邪道，我从小学的就是这一套，搞起来很在行，来正经的反而不行。我打算先想办法把吉姆偷出来，不让他再去当奴隶。我要是想得出更坏的事，我也会去做的。因为反正豁出去了，我决心干就干到底。

于是我就开始动脑筋，仔细盘算如何下手。我思前想后琢磨了很多办法，最后确定了一个合我心意的计划。大河下游不远的地方有一个树木茂密的小岛，我把它的位置观察得一清二楚，天一黑下来我就偷偷地撑起木筏朝小岛划去，将它藏在那里，然后钻进窝棚去睡觉。我睡得很好，天没亮就起来了。我吃过早饭，穿上新衣服，整理了一下东西，然后把独木舟朝对岸划去。岸边有一幢房子，我断定是费尔贝斯的家，于是就在它下游不远的地方上了岸，把我带去的包袱藏在树林里，然后把独木舟灌满水，装上石头，将它沉到水底去，用的时候，再把它打捞上来。沉船的地方离上游岸边的一家小锯木厂大约有四五百码远。

我顺着大路朝上走，在路过那家锯木厂的时候，看见门口挂着一块招牌。上面写着："费尔贝斯锯木厂。"我又走了二三百码，来到农场的住房前面。虽然那时天已大亮了，但是没见到一个人。无所谓，因为这时候我不想碰见什么人，只想看看那里的地形。我的计划是，我是从那个村子里走过来的，不想让别人看出是从下游上来的。所以我只是随便看了一眼，就朝村里直奔过去。嘿，我进村碰见的第一个人就是公爵，他正在那儿贴演出《皇家稀世奇珍》的海报，连演三晚，跟上回一样。我跟那两个不要脸的家伙撞了个对面，想躲也来不及了。

他满脸惊诧的样子，说："咦！你打哪儿来的?"接着又带着几分高兴和急切的神情说，"木筏在什么地方？藏好了吧?"

我说："嘿，我正要问阁下你呢。"

这时候他就显得不那么高兴了，他说："你怎么还盘问起我来了?"

"唉，"我说，"我昨天看到国王醉成那个样子，就想这会儿没办法把他弄回去，等几个钟头以后他醒过来再说吧。于是我就在村子里到处溜达，等他醒过来。这时候，一个人走了过来，给我1毛钱，要我帮他把一只小船划过河去，然后再载一只羊划回来，于是我就去了。就在我们把那羊往船上拽的时候，我一不留神，松了绳子，结果让那羊跑了，我们就跟在后面追。我们当时没带狗，所以只好撵着它在野地里到处跑。一直到天黑下来，我们才将它捉住，然后把它载过河来。之后我就到下游去找木筏。但到了那里一看，木筏不见了。我想你们一定是捅了娄子，所以不得不离开那里，但你们把我的黑奴也带走了，他可是我在这世界上唯一的黑人呀。现在我一人流落在外，什么也没有，又没有办法谋生，所以我就坐在地上哭起来了。哭完后，我在林子里睡了一个晚上。但是，说了半天，那只木筏到底怎么啦？还有吉姆，可怜的吉姆呀！"

"我怎么会知道。我是说，我怎么会知道木筏的下落。那个老混蛋做成了一笔买卖，得了 40 块钱。我们在小酒店找到他的时候，那帮游手好闲的家伙正在和他赌半块钱一局的输赢。他除了喝威士忌花掉的钱以外，其余的都输给他们了。我昨夜把他弄回去，时间已经很晚了，发现木筏不在那里，我们还说：'那个小流氓偷了我们的木筏，把我们甩了，他自己远走高飞了'。"

"难道我会把我自己的黑人甩掉吗，你说是不是？他可是这个世界上我唯一的财产呀。"

"我们可不那样想。其实我们已经把他当作我们这几个人的黑人了。是的，只有上帝知道为了他我们吃了多少苦头。我们发现木筏没有了，而口袋里的钱也已经花光了，一时又想不出别的办法，只好再演一回《皇家稀世奇珍》。我一直在拼命干活，没喝一口酒，嘴里干得像个火药筒子。你那 1 毛钱在什么地方？给我吧。"

我给了他 1 毛钱，但是央求他去买些吃的东西，并且分一些给我，说我只剩下这点钱了，从昨天起我就没吃东西。他一声不吭，过了一会儿，他突然问我："那个黑人是去告发我们了吧？他要是敢那样做，我剥了他的皮！"

"他怎么能去告发呢？他不是已经跑了吗？"

"他没跑！他被那个老混蛋卖了，没分给我一分钱，而且卖的钱早没了。"

"把他卖了？"我说着就哭起来了，"那可是我的黑人，卖的钱也是我的呀。他在什么地方？我要我的黑人。"

"哼，你就省省你的眼泪吧，他是回不来了。你听着，你想想看，你敢不敢去告我们？我可信不过你这小子。哼，你要是敢去告我们……"

他打住不说了，眼睛里露出凶光，我以前从没见过公爵这种凶神恶煞的样子。我抽抽搭搭地哭着说："我要赶紧去找我的黑人，我可没那闲工夫去告你。"

他紧皱着眉头站在那里出神，看起来有些心烦意乱，胳臂上搭着的海报被风吹得乱翻。最后他说："我跟你说，我们还得在这儿待三天。你要是答应不去告发我们，也不让那个黑人把我们的底细泄露出去，我就告诉你到哪儿去找他。"于是我就都答应他了，他说："有个庄户人，名叫赛拉斯·费——"他说到这儿就打住了。你也知道，他正要跟我说实话，但是话到嘴边又不说了，又开始琢磨起来，我想他是改变主意了。果然不错，他信不过我。他要确保这三天我不去碍他们的事，所以接着就说："买他的那人叫阿伯兰·福斯特，阿伯兰·纪·福斯特，他住在这村子后面40英里的乡下，在通往拉菲特的路上。"

"那好，"我说，"我下午动身的话，三天以后就能到那儿。"

"那不行，你得马上动身，一分钟也不能耽搁，一路上只管走你的路，这样你就不会给我们惹麻烦了，听见没有？"

他给我下的这道命令正合我心意，我刚才那一番表演，就是要逗引他说出这样的话来，我要自由自在放手去干，不想别人妨碍我实行我的计划。

"你赶快走吧，"他说，"你见着福斯特先生，爱怎么说就怎么说好了。也许你能让他相信吉姆是你的黑人，但我听说在南方却有一些没脑子的家伙是不要什么证明的。你要是告诉他，那张传单和悬赏的事都是假的，并且为什么要弄出这些假东西来骗人，他可能会相信你。你现在就走吧，你随便跟他怎么说都行。不过你得记住，一路上你得管住自己的嘴巴，别胡说八道。"

于是，我就向着村后的乡下走去。我总感觉他在监视我，因此就有些心虚。可是我很清楚，如果他真的在监视我，那我也能使他疲惫不堪。我持续走了有半英里才停下来；之后又返回来，穿过树林，去费尔贝斯家里。我觉得我还是不要这样来回游荡了，我要立即实施我的计划，因为在这两个家伙还在这里的时候，我必须要堵住吉姆的嘴巴，免得他胡说乱道，坏了我的事。我非常不喜欢同他们那种人纠缠。他们的行为让我真的是忍无可忍，我希望永远都不要再见到他们了。

第三十二章

　　我终于到了那里，周围很寂静，仿佛是一座空城。这时候，阳光非常强烈，天气很热，人们都干农活去了。朦朦胧胧中可以听见虫子或是飞蝇发出的"嗡嗡"声，让人感到死一般的沉寂。不时地会吹来一阵风，树叶便发出"簌簌"的声音，令人徒增伤感，好像觉得是精灵在低诉，那些已经死去的精灵，而且你会感觉他们正在谈论你。总之，这一切让人萌发出一个念头，只觉得自己活着很痛苦，还不如死了算了。

　　费尔贝斯家是那种如同巴掌般大的产棉小农庄，这类小农庄在各个地方几乎都一样。两亩地一个场院，有一排栅栏围着，还有一排梯磴，是将原木锯断搭成的，就像高矮不等的木桶似的，从这里能够跨越栅栏，妇女们能站到上面，跳上马去。在稍微大一点的场院里，可以看见一些枯黄的草皮，不过大部分的场院里地面是光滑的，好像一顶磨光的绒毛旧帽子。给白种人住的是一座二合一的大屋子，全是用砍好了的原木搭成的。原木缝隙里，都用泥或者灰浆堵上了，这些一条条形状的泥浆，后来都给刷白了。用圆圆的原木搭成的厨房，边上有一条上有顶、下无墙的宽敞走廊，和那座房子连接起来。在厨房后边有一座原木搭成的熏肉房。在熏肉房的另一边是黑奴住的房子，也是用原木搭的。离这里稍远，靠后边的栅栏，有一间别致的小木屋隐藏在栅栏的后边。在另一侧，有九间小屋。小屋旁边，放着一个滤灰桶，还有一把大壶，是熬肥皂的。厨房门口有一只长凳，上面放着一桶水和一只瓢。一只狗在那儿躺着晒太阳。有许多的狗分散在各处睡大觉。在一个角落，有三棵遮阴的大树。栅栏旁边，有一处是醋栗树丛。栅栏外面是一座花园和西瓜地，再过去就是棉花田了。树林就在棉花田前不远的地方。

我绕到了后面，踩着碱桶旁边的后梯磴，朝厨房走去。我走近了一点儿，就隐约听见纺纱车转动的声音，像在"呜呜"地哭泣，那哭声忽高忽低，扑朔迷离。听着这种声音，我当时心里希望我死了更好……因为这是天底下最凄惨不过的声音了。

我漫无目的地往前走。一切就听凭上帝安排吧。要我这张嘴巴说些什么，我就说些什么。因为我已经体会到只要我能顺其自然，上帝总会叫我的嘴巴说出合适的话。

我走到半路，遇到两条狗。其中一条冲我扑来。自然，我就停了下来，对着它们，一动也不动。于是狗又汪汪汪乱叫一气。一时间，我仿佛成了一个车轮子的轴心，一群狗，一共15条，对着我伸着脖子，把我团团围在中间，乱叫乱噪。另外还有一些也都纷纷跃过栅栏，从四面绕过拐角蹿出来。

一个女黑奴手里拿着一根擀面棍，从厨房飞快地奔出来，使劲叫道："给我滚开，小虎！小花，你给我滚开！"她给了这个一棍子，又给另一个一下子，把它们赶得一边汪汪汪直叫，一边逃跑，其他的也就跟着逃跑。一会儿，一些狗又窜了回来，围着我摇尾巴，又友好起来。狗毕竟对人是无害的。

有一个黑女孩和另外两个黑男孩在女黑奴后边，身上仅穿了粗布衬衫，此外什么都没有穿。他们拽着妈妈的衣衫，害羞地偷偷张望我。黑孩子一般总是这么样。这时一位四五十岁的白人妇女从屋子里走了出来，头上没有戴女帽，手里拿着纺纱棒，在她身后是她的几个孩子，那动作、神情同黑孩子一个样。她正在笑，高兴得都站不住似的，她说："啊，你终于来啦！……不是吗？"

我来不及细想，马上回答道："是的，太太。"

她紧紧地抱住了我，随后紧紧地握住我两只手，摇了又摇，眼泪夺眶而出，泪流满面，没完没了地抱我、抓我，不停地说："你长得可不像你妈，跟我想象的不一样。不过嘛，我的天啊，这没什么。能见到你，我是多高兴啊。亲爱的，亲爱的，我真想把你一口吞进去！孩子们，这是你们的姨表兄'汤姆'……跟他说一声'你好'。"

可是他们急忙低下头，把手指含在嘴里，躲在她身子后面。她又接着说下去："莉莎，快，马上给他做一顿热腾腾的早饭……告诉我，你在船上吃过饭没有？"

我说吃过了。她就紧握着我的手，向屋子走去，孩子们跟在后头。一进屋，她把我按在一张藤条织成的椅子上，自己坐在我对面的一张矮凳子上，紧紧握住了我的两只手说："现在让我好好看看你，我的天啊，这么久的年月里，我真盼着你啊，如今总算盼来啦！我们等着你来到，已经有很长时间。再说，是什么事把你陷住了……是轮船搁了浅？"

"是，太太……船……"

"别说，是的，太太……就叫我莎莉姨妈。船在哪里搁浅的？"

我根本不知道船顺流还是逆流，所以我不知道该怎么回答。但是我全凭直觉说话。我的直觉在告诉我，船是逆流开到的……是从下游奥尔良一带开来的。不过，这也帮不了我多大的忙，因为我不知道那一带的浅滩叫什么名字。我看我得发明一个浅滩的名字才行，要不然就说把搁浅的地方的名字给忘了……要不然……这时我想到了一个念头，于是脱口说了出来："搁浅倒没有耽误多少时间，只因为船上一只汽缸盖炸了。"

"天啊，伤了什么人没有？"

"没有，只是死了一个黑奴。"

"啊，谢天谢地。有的时候会伤人的。两年前，圣诞节，你姨父赛拉斯搭乘拉里·罗克号轮船自新奥尔良上来，一只汽缸盖爆炸，炸伤了一个男子。可能，后来他就死了。他是个浸礼会教徒。你的姨父赛拉斯认识在巴顿·罗格的一家人，对他那一家人很熟。是啊，我记起来了，他现在确实死了。伤口烂了，长大疮，医生不得不给他截肢。但是这也没能保住他的命。是的，是因为伤口烂了，是这么个原因。他浑身发青，临死还盼望光荣复活。看见的人都说，他死的时候真是惨不忍睹。你的姨夫啊，他每天到镇上去接你的。他现在，去了不过个把钟点，就快回来了。你一定在路上碰到过他的，不是吗？一个上了岁数的人，带着……"

"没有啊，我一路上也没遇见人啊，莎莉姨妈。船到的时候天刚亮。有条船停在码头，我把行李放在上面，就到处溜达了一番，好打发时间，免得到这里来时间太早，我是打后街绕过来的。"

"你把行李交给谁了？"

"没有交给谁啊。"

"孩子，会不会被人家偷了？"

"不，我藏在了一个地方，我肯定不会被偷走的。"

"这么早你在船上就吃早饭了？"

这下子可要露马脚啦。不过我说："船长见我站着，对我说上岸以前最好吃些东西。这样，他就把我带到船顶上职员餐厅上去，把我要吃的都搞了来。"

我心绪不宁，连听人家说话也听不大清楚。我盘算着在孩子身上套些话出来，好弄明白我究竟是谁。可是我总是不得手。费尔贝斯太太连续地说话，滔滔不绝。没有多久，她问得我顺着脊梁骨直冒凉气。

"现在你该跟我说说有关我姐姐，或是他们当中任何哪一个人的一个字啊。你要把所有的事情，一桩桩一件件都告诉我……所有的事全对我说一说。他们的情况怎样啦，如今在干些什么呢，他们又要你同我说些什么啦，凡是你能想到的，都说给我听。"

啊，我心里明白，这简直是把我往绝路上逼啊。到目前为止，多谢老天爷保佑，一切顺顺当当，不过如今可搁了浅，动弹不得啦。我看得清楚，想往前闯，那是办不到了，我只能举起双手投降了。我这回又得非说实话不可了。我刚想张嘴说话，可是她一把抓住了我，推到了床的后头。她说："他来啦！把你的脑袋低下去……好，这样行了，人家看不见你了。别露出一点儿口风说你已经来了。我拿他开心。孩子们，你们可不能说一个字啊。"

我知道我如今是骑虎难下了。不过也无所谓嘛。除了一声不响，你也无事可做嘛。等待雷电轰顶之后，再从下面钻出来嘛。

老先生进来时，我只瞅了一眼，床便把他挡住了。费尔贝斯太太呢，她跑过去问他："他来了吗？"

"没有啊。"她丈夫说。

"天啊，"她说，"他不会出什么意外了吧？"

"我也搞不清，"老先生说，"我也觉得有些不安啊。"

"我知道不安！"她说，"我都快急疯了。他肯定是已经到了。你一定是路上将他给错过了。我猜一定是这样的。"

"怎么啦？莎莉。我怎么会错过他呢？"

"不过，啊，天啊，天啊，我姐会怎么说啊！他准是已经到啦！你一定错过他了。他……"

"哦，别再叫我难受啦。我现在真不知道该怎么做才好。我实在不知所措啦。我承认，我已经吓得不知道如何是好。他怎么会已经到了？因为他到了，我却错过了他，这是根本不可能的事嘛。莎莉，这可怕……简直可怕……轮船出了什么事，一定是的。"

"啊，赛拉斯！往那边看一眼……然后往大路上看！看是不是有人正在走过来？"

他一跳，跳到床头窗口，费尔贝斯太太趁机赶紧弯下身子，一把拉我出来了。当他从窗口转过身来，她就站在那里，脸上红红的，笑容满脸的样子，仿佛房子着了火似的。而我呢，十分温顺的样子，满头是汗，站在她的身旁。老先生呆住了，说："啊，他是谁啊？"

"你看是谁？"

"我可猜不出。谁啊？"

"这是汤姆·索亚啊！"

天啊，我几乎就要晕倒了。但是这时已不由人分说，老人一下抓住了我的手握着不撒手，与此同时，他的老伴呢，正手舞足蹈，又哭又笑。随后，他们两人连珠炮似的问到锡德和玛丽还有那家子其余的人来。

我想没人能想象出我当时有多高兴，因为我仿佛重新投了一次娘胎，终于弄清楚了我原来是谁。啊，他们向我东打听、西打听，一连问了两个钟头，最后我的下巴也说累了，连话也说不下去了。我讲给他们听有关我家，我是说汤姆·索亚家的种种情况，比起实际的情况多出六倍还不止。我还说了，我们的船怎样到了白河口，汽缸盖炸了，又如何花了三天时间才修好。这样的说明不会有什么问题，而且效果也是头等的，为什么要三天才修好？因为他们一窍不通。如果你说有一只螺丝帽飞上了天，他们也照常会相信。

现在我感觉自己非常矛盾。假扮汤姆·索亚，我觉得很痛快，并且很放心，一直都非常轻松自在。当我听见从河那边传来轮船的汽笛声时我对自己说，如果汤姆·索亚乘坐这条轮船来了呢？要是他没弄清楚情况，就马上叫出我的名字呢？啊，这种情况是无论如何都不能发生的，不然事情就糟了。所以，我借着去镇上取行李的理由，准备马上去阻拦他。老先生想和我一起去，可是我不同意，告诉他说我自己一个人赶马车去就可以了，请他不要为我的事情操心了。

第三十三章

当我走在路上的时候，我看到有一辆马车从对面赶了过来，没错，真的是汤姆·索亚，我便赶着马车，等着他赶过来。我喊道："停车！"那辆马车就停在了我的旁边。他看见我时非常惊讶，以至于大张着嘴巴，有盆儿那么大！他就像是嗓子不舒服似的，连着咽了两三口唾沫，说道："你知道我从未做过伤害你的事情，你为何又要来到阳世上纠缠我呢？"

我说："我又没有去过阴间，为何说我又要来阳世呢？"

他听见我的声音后，态度冷静了些，可是心里依旧很不安。他说："你不要戏弄我了，你确实不是鬼吗？"

"我真的不是。"我说。

"那就好，我……我……嘿，那就放心了，但是不知道为什么，我似乎始终想不明白。你听着，你真的没遭到谋杀吗？"

"怎么可能，我压根儿就没被人谋杀过，我耍了他们一下。你要是不信，就过来摸摸我好了。"

他走过来摸了摸我，这下子他心里就踏实了。他很高兴又能见到我，简直不知道怎么办才好。他迫切地想知道那段很了不起的冒险经历，而它又那么神秘，正好合了他的胃口。但是我说，这个等以后再说。我叫他的车夫稍等一会儿。我们把马车赶开了几步，我把我进退两难的处境告诉给他，问他觉得我们应该怎么办。他说，让他自个儿想一会儿，别打搅他。不一会儿，他说："好了，我有招了。你把我的箱子搬到你车上去，就说是你的，然后你把车赶回去，要慢悠悠地朝前走，估摸着在该到家的时候到家就行了。我先朝镇上走一段，然后再重新往回赶，大约比你晚一刻钟或半小时到家。见面的时候，你装着不认识我就行了。"

我说："好吧，不过还有一件事，这事除了我谁也不知道。这儿有个黑人，我在想办法把他偷出来，不让他再去当奴隶，他就是老华森小姐的那个吉姆。"

他说："什么？哦，吉姆原来在……"

他停住不说了，又开始琢磨起来。我说："我知道你想说什么。你要说这是肮脏下流的事，但是即使是那样又如何？我这个人是下流，但无论如何，希望你严守秘密，别说出去，好吗？"

他眼睛突然一亮，说："我帮你把他偷出来！"

唉，我听了这话，有些瞠目结舌了。我这辈子从没听过这样让人吃惊的话，我得承认汤姆·索亚在我心目中是大大地掉价了。但我不相信他的话。汤姆·索亚怎么会去偷黑人呢？

"扯淡！"我说，"你在开玩笑！"

"我可不是开玩笑。"

"那好吧，"我说，"我不管你是不是在开玩笑，你要是听到有人说起一个逃跑的黑人，可别忘了我们对此是一无所知的。"

然后他就把他的箱子搬到了我车上，我们就分头上路了。但是我一高兴，自然就把应该慢慢走的事儿给忘了。所以我到家时就显得太早，不像是走了那么远的路。

那位老先生正站在门口，他说："嘿，真神了！没想到这匹母马居然有这样大的本事。刚才要给它计时就好了，它连一根毛都没湿，没出一点汗。真神！哼，现在就是出 100 块钱我也不卖这匹马了，真的不卖。可是以前只要有人出 15 块钱我就卖了，我还觉得它就值那几个钱哩。"

这几句话让我觉得他是我所见的老头儿中最可爱、最好心的。不过这也不奇怪，因为他不但是个庄稼人，而且还是个牧师，在他的种植园后面，有一个小不点的木头教堂，那是他自己掏腰包、自己动手盖的，既做教堂又做学校。他讲道不收钱，而且效果很好。南方有许多像他这样既种庄稼又当牧师的人，他们为人行事都跟他一样。

大约过了半个钟头，汤姆的马车驶到了屋前的石阶跟前，莎莉姨妈从窗子里看见了，因为只有 50 码远。她说："嗐，有人来了！那是谁呢？我看准是外地来的。吉米（这是那些孩子中间的一个），快跑去告诉莉莎，吃饭的时候多摆一个盘子。"

大伙儿都朝大门口跑去，因为并不是年年都有外地的客人来的，所以人们对他的兴趣比对黄热病的兴趣还大。汤姆翻过石阶，朝着这幢房子走过来了。他乘坐的那辆马车顺着大路朝镇上飞驰而去，我们都聚集在大门口。汤姆穿着从店里买来的新衣，面对着一群观众，这一贯是汤姆·索亚感兴趣的事。这时，他轻而易举地就摆出了一副很符合他身份的派头。他简直像一头小公羊一样，稳稳当当从容不迫地走到我们面前。他潇洒地摘下帽子，动作轻得好像是在揭一个盒盖，生怕惊醒了在盒子里睡觉的蝴蝶似的，他说："我琢磨着您就是阿基波德·尼古尔先生吧？"

"不是的，我的孩子，"老先生说，"我很遗憾地告诉你，你的车夫把你骗了，尼古尔的家离这儿还有 3 英里多远呢。进屋来吧，进屋来吧。"

汤姆回头看了一下，说："可惜太迟了，他早跑得没影儿了。"

"不错，他已经走远了，我的孩子。你一定得进屋来，我们一起吃午饭，然后我们再套上车，送你到尼古尔家里去。"

"嗐，我可不想给你添那么多麻烦。我还是走着去吧，路远一点我也不在乎。"

"可是我们哪能让你走着去呢，这可不合我们南方人好客的习惯。快进屋吧。"

"哦，你一定要进来，"莎莉姨妈说，"这半点麻烦也没有。你非得在这儿待一阵不可。我们不能让你走着去，这3英里地可不近，而且路上灰尘大。再说，我已经吩咐他们多摆了一个盘子，你可别让我们扫兴啊。快进屋来吧，不用客套。"

于是汤姆就装出盛情难却的样子，诚恳大方地谢过了我们，进来了。他进屋后就说他是从俄亥俄州的希克斯维尔来的，名叫威廉·汤普森，他说着又鞠了一躬。

嘿，他就这样不停地瞎编了许多希克斯维尔的事，又捏造了那里的许多人物，我听了感到有点儿紧张，不知道这样扯下去怎么能帮我逃出困境。最后，他一边说，一边起身在莎莉姨妈嘴上亲了一下，然后又回到椅子边舒舒服服坐下，准备继续往下讲，但是莎莉姨妈突然跳起来，用手背在嘴上抹了一下，说："你这小畜生好大胆呀！"

他好像感到有些委屈，说："太太，真没想到您会骂人。"

"你没想——喂，你把我当成什么人呀？你为什么要亲我啊？"

他装出低三下四的样子说："太太，我没什么意思呀。我没存什么坏心眼，我……我……以为你喜欢这样。"

"唉，你这天生的笨蛋！"她拿起那个纺锤，看她那样子，好像在拼命忍住，才没有狠狠地用纺锤敲他，"你怎么会有这样的想法？"

"嗤，我也不知道。只是，他们……他们……告诉过我你喜欢让人家亲。"

"他们告诉过你我喜欢让人家亲？不管是谁告诉你的，他也是个疯子。我可从来没听说过这种混账话。他们是谁？"

"嗤，大家伙儿呗。他们都这样说来着，太太。"

她费了很大的力气，才强忍住没有发作。她气得眼睛发亮，手指头直动弹，好像要抓他似的。她说："快告诉我，那'大家伙儿'都是谁，不然就有你好看。"

他站起身来，显出挺苦恼的样子，两手拿着帽子摸来摸去。他说："真对不起，我没想到会这样。是他们叫我亲你的，他们都叫我这么干。他们都说'亲亲她'，还说'她会喜欢的'，他们都这么说……每个人都这么说。可是，真对不起，太太。我以后再也不会这么干了，真的，再也不了。"

"我料你以后也不敢这么干了！"

"说实话，我真的不敢了。我绝不会再那样干……除非你要我亲你。"

"除非我要你亲！嘿，我从出世那天起就没见过这种混账事！我敢跟你打赌，你就是再等上几百年，活到创世纪中玛士撒拉①那个老笨蛋那么大的岁数，我也不会要你，或像你这一类的家伙来亲我的。"

"唉，"他说，"这的确让我很意外，我听他们说你会喜欢，所以才亲你，但……"他停住不说了，慢慢向四周望了望，好像想碰巧在什么地方遇到友好的目光。他突然盯住了那位老先生的眼睛，说："先生，您是不是以为她不喜欢我亲她？"

"嗐，是的，我……我……嗐，是的，我想是那样的。"

然后，他又慢慢地朝四周望。这回他的目光落在我身上了，他说："汤姆，你看莎莉姨妈该不该张开胳膊对我说'锡德·索亚……'""天哪！"她打断他的话，朝他扑了过去，"你这蛮不讲理的小流氓，你怎么这样捉弄人家……"她正要把他搂在怀里，但是他把她挡开了，说："慢点，你得先求我一下才行。"

她便连忙请求，对他又搂又亲，随后又把他推给了老头儿，老先生也亲了几下。等他们稍稍静下来后，莎莉姨妈说："哎呀，天哪，我还从没有遇见过这样让人吃惊的事哩。我们压根儿就没想到你会来，只知道汤姆要来，姐姐在写给我的信中只提到他，没说别人也要来。"

"开始并没打算叫人陪汤姆一块儿来的，"他说，"可是我苦苦求她，到临走的时候，她也让我来了。所以我和汤姆乘船往下游来的时候，就合计着怎样让你们大吃一惊。我叫他走到你们家来，我紧跟在后头，假装一个陌生人偶然闯了进来。但是现在看来这样做是错了，莎莉姨妈。这里压根儿就不是一个外地人该来的地方。"

---

① 据《旧约·创世纪》玛士撒拉活了 969 岁，是传说中寿命最长的人。

"是，像你这样的冒失鬼是不该来的，锡德。真该打你几记耳光。多少年了，我还从没有让人弄得这样难堪过。可是，我倒无所谓，吃多大的苦头也不要紧。只要你来了，你就是同我开一千次这样的玩笑我也经受得住。嘻，想想刚才的那一幕吧！老实说，你'叭'地亲我一下，简直叫我惊呆了。"

我们在正房和厨房之间的那条宽敞的走廊上吃午饭。桌子上摆的东西，足够七户人家吃个饱，而且都是热腾腾的。没有那种嚼不动又塞牙缝的冷肉，这种肉在湿地窖的橱柜里搁了一夜，第二天早晨吃起来就像一块厚厚的老牛排。赛拉斯姨父面对着这桌饭菜祷告了很久，但是还值得一听，而且没把饭菜搁凉。有好多回我看见别人这样打岔，等他们祷告完，饭菜都凉了。

那天下午，大家滔滔不绝地谈着，我和汤姆一直留神听他们谈有关逃跑的黑人的话，但没听出什么名堂，我们也不敢把话题朝那上面引。但是到吃晚饭的时候，有一个小孩说："爸，我和汤姆、锡德看戏去，好吗？"

"不行，"老头儿说，"现在没有什么戏看了，就是有你们也不能去。因为那个逃跑的黑人把演戏骗钱的事都告诉我和伯敦了，伯敦说他要让大家都知道。所以我想这时候，那两个无耻的家伙早被撵出镇去了。"

原来事情已经是这样了！可是我现在也没办法了。他们安排我和汤姆睡一个屋、一张床，我们都累了，所以吃完晚饭就向他们道了晚安，上楼去睡觉。可是不一会儿，我们就顺着避雷针溜到地下，朝镇上跑去。因为如果我不把这个消息透露给国王和公爵，他们就肯定会遭难了。

汤姆在路上把我走之后的情况都对我说了，说人家怎么以为我被人害了，我爸爸紧接着就失踪了，从此再没有回去过。还说吉姆跑掉的时候，引起了一场轰动。我也把演《皇家稀世奇珍》的那两个痞子的事都告诉了汤姆，还把我们乘木筏旅行的情况尽量讲给他听。等我们赶到镇上，从镇中穿过时差不多是 8 点 30 分，只见许多人举着火把，怒气冲冲地拥了过来，一边乱喊乱叫，一边敲白铁锅、吹号。我们立刻闪到一旁，让他们过去。这时，我看到国王和公爵骑在杠子上，让他们抬着游街，尽管他们浑身上下涂了柏油，粘满了鸡毛和鸭毛，一点也不像人了，看起来就像两根异常粗大的盔翎，但我还是认出了他们。唉，见到他们这副模样我真恶心，替这两个可怜的坏蛋感到难受。这情景看了实在可怕。人整起人来居然这么凶狠残酷。

我们知道我们来晚了。我们问了几个没跟上队伍的人，他们说当时大家若无其事地去看戏，暗地里却埋伏下来，等那个可怜的老国王在台上跳得正欢的时候，有人发出了信号，全场的人都扑向了他。

我们缓慢地往回走着，不知为什么，我就是感觉非常不痛快，只觉得抬不起头来，就像自己做了亏心事似的，尽管我什么也没做。可是事情经常这样子，不论你做得对还是错，其实没有区别，都是一样的。一个人的良心是不讲情理的，总会同你胡乱纠缠的，紧抓着你不放。如果我有一只黄狗，并且像人的良心那样不通情理，那我就会毒死它。良心在人身上所占的比例要远大于五脏六腑占的地方，可是又有什么用呢？汤姆·索亚也这么认为。

第三十四章

我们保持着沉默，各自想着自己的事情，不一会儿，汤姆说："哈克，我觉得我们真的是太傻了，怎么一直都没有想到呢！我已经知道吉姆在哪里了。"

"真的吗？他在什么地方？"

"他就待在那个小屋里，就是那个装碱液的贮水槽旁边的小屋。哎，我问你，在我们吃午饭的时候，你看到有个黑人拿着吃的东西进到那间屋子里了吗？"

"看到了。"

"你说那到底是给谁的啊？"

"喂狗的。"

"一开始我也这么认为。哎，事实上不是喂狗的。"

"为什么？"

"因为有西瓜啊。"

"的确是……我看到了。哎，真是的，我为什么没有想到狗是不可能吃西瓜的呢。这就证明了人在看东西的时候还要思考，不然，就跟没看见一样。"

"嘿，那个黑人进去的时候打开了锁，出来后又把锁锁上了。我们吃完饭起身离开饭桌的时候，他给姨父送了一把钥匙来，我看那准是开那把锁的钥匙。送西瓜表示里面关的是人，门下了锁表示关的是囚犯。在这样一个小小种植园里，大家都和和睦睦的，人的心眼儿又好，不可能有两个人关在里面，所以那个关押的人就是吉姆。好了，我们用侦探破案子的办法把事情搞清楚了，真叫人高兴。别的办法就根本不值一提了。我们现在得一人想一个偷吉姆的办法，然后从中选一个最好的。"

一个小孩子居然有这么聪明的脑袋瓜！我要是有汤姆·索亚那样的脑袋，我绝不会把它拿去换一个公爵当，也不会拿去换轮船上的大副或马戏团的小丑当，凡是我想得起来的东西我都不换。我开始动脑筋，想琢磨出一个办法来，但是那只不过是白费劲。我心里很清楚好办法会从哪儿冒出来。不一会儿汤姆就说："想好了没有？"

"想好了。"我说。

"那好，说出来听听吧。"

"我打算这么干，"我说，"吉姆是不是在那里面，我们不难搞清楚。明天晚上我把独木舟捞起来，再到岛上去把木筏划过来。等天一黑，那老头儿上了床以后，就把钥匙从他裤兜里偷出来，然后带上吉姆乘木筏子顺流漂下去，照我和吉姆以前用过的老办法干。白天躲起来，晚上赶路。你看这计划行不行？"

"行不行？嗐，行，当然行，就像耗子打架一样。但是确实太简单了，没一点意思。像这种不费吹灰之力就能完成的事还有什么劲儿呢？喂，哈克，这就好像闯进肥皂厂去偷几块肥皂一样，大家对这个没有多大的兴趣。"

我没说话，我早就猜到会是这样。但是我知道只要他把他的计划想好了，那就一定很完美，挑不出什么毛病来的。

果然是这样，他把计划一说，我就知道他的计划就气派来说，顶得上我的 15 个计划，而且同样，可以使吉姆成为自由人，也许还会把我们三条小命都送掉。对此计划我表示赞同并建议早点实施。我不必在这儿先把他的计划说出来，因为我知道它不会一成不变。我知道他会一边进行，一边随机应变，而且一旦有机会，就要添加些新花样进去。后来，他果然是这么干的。

嘿，毫无疑问，汤姆·索亚是真心实意要帮我把那个黑人偷出来，不让他去当奴隶。这正是令我疑惑的。一个体体面面、有教养、有身份的孩子，他一点都不笨，懂事，不糊涂，不下作，心肠也好。可是他居然置这些于不顾，在大家伙儿面前出乖露丑，给家里人丢脸。我怎么也弄不懂他为什么要这样干，这真是荒唐透顶。我觉得应该把我的想法直截了当地告诉他，做他的真正的朋友，劝他就此撒手，保全自己。

我刚开口劝他，他就堵我的嘴说："你以为我不知道自己在干什么吗？我难道连自己在干什么也不明白？"

"你当然知道。"

"我难道没说我要帮你把那个黑人偷出来吗？"

"你说了。"

"嘿，这不结了。"

他不说话了。我知道我再说也没用。因为他一旦开口说了要干什么事儿，他就总要干成才罢手。可是我弄不明白他怎么会愿意插手这件事，因此我只好听之任之，绝不再为这事操心了。如果他非要这么干不可，我也没办法。

我们到家的时候，屋子里很静，一片漆黑。于是我们就朝装碱液的贮水槽旁边的小屋走过去，打算弄清楚里边的情形。我们从场院当中穿过去，想看看那几条狗会干些什么。它们都认识我们，所以没有大叫，只是像乡下的狗晚上听到外面有什么东西走过时那样叫了几声。我们来到小屋跟前，看了看它的正面和两侧，在我不熟悉的那一面——就是北面——发现了一个离地面挺高的正方形窗口，当中钉了一块厚实的木板。我说："这就好了。这窗口不小，我们要是把这块木板撬掉，吉姆就可以爬出来了。"

汤姆说："这办法像下井字棋①一样简单，像逃学一样容易。哈克贝利·芬，我倒希望我们能找个复杂些的办法来玩玩。"

---

① 一种简单的棋戏：二人轮流在一"井"字形方格内画"x"和"o"，以先连成一行者为胜。

"好吧，"我说，"我被谋杀前曾经用过把木板锯掉的办法，要不再试试吧！"

"这还差不多，"他说，"这办法听上去挺刺激，但是我们肯定还可以想出比这难上一倍的办法来。暂时别急，我们先四下里看看再说吧。"

在这间小屋背面与栅栏之间的空当儿有一间破屋，是木板搭的，与小屋的屋檐相连，长度与小屋相等，但是宽度不大，大约只有6英尺。破屋的门在南头，门上锁着一把锁。汤姆走到煮肥皂的壶那儿，搜了个遍，把人家揭壶盖的一样铁家伙拿回来了。于是他就用这个铁家伙把门上的骑马钉撬下来一个，铁链掉下来了。我们进去之后关上门，划着了一根火柴，发现这个破屋是靠着那间小屋搭的，两屋并不相通。破屋里没铺地板，里面除了一些锈得不能用的旧锄头、铲子、镐头和一把坏犁，别的什么也没有。火柴一灭，我们就马上出来了，重新把撬下来的骑马钉插上，那扇门又和原来一样锁得好好的了。

汤姆很高兴，他说："这下子事情就好办了。我们用一个星期的时间挖条地道，让他出来！"

然后，我们朝正房走去。我从后门进了屋，这里的门都没锁上，你只要拉一拉门插销上系的鹿皮绳，就可以推开门进去，但是汤姆·索亚觉得这样不够浪漫，他一定要沿着避雷针爬上去。可是他爬了三次都失败了，每次爬到一半就滑了下来，最后一次差一点把脑浆都摔出来了。他心里想，看来不得不放弃这个办法了。但是休息了一会儿以后，他决心碰碰运气，再爬一次。这回他居然爬上去了。

第二天一大早，我们就到黑人住的那些小木屋里去串门儿，逗那几条狗玩，和那个给吉姆送饭的黑人套近乎，如果吃他送去的饭菜的那人果真是吉姆的话。黑人们刚吃完早饭，正准备下地去。照看吉姆的那个黑人，正把面包、肉和一些别的东西堆在一个白铁锅里。其他的男人出门的时候，钥匙就从正房那边送过来了。

这个黑人满脸和气，一副呆相，头上的鬈发都用线一绺绺扎起来，这是为了避邪。他说这几晚总有一些妖巫死乞白赖地纠缠他，总让他看见各种稀奇古怪的东西，听见各种稀奇古怪的话和声音。他觉得这一辈子还从没有让妖巫蛊惑过这么久。他受到很大的刺激，吓得到处乱跑，把每天要做的事全忘了。于是汤姆说："这些是用来喂狗的?"

这个黑人的脸上慢慢露出了笑容，就好像你把一块砖头扔进了烂泥坑里似的。他说："对了，锡德少爷，养了一条挺稀奇的狗。想过去看一看?"

"想呀。"

我推了汤姆一下，低声说："这可不在我们的计划之内啊。"

"没错，原来的计划不是这样，可是，现在的计划就是这样。"

真讨厌，我们只好跟他一起去，但是我心里挺不乐意。我们走进小屋，里面黑乎乎的，几乎什么也看不见，但是吉姆确确实实在里面，他能看见我们，他大声喊着："嘻，哈克! 我的老天爷! 那不是汤姆少爷吗?"

我早就料到会是这样。我不知道怎么办才好，那个黑人突然插进来说："咦，天呀，难道他认识你们二位吗?"

这时候，我们能够看得很清楚了。汤姆沉着地望着他，带着几分诧异的神情说："你说谁认识我们?"

"嘻，就是这个逃跑的黑人呀。"

"他怎么会认识我们呢，你这想法太奇怪了!""难道他刚才喊你们，不是很像认识你们的样子吗?"

汤姆装出莫名其妙的神气说："咦，这就怪了。你刚才真的听见他喊了吗?"

他转过身来神态自若地对我说："你听到有人喊吗?"

我除了下面这句话以外，当然没有别的话好说，于是我就说："没有啊，我压根儿就没听见谁喊。"

然后他又转向吉姆，上上下下打量了他一番，好像根本不认识他的样子，说："你喊了吗?"

"没有啊，先生，"吉姆说，"我没喊啊，先生。"

"一个字都没说吗?"

"是的，先生，一个字都没说。"

"你以前见过我们没有？"

"没有，先生，我记不起来是不是见过你们了。"

于是汤姆又转向那个黑人，见他很慌张、很苦恼的样子，便带着几分严厉的口气说："你想想你究竟出了什么毛病？什么东西使你觉得有人在喊叫呀？"

"哦，是那些该死的妖巫，先生，我真巴不得死了才好呢。他们老缠着我，先生，差点儿要了我的命，这都是他们吓的呀。先生，请你千万别把这件事告诉任何人，不然的话，赛拉斯老爷又要骂我了，因为他说根本就没有妖巫。如果他现在在这儿的话，不知道他会说些什么呢。我保管他这回再也躲不开这种事了。可是世上的事总是这样的：糊涂人就一辈子糊涂，他们不愿意亲自去把事情弄清楚，等你把事情搞清楚了去告诉他们，他们又不信。"

汤姆给了他一毛钱，说我们对谁都不说，要他再买些线把头发多扎上几绺，然后他看着吉姆说："如果我抓住一个忘恩负义的黑人，一定会把他绞死，不知道赛拉斯姨夫想要如何处置这个黑人呢？"

那个黑人拿着那1毛钱硬币走到门口那里，用牙齿咬了几下，以此判断是不是真钱，这时候，我轻轻地告诉吉姆："一定不要让其他人看出来你和我们认识。夜晚的时候，你如果听见挖地的声音，那就是我们。我们准备救你出去。"

那黑人返回的时候，吉姆正用力捏着我们的手。我们告诉那个黑人说，如果不反对的话，我们会经常来的，他说他非常希望我们再来，尤其是在夜晚的时候，因为妖巫大多是在天黑后纠缠他，那时候若有人能陪在他身边是非常好的。

第三十五章

距离早饭大概一个小时的时候，我们赶到了林子里。因为汤姆说，挖地道的时候有点儿亮光是最好的，这样看得清晰，而灯呢，因为太亮，我们害怕引起麻烦。我们最好可以找一些人们称为"狐火"的烂木头，放置在黑暗的地方，能够看见微微的光。我们在林子里找了一大捆，之后把这一捆烂木头藏在了草丛里，接着坐着歇息了会儿。后来汤姆略带不满地说："真麻烦，这件事情嘛，从它的整体而言，既容易，又别扭。可是若要制订一个复杂的方案，是真的不简单。又没有一个看守理应被毒死的……本来就应该有这样一个看守嘛。就连应该投蒙汗药的狗也没有。吉姆呢，铐着一副一丈长的脚镣，一边拴着一条腿，一边拴在了床腿上，你若是一提床，脚镣就会掉下来。再说，赛拉斯姨父对所有的人都很信任，把钥匙交给了那个黑奴，并且也不派人监视着他。这样的话，其实吉姆早就能从窗洞里爬出来，只不过腿上绑了一丈长的铁镣，不能走路。真是糟透了，哈克，这样一个顶顶愚蠢的安排我从来没有见过。所有的艰险曲折，一桩桩、一件件都得凭空制造出来。啊，实在无法可想，我们只能凭眼前的材料能怎么做就怎么做。但有一点是毋庸置疑的，我们要经历千难万险才能把他光荣地救出来。可这样的千难万险，原本应该有人有这个责任提供的，如今却一无着落，必须由你凭空编造出来。现在就拿灯这一件事来看一看吧。面对眼前无情的现实，我们就必须装作那是一件多么危险的事。其实呢，据我看，只要我们高兴，我们原本不妨来个火炬大游行也碍不了事啊。哦，我现在又想起了一件事，即一有机会，我们就找些材料做一把锯子哩。”

“要一把锯子干什么用？”

“要一把锯子干什么用？我们得锯断吉姆那张床的腿，好叫脚镣脱下来。”

“哈，你不是说，只要有人把床往上一提，脚镣就可以往下掉吗？”

“啊，哈克贝利·芬，你这话真是活像你这种人说的。遇到一件事，就会像一个上幼儿园的小孩子那样对待它。难道你从来没有念过那些书？难道没有念过有关屈伦克伯爵，或者卡萨诺伐，或者贝佛努托·契里尼，或者亨利第四这类英雄好汉的书？有谁听说过有人会用老娘们儿的那套办法去救出一个囚犯的？绝对不行。凡是赫赫有名的人，他们都是这么干的，把床腿给锯成两截子，让床照原样放在那里，吃下锯下的木屑，好叫人家无从找到。为了使床腿看上去是完好的，我们在锯过的地方涂上泥和油。随后，到了夜晚，你准备好了一切，就对准床腿这么一踢，床腿的一截子被踢到了一边，那脚镣就脱落了，就大功告成了。此外不用忙别的事，只要把你的绳梯拴在城垛上，顺着它爬下去，然后在城墙里摔坏了腿，你知道吧？那绳梯短了18英尺……好，你的马，你忠实可靠的亲随正守在那里，他们连忙打捞起来你，扶你跨上马鞍，你就飞驰到你的老家朗格多克或者纳伐尔，或者别的什么地方。这才叫有声有色呢，哈克，我多么渴望小屋下面有个城壕啊。到了逃亡的那个晚上，如果时间允许，让我们挖出一个城壕来。”

我说：“城壕有什么用啊？我们不是要从小屋下面让他像蛇一样偷偷爬出来吗？”

可是，汤姆已经陷入了旁若无人的沉思中，把一切都忘得干干净净了。没多久，他叹了一口气，摇摇脑袋，随后又叹起气来。

他说：“不，这个办法不行……这么做还没有必要。”

"干什么?"我说。

"啊,锯断吉姆的腿。"他说。

"我的老天!"我说,"怎么啦?有必要这么做嘛。你为什么要锯断吉姆的腿呢?"

"嗯,有些非常出名的人物便是这么做的。他们无法挣脱锁链,便干脆把手砍断了逃走。我觉得砍断腿要更好一些。不过,我们还没有必要这样干。再说,吉姆是个黑奴,他不懂必须这样干的原因。这是在欧洲流行的习惯,所以我们只得放弃。可有一件事是必需的,他必须有一根绳梯才行。我们不妨把我们的衬衫撕下来,便能不费事地给他搞一根绳梯。我们可以把绳梯藏在馅饼里给他送去。人家多半是这么做的。我曾吃过比这还难吃的馅饼。"

"啊,汤姆·索亚,你说到哪里去了啊,"我说,"吉姆根本用不着绳梯啊。"

"他必须用绳梯,这说明你对此一窍不通啊。他非得有一根绳梯不行,人家都是这么干的嘛。"

"你说一说,他用这个能干些什么?"

"干些什么?他不妨把这个藏在褥子底下,不是吗?他们都是这么干的。他也必须这么干。哈克,你啊,好像总不愿意按照规矩出牌,总喜欢搞些新花样。就算这个他派不上用处吧,在他逃走以后,这个留在床上,不也就成了一条线索吗?你以为他们不是都需要线索吗?当然,他们都需要。你得留点线索,要不然非得让他们煞费苦心不可,你说是不是啊?这样的事,我可从没有听说过。"

"好吧,"我说,"如果这是规矩,他必须有一根绳梯。那就让他有一根吧。因为我并不想到不按规矩办事的境地,不过嘛,还有一件事呢,汤姆·索亚,要是撕下我们的衬衫来,给吉姆搞一根绳梯,那莎莉姨妈肯定会找我们算账,这是可以肯定的。照我看,用胡桃树皮做成一挂绳梯,既不用花什么钱,也不用糟蹋东西,也一样可以包在馅饼里,藏在草垫子底下,跟布条编的绳梯一个样。而吉姆,他并不清楚是怎回事，所以他不会在乎到底是怎么一种……"

"哦，别瞎说了，哈克贝利·芬，如果我像你那么无知的话，我宁可不说话，我就会这么做。可有谁听说过，一个囚犯竟然从一根由胡桃树皮做的绳梯逃跑的？啊，这简直荒唐极了。"

"那好吧，汤姆，就按你的意思办吧。不过嘛，要是你肯听我劝告的话，你会同意由我从晒衣绳上借条床单。"

他说这也行。而且还引出了他的另一个想法，他说："顺便借一件衬衫吧。"

"要一件衬衫有什么用，汤姆？"

"好让他在上面写日记。"

"记什么日记！他连字也不会写啊。"

"就算他不会写吧，他可以在衬衫上做些标志，不是吗？我们还可以用一只旧白铁皮调羹，或者用一片箍桶的旧铁条为他做一支笔。"

"怎么啦，汤姆，我们不是能从鹅身上拔一根毛，做成一支更好的笔，而且更快便能做成笔吗？"

"囚犯在地牢能见得着鹅让他拔毛做笔吗，你这个笨蛋。他们总是用最坚硬、最结实、最费劲的东西，像旧烛台啊，或是能弄到手的别的什么东西，来做笔。这就得靠他们在墙上锉，得花好几个月呢。就算是有一支鹅毛笔吧，他们也不会用，因为这不合乎规矩嘛。"

"好吧，那么，我们拿什么来给他做成墨水呢？"

"很多人是用铁锈和眼泪做的。可那是平庸之辈和娘儿们用的办法，那些赫赫有名的人物用的是他们自己身上的鲜血。吉姆当然可以这样做。他要想把具有一般神秘性质的小小的通常的信息送出，将叫全世界都知道他现在被囚在何地何处，他就可以用叉子刻在一只白铁盘子背后，并且从窗子里扔出来。铁面人就是这么干的，这个办法很妙。"

"可吉姆并没有白铁盘子啊，他们是用平底锅给他送食吃的。"

"这没什么，我们可以给他几个。"

"没有人看得懂盘子底上的东西吗？"

"这无关紧要，哈克贝利·芬。重要的是他必须在盘子底上写好了，然后把它扔出来。你根本不必非得读懂不可。囚犯写在白铁盘子上或者在别的什么东西上，你看不懂的要占半数呢。"

"这样说来，把盘子白白扔掉有什么用处呢？"

"啊，管它呢，盘子又不是囚犯自己的。"

"可盘子总是有主的，不是吗？"

"好吧，有主又怎么样？囚犯哪管它是谁的……"

他说到这儿就停住，因为我们听到了吃早饭的号角声了。我们就跑回家来。

一天上午，我借了晒衣服绳子上一条床单和一件白衬衫。我用两只旧口袋，装这些东西。我们又下去找到了狐火，也放到了里面。因为我爸一向管这个叫借，所以我也把这个叫借。可是汤姆说，这是偷。他说他是代表了囚犯的，而囚犯并不在乎自己是怎样把一件东西弄到手的，只要弄到了手就行了，谁也不会为这个怪罪他。一个囚犯，为了逃跑而偷了什么，这不叫犯罪。因此，只要我们是代表了一个囚犯的，那么，为了叫我们逃出监牢，凡是有用处的，偷了也不是犯罪。汤姆这么说，说这是他的正当权利。所以，我们现在代表一个囚犯，为了能更好地逃出监狱，我们便可以偷这里对我们有用的任何东西。他说，要是并非囚犯的话，那就大不一样了。一个人如果不是囚犯而偷东西，那他便是一个卑鄙下流的人。因此我们认为，这里任何一样东西，我们都可以偷。可是在这么讲了以后，有一天，他和我庸人自扰地吵了一架。那是我从黑奴的西瓜地里偷吃了一个西瓜，我被他逼去，还给了黑奴1角钱，付的什么钱也没有对他们说明。汤姆说，他的意思是说，我们能偷的，是指我们需要的东西。我说，那好啊，我需要西瓜嘛。然而他说，我需要这个并非为了逃出牢狱，而不同之处，恰恰正是在这里。他说如果我要西瓜，是为了把刀子藏在里面，送给吉姆，杀死监狱看守会用到的，那就是完全正当的了。所以，我也就没有多说什么，尽管要是每次有机会能饱餐一顿西瓜，却硬要我这么坐下来，仔细分辨其中像一根头发丝那样的差别，那我就看不出代表罪犯有什么好处了。

好，我刚才说了，我们那个早上在等着大伙儿一个个开始干正事了，也看不到有人影在场院周围了，汤姆就把那个口袋带进了屋。我呢，站在不远的地方，替他放风。没过多久他出来了，我们就跑到木材垛上，坐下来说起话来。

"眼下把一切都搞得顺顺当当的，除了工具一项。那也是容易解决的。"

"工具？"我说道。

"是的。"

"工具，做什么用？"

"怎么啦？挖地道啊。总不能让我们用嘴巴去啃出一条道儿来让他出来，难道不是吗？"

"那儿不是有一些旧的铁镐等东西，能挖成一个地道吗？"我说。

他把身子转过来看着我，那神情仿佛是在可怜一个哭着的娃娃。他说："哈克贝利·芬，你难道听说过有一个囚犯用铁锹和镐头，以及衣柜里的所有现代工具，来挖地道逃出来的吗？如果你现在的头脑还是这么迷迷糊糊的话，他还怎么可以轰轰烈烈表演一番，把他的英雄本色显示出来？哈哈，那还不如叫人家借给他一把钥匙，靠这个逃出来算了。什么铁锹、镐头……人家才不会给一个国王这些呢。"

"那么好的，"我说，"既然我们不要铁锹和镐头，那我们究竟要些什么呢？"

"要几把小刀。"

"在小屋地下面挖地道用到的？"

"是的。"

"啊哟！这有多蠢呢！汤姆。"

"这跟蠢不蠢没关系，这是规矩，就要按照规矩做。除此以外，我也没有别的办法了。有关这些事，能提供信息的书，我全都看过了。人家都是用小刀挖地道逃出来的……你可要注意挖的可不是土，而是坚硬的石头。得用连续好几个星期的时间哩，硬是没完没了。就拿其中一个囚犯为例吧，那是在马赛港第夫城堡最深一层地牢里的囚犯。他就是这样挖了地道逃出来的。你猜猜，他用了多少时间？"

"不知道。"

"那就想一想吧。"

"我猜不出。两个半月？"

"37 年……他逃出来时发现自己到了中国，这才是好样的。我但愿现今这座地牢底下是硬邦邦的石头。"

"吉姆对中国很陌生啊。"

"那有什么关系？谁在中国也没有熟人嘛。不过，你老是爱偏离主题。为什么不能紧紧抓住主要的问题？"

"好吧……反正他是出来了，可吉姆还没有。可是有一点可不能忘了……要吉姆用小刀子挖了逃出来，那他已经老了。他活不了这么长时间。"

"不，他会活这么久的。如果挖土质的地基，用不了 37 年，对吧？"

"那用多久呢，汤姆？"

"嗯，我们的时间绝对不能太长了，因为赛拉斯姨父也许不久便能从新奥尔良得到下游的消息。他会知道吉姆不是从那里出来的。那他第二次便会登广告，招领吉姆，或者采取其他类似的行动。所以我们更要避免那样，也就是按常理，该挖多久便挖多久。按理说，我看啊，我们该挖好多年，可是我们办不到啊。既然前途难料，我建议这么办：我们还是马上挖，或者尽快挖。从这以后，我们不妨只当是我们已经用了 37 年才挖成的。随后，一旦发生紧急情况，我们就把他给拖出来，赶紧送走他。是啊，依我看，这是最好的办法。"

"好吧，这话还有点道理，"我说，"只当是不费什么劲，不会惹出什么麻烦来。如果必须要这么做的话，我并不在乎，就当是已经挖了几百年。就算动手后，我也不会感觉很累人。我立刻就去，偷两把刀子回来。"

"偷三把，"他说，"要用两把做成锯子。"

"汤姆，也许我此时要说的话是严肃的，不合规矩的，"我说，"有一根生了锈的锯条就放在那个熏肉房后边防雨板的下边。"

他的脸色非常不好，也提不起精神来。他说："哈克啊，教给你的所有东西都是没用的。赶紧去找刀子吧……偷四把。"于是，我就按照吩咐去偷刀了。

第三十六章

　　那天夜晚，在大家都熟睡后，我们便顺着避雷针下了楼，进到那间斜顶棚子里。关好门后，我们从袋子里面取出那堆烂木块，堆积在一块儿。我们清理掉了墙角底下那根横木前面的所有东西，只空出了宽四五英尺的一片空地。汤姆说我们目前正位于吉姆的床铺后面，完全可以从这里开始挖。当人在小木屋的时候，是不会发现床下的那个洞的，因为吉姆的床单差不多拖到了地上，你必须得掀开窗帘，弯腰才可以看到那个洞。接下来我们就利用餐刀挖了起来，我们一直挖到了半夜。这时，我们已经精疲力竭了，双手被磨得起了泡，可是还是要继续挖下去。后来我说："即使花 37 年也干不完，要干到 38 年呢，汤姆·索亚！"

　　他沉默着，只是叹了叹气，过了一会儿，就停止挖了，又过了好一会儿，我清楚他是在想心事。后来他说："这没用，哈克，这样干下去不会有结果的。如果我们真的是囚犯的话，我们倒可以不停地挖下去，因为我们想干多少年，就可以干多少年。我们每天趁看守换班的时候，挖上几分钟，那样我们手上也不会磨起泡。我们年复一年地可以把活干得很漂亮。但是我们现在可不能胡混，得加紧干。我们可耽搁不得呀，要是像这样干上一夜，我们就得歇上一个星期，等手上的伤好了才能继续干，不然，这手恐怕疼得连刀都不敢碰。"

"那么，我们该怎么办呢，汤姆？"

"有个办法虽然不对，也不道德，而且我也难说出口，但是除了这样干，没有别的法子。我们只好用镐头来挖了，但在心里面要把它当刀子才行。"

"这话在理！"我说，"汤姆·索亚，你的脑袋瓜是越来越清醒了，"我说，"不管有德还是无德，挖地就得用镐头。对我而言，我也管不了什么道德不道德了。我要是动手去偷一个黑人，或一个西瓜，或一本主日学校的图书，只要能偷到手就成，至于用什么办法我是不讲究的。我只知道我要的是我的黑人，我要的是我的西瓜，或是我的主日学校的图书。如果镐头用起来方便，那我就用它去挖那个黑人、那个西瓜或那本主日学校的图书。至于那些行家里手怎么想，我才不管呢。"

"唔，"他说，"在这种情况下，把镐头当成刀子还说得过去，否则，我就不赞成这样干。我不会眼睁睁看着人家坏了规矩，而站在一旁不闻不问。因为对就是对，错就是错，一个人如果不是太糊涂，还懂点道理，就不该明知故犯去做错事。你用镐头去把吉姆挖出来，心中不把它当成刀子，这对你来说也许合适，因为你根本不懂道理。但是对我来说就不行，因为我是懂道理的。递给我一把刀吧。"

我把我的刀子递给了他，尽管他自己的刀就在他旁边。他接过去往地上一扔，说："给我一把刀。"

这着实让我不知所措，不过我还是想了一下，便在那些旧工具里面翻寻了一阵，拿起一把尖嘴锄递给他。他一句话也没说，接过去就埋头挖起来。

他总是那样一丝不苟，满脑子都是原则。

于是我们一个使劲锄，一个拼命用铁锨铲，转来转去，闹得满屋子尘土飞扬。我们不停地干了大约半个钟头，实在坚持不下去了。但是刨开的口子已经不小，看上去挺像样的。等我上到楼上，朝窗外一望，看见汤姆正沿着避雷针拼命往上爬，但是他两只手痛得厉害，怎么也爬不上来。最后他说："不行，爬不上去。你倒说说，我该怎么办啊？"

"办法倒有，"我说，"只怕不合规矩。你从楼梯上上来，把楼梯当作避雷针就行了。"

于是，他就照我说的做了。

第二天，汤姆在正屋里偷了一把白匙子和一个铜烛台，准备送给吉姆去做钢笔，另外还偷了六支蜡烛。我在黑人住的小木屋周围转悠，想找机会偷三个白铁盘子。汤姆说三个盘子不够。但是我说，吉姆扔出来的盘子都会掉在窗口下面的野茴香和风茄里面，这样我们可以把它们捡回来，他又可以再用。汤姆感到满意了。接着他说："我们现在得想一下，怎样把这些东西送给吉姆。"

"等我们挖好了洞，就从洞里送进去吧。"我说。

他脸上露出不屑一顾的样子，嘴里咕哝，说这么蠢的主意也想得出，接着他就动脑筋想起来。过了一会儿，他说他想出来了两三个办法，现在不必就定下来用哪个。他说我们得先给吉姆捎个信去。

那天晚上 10 点刚过，我们就带上一支蜡烛，顺着避雷针溜到楼下，跑到木屋的窗口下面，只听见吉姆在打呼噜。于是我们把蜡烛扔了进去，但是没有把他弄醒。接着我们拿起镐头和铁锹使劲挖起来，大概两个半钟头后，终于完工了。我们从洞口钻进去，由吉姆的床下爬进了小屋，找到了那支蜡烛，把它点燃了。我们在吉姆床边站了一会儿，见他气色很好，身子骨硬硬朗朗的，就轻轻地把他推醒。他见到是我们，高兴得差一点叫起来。他叫我们宝贝，凡是他想得起来的爱称都叫遍了。他要我们立刻去找一把凿子来，把他腿上的铁链凿断，然后赶快逃跑，一分钟也不耽搁。但汤姆告诉他，先别急，又把我们的计划都告诉了他。还说一旦风声紧，我们可以随时改变计划。还对他说一点也不用害怕，因为我们一定保证他跑出来，不会有半点闪失。于是吉姆说，那好吧。我们坐在那里谈了一会儿过去的事情，接着汤姆提了一大堆问题。吉姆告诉他赛拉斯姨父每隔一两天就来和他一起做祷告，莎莉姨妈也常过来，看他过得舒服不舒服，能不能吃饱，他们对他是好得不能再好了。汤姆说："这一下我有办法了。我们会让他们给你带几样东西来的。"

我说："这事儿可干不得，这是我听到过的最蠢的办法。"但是他根本就听不进我的话，只顾自己说下去。他就是这样的。

于是他告诉吉姆说，我们得让纳特——就是那个给他送饭的黑人，把藏着绳梯的大馅饼和别的大件东西偷偷拿进来，所以他千万得小心，不要大惊小怪，不要让纳特看见那些东西。我们把一些小东西放进姨父的上衣口袋里，他也得设法把它们偷出来。我们还要把几样东西拴在姨妈的围裙带子上，或是塞进她的围裙口袋里。汤姆把那些东西的名称、用途都告诉了吉姆。又教给他怎样用自己的血在衬衫上写日记，以及所有这一类的事情。他说的这些，吉姆有一多半听不明白，但因为我们是白人，懂得比他多，所以他也就满意了，说一定按汤姆所说的去做。

我们靠着吉姆的好几个棒子芯烟斗和许多烟叶，聚在一起乐了好一阵子。然后我和汤姆满手是伤地从洞里爬出来，回屋去睡觉。汤姆的情绪高昂，他说这是他这辈子玩得最最有意思的一回。他还说，只要想得出办法来，我们这辈子就这样玩下去，把吉姆留给我们的孩子去救。因为他觉得只要习惯了，吉姆是会喜欢这种玩法的。他说这样一来，就可以拖上80年，创造坐牢时间的最高纪录。他还说，参与了这件事的人，到那时也会名扬四海。

第二天早晨，我们跑到柴堆上，把铜烛台砍成了几小段，汤姆把这些铜条和那把白匙子装进他的衣袋里。然后我们就来到那排黑人住的小木屋里。我设法把纳特的注意力引开，汤姆趁他没注意，把一根铜条塞进一个放在锅里准备给吉姆送去的玉米饼里面。我们跟着纳特一块儿去看了：吉姆一口咬下去，差一点把他满嘴的牙都崩掉了。汤姆自己也说，这比什么东西的效果都好。吉姆没泄露秘密，只说那不过是一粒小石子什么的，饼子里常有这种东西，这你也知道。但是自从那回以后，他无论吃什么东西，总要先拿叉子在上面戳三四处地方，才放心去咬。

我们站在昏暗的光线中的时候，突然从吉姆的床底下钻出两条狗来。然后一条接一条钻出来，一共有11条，几乎挤得你透不过气来。糟糕，我们忘了把破屋的门扣上！纳特只喊了一声"妖怪"，就突然晕倒在这群狗当中了，像一个临终的人那样痛苦地哼起来。汤姆猛地把门打开，拿起一块送给吉姆吃的肉往屋子外面一扔，那些狗立刻就跑去抢，他也跟着跑了出来。一眨眼工夫，他又回到屋里，把门关上，我知道他把破屋的门也关好了。接着他就走过来安慰这个黑人，用好话哄他，跟他亲热，问他是不是又想入非非，以为看见什么东西了。他站起来，向周围眨巴眨巴眼睛说："锡德少爷，你骂我是笨蛋也罢了，可是我真的看见了千千万万条狗，或是千千万万个妖魔鬼怪，或是别的什么东西。我要是信口胡诌，就立刻死在这儿。我确确实实看见了，一点也不假。锡德少爷，我摸到它们了，我摸到它们了，先生！它们都扑到我身上来了。该死的东西，我多么想抓住其中一个啊，哪怕是抓住一回也好呀。我也不要求别的。可是我真希望他们能让我一个人安静安静，别来缠我。"

汤姆说："嘻，我跟你说吧。它们之所以在这个黑人吃早饭的时候到这儿来，那是因为它们肚子饿了，这就是真正的原因。现在你去做一件你该做的事吧，给它们弄个斋饼去。"

"可是，我的老天爷呀，我可真不会做什么斋饼啊，锡德少爷，我不知道怎样做呀，这种东西我以前听都没听说过呢。""唉，那就让我自己动手来做吧。""你愿意做吗，宝贝？你肯？那我真要拜倒在你脚底下了，我一定要拜！"

"好吧，看在你的分上，就由我做吧，你待我们一直很好，还带我们过来看这个逃跑的黑人。不过你可要记住了，当我们在这里的时候，你必须转过身去。不管我们向锅里放什么东西，你都要装作什么也没有看见。吉姆从锅里取出东西的时候，你也不可以看——否则就会有事情发生，是什么我也不清楚。最要紧的是，一定不要去触碰那些妖怪吃的东西。"

"不要触碰妖怪吃的东西，锡德少爷？你这话说得，你就是给我一千万块钱，我也丝毫不会去触碰它的。"

第三十七章

　　终于都安排好了，我们再次来到了场院堆着垃圾的地方。这家人的烂布头、旧皮靴、碎瓶子、旧白铁什物等破烂都堆放在那儿。我们翻了一会儿，发现了一只用白铁制成的旧洗碗盆，我们尽量将盆子上面的那个洞封好，以便用它来烘饼子。我们又下到地窖，偷了一大盆面粉，接着就准备吃早饭，最后我们又发现了几只小钉子。汤姆说："囚徒可以用这些钉子在墙上刻下自己的姓名和苦闷。"他分别向椅子上搭着的莎莉姨妈的围裙口袋里和在柜子上放着的赛拉斯姨父的帽箍里放进了钉子。我们这样做的原因是我们听见孩子们说，他们的父母将在今天上午去黑奴的那间屋里。后来，我们就去吃早饭了。汤姆又在赛拉斯姨夫的上衣口袋里放进了另一把调羹。莎莉姨妈还没有来，我们还要等着她。

　　她一来，便气呼呼的，脸通红，一肚子火，几乎都等不及做感恩祷告似的。然后她一只手端起咖啡壶"哗哗"地给大家倒咖啡，另一只手用套在手指上的顶针给了最近的一个孩子脑袋上一个爆栗，一边说："我翻了个底朝天，也没有找到。你那另一件衬衫怎么一回事了？"

　　我的心往下一沉，沉到了五脏六腑的底下去了。一块刚掰下的玉米饼皮刚被送进我的喉咙，可在半路上一声咳嗽，"啪"地被喷了出来，正好打中了对面一个孩子的眼睛，疼得他弓起身子像条鱼虫，"哇"的一声大叫。这一声啊，可与印第安人打仗时的吼叫声相比。汤姆的脸色马上变得发青，大约有 15 秒钟这么久，情势可称非常严重。这时候啊，我恨不得钻进地缝去。刚才的事着实吓了我们一跳，但之后，一切又归于平静。赛拉斯姨父说："这简直太不可思议了。我记得清清楚楚，明明是我脱了下来，因为……"

"因为你就穿了一件。听听这个人说的什么话！我知道你脱了下来，这一点我比你清楚。因为我亲眼看到昨天还在晾衣绳上的。突然却不见啦……不管怎么说就是这么回事。现在你先把那件法兰绒红衬衫换上，等我有工夫再给你做一件新的。那可是两年当中给你做的第三件了。为了你有衬衫穿，就得有人不停地忙碌。你这些衬衫是怎么穿的，我实在弄不懂。这么大年纪，你也该学着让人省点儿心吧。"

"这我懂，莎莉。但这不能只怪我嘛。你知道，除了穿在身上的以外，我既见不到，也管不着嘛。再说，就是从我身上脱下来的，我看我也从来没有丢掉过啊。"

"好吧，赛拉斯，如果是那样，你肯定就没错了……但，如果是你故意丢的话，你是会丢的。再说，丢的也不光是衬衫啊。还有一把调羹不见了，并且还不只是这个。原本是 10 把，如今却只有 9 把。我看，衬衫是被牛犊子搞走了，不过牛犊子可绝不会搞走调羹啊，这是肯定的。"

"唉，还丢了什么，莎莉？"

"6 根蜡烛也不见啦。耗子能叼走蜡烛，我想是耗子叼走的。我一直奇怪，它们怎么没有把这儿全家都给叼走，凭你那套习性，说什么要全堵死耗子洞，可就是光说不做。耗子也真蠢，要不，耗子真会在你头发窝里睡觉了。赛拉斯，而你也不会发觉。不过嘛，总不能怪耗子把调羹叼走了吧，这我心里有数。"

"啊，莎莉，是我有错，这我承认，我太疏忽大意了。不过我明天准会堵死耗子洞的。"

"哦，别急，明年还来得及嘛，玛蒂尔达、安吉里娜、阿拉明达、费尔贝斯！"

顶针"叭"地一敲，那个女孩赶紧缩回了伸向糖盆子的爪子。正在这时，黑女奴走上了回廊说："太太，床单不见了。"

"啊，老天啊！床单不见了？"

"我现在就去填死耗子洞。"赛拉斯姨父说，一脸无奈相。

"哦，给我闭嘴！难道你认为是耗子叼走床单？丢到哪里了，莉莎？"

"天啊，我实在不知道，莎莉太太。昨天还挂在晒衣绳子上，今天就不见了，已经不在那儿啦。"

"这样的日子可从未有过啊，我恐怕世界末日到了！一件衬衫，一条床单，还有一把调羹，还有几根蜡烛……"

"太太，"来了一个年轻的混血丫头，"一只铜烛台不见了。"

"都给我滚出去，还想等着挨骂吗？"

她正在火头上。我想找个空子，偷偷出去，一头钻进林子里，等风头过去。可她却一直在发作个不停，只她一个人几乎闹翻了天，大伙儿一个个缩头缩脑，不出一声。后来，赛拉斯姨父，那样子傻乎乎的，从自己口袋里东摸摸、西摸摸，摸出了一把调羹。但马上停住了，嘴巴张得大大的，举起了双手。当时我真恨不得钻进老鼠洞去。不过，没过多长时间就好了，因为她说："不出我的所料。啊，调羹一直在你的口袋里，这么说来，别的一些东西也在你手里吧。先告诉我调羹怎么会到你的口袋里呢？"

"我的确不知道啊，莎莉，"他带着道歉的口气说，"不然的话，我早就会说了。早饭以前，我正在研读《新约》第十七章。我想可能是无意之中把《新约》放进去了呢。是这样的，因为《新约》不在这里。不过我倒要去看一下，看《新约》在不在我原来放的地方。我想我并没有把调羹放进口袋里。这样就表明，我把《新约》放在了原地，拿起了调羹，随后……"

"哦，天啊，让我们都清静清静吧！出去！你们这些讨厌鬼，连大带小，都给我出去，在我静下心来以前，别来打扰我。"

我听了她的话，出去了。即使我是个死人，我也会这么办的。我们穿过起居间的时候，老人拿起了他的帽子，小钉子便掉到了地板上。他便捡了起来，放在了壁炉架上，没有作声，走了出去。

他这些动作都被汤姆看在眼里，想起了调羹的事，便说："啊，现在他已经靠不住了。"然后又说，"不过嘛，他那调羹无意之中帮了我们的忙。所以我们也要在无意之中帮他一回忙，堵住那些耗子洞。"

我们整整干了一个半小时，才把地窖里的耗子洞堵完。不过我们堵得严严实实，又好，又整齐。随后梯子上传来有人下来的声音，我们便把蜡烛吹灭，躲了起来。这时老人下来了，一手举着一支蜡烛，另一只手里拿着堵耗子洞的东西，那神情有点儿心不在焉的模样，就仿佛一年前一样。他呆呆地查看了一个耗子洞，又呆呆地查看另一个耗子洞，又查看另一个，后来把一个个耗子洞都查看遍了。随后他站在那里，足足有5分钟，一边掰掉了蜡烛滴下的烛油，一边在思索。

随后他慢吞吞地，好像在睡梦中似的走上梯子，一边在说："啊，天啊，我可记不得曾在什么时候堵过了。现在我能跟她表明，那耗子的事可不能怪我。不过算了……随它去吧。我看啊，说了也没什么用。"

他就自言自语着上了梯子，我们也就走开了。他可是个老好人啊。他从来都是这样的。

汤姆为了再找一把调羹，可花费了不少心思。不过他说，我们必须找把调羹，于是他开动了脑筋想出了办法，并告诉了我。随后我们等在放调羹的篮子边上，等到莎莉姨妈走过来。汤姆走过去数数调羹，随后把调羹放在一边，我呢，随机偷偷地拿了一把，放在袖口里。汤姆说："啊，莎莉姨妈，只有9把。"

她说："玩你的去吧，别打扰我，我有数，我已亲自数过了。"

"嗯，阿姨，我数了两遍了，我怎么数都只有9把。"

她显然有些不耐烦了。不过，她过来又重数了一遍。谁都会这么做嘛。

"我发誓，只有9把啦！"她说，"啊，天啊，这到底是怎么回事啊，难道被瘟神拿走啦，让我再数一遍。"

我把我刚拿走的一把偷偷放了回去。她数完以后说道："咦，现在怎么又是 10 把了，真见鬼。"她显得很气愤。

不过汤姆说："啊，阿姨，我数的并不是 10 把。"

"你这糊涂虫，你刚才不是看着我数的吗？"

"我知道，可是……"

"好吧，我再数一遍。"

我又拿走了一把，结果跟刚才的一样还是 9 把。啊，这一下真把她弄火了，简直浑身直抖，现在她已经是头昏眼花，甚至把那只篮子也数作一把调羹，有三回数对了，另外三回却又数错了。气急败坏的她，把篮子扔在了猫身上，打得它魂飞魄散。她说她要一个人静一会儿，吃饭前不许我们来打扰她，否则她要剥我们的皮。这样，我们就得了那把作怪的调羹，趁机让调羹进了她围裙的口袋里。吉姆也就在中午以前得了调羹，还有那只小钉。这事让我们非常满意。汤姆认为再花一倍的麻烦也值得。因为他说，如今啊，她为了自己保命起见，从此再也不会数调羹啦。因为她再也不相信自己会数对了。往后几天里，她还会再数，数得自己晕头转向，从此便不会再数了。她发誓说谁再让她数调羹，她就非跟这人拼命不可。

所以我们就在那天夜里，把床单放到晒衣绳子上，另外在衣柜里偷了一条，就这样放放偷偷，有好长时间。她终究也闹不清楚有几条床单。她说为了多活些日子，她不会去操这个心啦！

这样，我们现在就太平无事啦。衬衫啊，床单啊，调羹啊，还有蜡烛啊什么的，靠了牛犊子、耗子和点数目的一笔糊涂账，就这样全都混了过去。蜡烛台呢，也没什么要紧，慢慢也会混过去的。

现在馅饼的事儿是个难题。为了馅饼，我们可费了不少周折。我们在下边很远的树林子里做好了，随后在那里烘焙，最后总算做成了，而且叫人非常满意。不过，并非一日之功就能做成的。我们烤了四盆面的馅饼，为此差点把眼睛熏坏了。因为你知道，我们要用的只是那张酥皮，可这酥皮总是撑不起来，老是往下陷。不过，后来我们终于找到了解决的办法，那就是把绳梯放在馅饼里一起烘。于是在第二天晚上，我们到了吉姆的屋里，把床单全撕成一小条一小条，搓在一起，赶在天亮前就搞出了一根美美的绳索，足够用来绞死一个人。我们"只当是"花了 10 个月时间才做成了的。

在上午，我们把这个带到了下边的树林子里，不过馅饼是不能包住这绳索的。既然是用整整一张床单做的，如果我们需要的话，这绳索足够 40 个馅饼用的。此外还有大量剩余的，可以用来做汤、做香肠或者别的你爱吃的东西。总之，做出一顿筵席也够用了。

但我们只需要放在馅饼里的，因此我们把多余的都扔掉了。我们害怕盆的焊锡被火化掉，没有在洗衣盆里烘饼。赛拉斯姨父有一把珍贵的铜暖炉，是他心爱之物，因为这有木头长把子的炉，是他的一个祖先随着征服者威廉坐"五月花"之类早先的船只从英格兰带来的，它和其他珍贵的古物被藏在顶楼上。之所以珍藏它们是因为这些是古董。我们把它偷偷弄了出来，带到下边的树林子里。开头烘几次馅饼时失败了，因为我们开头不得法，不过最后还是成功了。我们先在炉底和炉边铺了一层生面团，把炉子放在煤火上，再在里面放上一团布索子，上面加一层面团，把它罩住，盖上炉盖子，上面放一层滚烫的煤炭。我们呢，却站在既凉快又舒服的 7 英尺之外握着长木把。过了 15 分钟，馅饼就做好了，看着就很诱人。但是，吃馅饼的时候，最好准备好几桶牙签，因为如果他的牙齿不会被馅饼塞得严严实实，那就是我胡说了。再说，吃完以后，一定会让他的肚子非常疼痛。

当我们在吉姆的锅里放进这个魔法般的馅饼时，纳特也没有看。我们在锅的底部放了三只白铁盘子。这样，吉姆把这些东西全部拿到了手。当只有他自己的时候，他就会迅速掰开馅饼，取出绳梯，并将其搁在他的稻草被套里面，接着在白铁盘子上做好记号，把它扔到窗外。

第三十八章

做锯子真的是十分辛苦。吉姆觉得题词才是最苦、最累的一种活，可是作为囚犯总要在墙上随意地刻一些字，如果是这样，汤姆会觉得那一定会要了他的命的。但这字也只有他题了，从来都没有听说过哪一个政治犯不题一些字，留下他的纹章①就逃走了的。

"看看吉尔福特·达德利吧，"他说，"看看简·格蕾郡主吧，再看看诺森伯兰老公爵吧！嗐，哈克，就是很难，你也只能这么做，问题总归还是要解决的啊！吉姆必须在墙上题字，并且还要留下纹章。大家都是这样做的。"

吉姆说："汤姆少爷，我没有蚊帐，唯一一样东西就是你送给我的这件旧衬衣，你也明白，我还要在上面写日记呢。"

"哦，吉姆，你理解错了，那是两码事儿。"

"嗐，"我说，"吉姆说他没有纹章，反正也没错，因为他确实没有那玩意儿。"

"这我是知道的，"汤姆说，"但是他从这儿跑出去以前，一定得有一个，因为他应该堂堂正正地出去，不能让他的名声受到丝毫损害。"

---

① 古时武士绣在战袍上或刻在盾牌上的图记，表示他们的功勋或贵族门阀。

于是，吉姆和我分头磨起了铜烛台和匙子，以此来做钢笔，汤姆动脑筋想纹章的样式。过了一会儿，他说他想出了许多花样，几乎不知道用哪一个才好，但是他还是确定了其中一个。他说："我们要在这个盾形纹章上，画一条右斜线①，或右底线，在横贯盾中央的中线上，画一个紫红色的斜十字，再弄上一条昂首挺胸的小狗，狗的脚下横着一条锁链，代表蓄奴制，加上波浪形的花边，再画一个绿色的山形符号，淡青色的纹章底子上，画三条曲线，盾中央偏下方，画一条锯齿形的竖线。盾形上部的饰章是一个在逃的黑奴，浑身乌黑，用左方横杠②将他的包袱扛在肩上；另外再画两道红杠杠，代表支柱，指的就是你和我。题词是：'欲速则不达。'这句话是从一本书上学来的，意思是说越是性急就越快不了。"

　　"哎呀呀，"我说，"那其他东西是什么意思呢？"

　　"现在我们没时间去管那些，"他说，"咱还得继续拼命干下去呢。"

　　"可是，"我说，"你总得让我知道什么是中线吧？"

　　"中线……中线就是……这个你不用知道。等他刻到那儿的时候，我会教他怎么刻的。"

　　"哼，汤姆，"我说，"你最好还是告诉我'左方横杠'是什么东西。"

　　"哦，其实，这个我也不太清楚，但这是必不可少的，是每个贵族都有的。"

　　任何事情他只要觉得无法解释，索性他就不解释，他就是这样的人。不管你怎么盘问他，就是问上一星期也是白搭。

　　他把画纹章的事都安排妥了，现在就动手把剩下的那部分活干完：琢磨出一句让人读了伤心落泪的题词——他说吉姆也得像别人一样，非要有一句才行。他把想出来的几句都写在一张纸上，一句句念给我们听。那几句话是这样的：

---

①　纹章学术语，盾上自右至左下的斜线。
②　"左方横杠"是说明纹章部位的名词，汤姆在这里误把它当作一根棍子。

一、这里有一颗破碎了的囚犯的心。

二、一个被世人和朋友抛弃的可怜的囚犯，在此地忧伤终老。

三、一颗孤寂的心破碎了，饱经磨难的灵魂，熬过37年凄凉的铁窗生涯后，在此地安息了。

四、一个无亲无友的异乡贵族，路易十四的私生子，饱尝37年的监禁之苦，死于此地。

汤姆念这些题词的时候声音颤抖，几乎要哭出来了。可是他并不知道要吉姆将哪一句话刻在墙上才好，因为句句都呱呱叫；可是后来他觉得还是让他把这几句话都刻上去算了。可吉姆说叫他用钉子在木头墙上刻这么多废话，得一年工夫，而且现在他连字母都不会写。但是汤姆说他可以在墙上先替他画个草样，然后他就只要一笔一画照着描就行了。

过了一会儿，他又说："我想刻在木头上总归是不行的。地牢里可只有石头墙啊，我们得把这些题词刻在石头上才行。还是去搬块大石头来吧。"

吉姆说石头比木头更难刻，要把这些话刻在石头上，他这一辈子就甭想出去了。但是汤姆说他会让我来帮他刻的。随后他又望了我和吉姆一眼，看我们的钢笔做得怎么样了。磨钢笔的活儿，又费劲又慢，捞不着机会休息，手上磨破的地方长不好，更重要的是磨到现在还没有任何成效。于是汤姆说："我有办法了。我们一定要找一块石头来把纹章和那些让人伤心落泪的题词都刻在上面，这样，我们就真是'一个石头打两只鸟'了。偷来锯木厂那边的一块大磨盘，我们去把那些东西都刻在上面，而且还可以在上面磨制钢笔和锯子呢。"

主意是个好主意，磨石也是块好磨石，只是需要认认真真去干才行。这时还不到半夜，于是我们就动身到锯木厂去，让吉姆一个人留下干活。我们把磨盘偷出来，推着它往回滚，可是这活儿特别费劲。有时候，不管我们怎么使劲扶着它也扶不住，它还是要往地下倒，而且每回都差点儿把我们砸得稀巴烂。汤姆说不等我们把它滚到家，就会让它砸死一个，肯定会这样。我们才把它推到半路上，就已经精疲力竭，浑身都湿透了。我们意识到必须让吉姆来帮忙了。于是吉姆就抬起他的床，把铁链从床腿上褪下来，在脖子上绕了几道，随后我们就从那个墙洞里爬出来，走到放磨石的地方。吉姆和我一齐动手，轻轻松松地推着磨石朝前走，汤姆在一旁指挥。他指挥起别人来，比哪个孩子都在行，他什么事都知道该怎么办。

我们挖的那个洞挺大的，但是要把磨盘滚进去还嫌小了点，于是吉姆拿起尖镐，三下两下就把洞口刨大了。我们把磨盘滚进屋里以后，汤姆就用那颗长钉把那些东西的草样都画在上面，叫吉姆拿长钉当凿子使，又从破屋里的那堆杂物里找了一根铁门闩给他当锤子用。汤姆说，他要想睡觉得到那半截蜡烛点完才行，磨盘要藏在草垫子底下，他就睡在上面。接着我们帮他把铁链重新套在床腿上，我们自己也准备去睡觉。

可是汤姆又想起了一件事，他说："吉姆，你这儿有没有蜘蛛？"

"没有，先生，谢天谢地，我这儿没有蜘蛛，汤姆少爷。"

"那好，我们就去给你弄几只来。"

"天呀，我可不要，我最怕那东西了。与其那样，还不如弄几条响尾蛇跟我做伴儿呢。"

汤姆想了一两分钟，说："这倒是个好主意。我琢磨着早有人这么干过，一定有人这么干过，因为这有道理。对了，这个主意好极了，你打算把它养在什么地方？"

"养什么呀，汤姆少爷？"

"嗐，响尾蛇呗。"

"哎呀，我的天呀，汤姆少爷！要当真那样，我就用脑袋撞开这面木头墙，冲出去，我会这样干的。"

"嗐，吉姆，用不了多久，你就不会怕它了。你可以驯养它呀。是的，这很容易。不管什么动物，只要你对它好，它会知恩图报的，它绝不会伤害一个跟它亲热的人，甚至连想都不会想，无论哪本书上都这样说哩。你先试试看，就试两三天吧。嗐，不要多久，你就可以把它养驯

251

了，它就会喜欢上你，同你一起睡。那时它一刻也不愿意离开你，会让你把它绕在脖子上，还会把它的头伸进你的嘴巴里去。"

"求你了汤姆少爷，请你别说了！我受不了！它要把脑袋放进我嘴里，表示对我的亲热，是吗？我保证，让它等上一百年去吧。再说，我也不想要它跟我睡在一块儿。"

"吉姆，你别犯傻。做犯人的就得有一个不会说话的宠物陪着。如果以前没人养过响尾蛇的话，你第一个养不是比干任何别的事更光彩吗？我看就是要了你的命，你也想不出比这更好的办法来了吧。"

"唉，汤姆少爷，这样的光彩我才不想要呢。要是响尾蛇一口咬掉了我吉姆的下巴，光彩还有啥用？不，先生，我可不愿意干这种事。"

"去你的，叫你试一下也不干吗？我不过是要你试一试，要是不行，你就不一定非得干下去不可。"

"如果我被咬了一口，那不就麻烦了吗？汤姆少爷，凡是合情合理的事，我都愿意试一试，可是如果你和哈克弄一条响尾蛇到这儿来让我驯养，我马上就离开这儿，这是肯定无疑的。"

"好吧，你既然这么倔强，那就算了。我们可以给你抓几条没有毒的花蛇来，你可以在它们的尾巴上拴几粒纽扣，就当它们是响尾蛇，我想那总可以吧。"

"说起来倒也行，但我恐怕还是一个人更舒服些吧。我以前从不知道当囚犯有这么多啰唆事呢。"

"凡事要想做好，就不能怕麻烦。你这儿有没有老鼠？"

"没有，先生，我一只也没见过。"

"那好，我们给你弄几只来。"

"嗐，汤姆少爷，我一只也不要。它们是些顶讨厌、顶烦人的东西。正当你想睡觉的时候，它们就在你身边窸窸窣窣地跑来跑去，啃你的臭脚。我不要老鼠，先生，如果我非得要有什么东西不可的话，就给我花蛇吧，但是千万别给我老鼠，它们对我来说没有一点用处。"

"可是，吉姆，你一定得有，人家都有嘛。你就不要再大惊小怪了。没有当囚犯不要老鼠的，还没有不要老鼠的先例。囚犯在牢房里训练老鼠，跟它们亲热，教它们耍把戏，它们就会像苍蝇一样，和你和睦相处。但你得给它们演奏乐曲才行。你有没有奏乐的玩意儿？"

"我这儿除了一把粗木梳、一张纸和一支口拨琴①以外，别的什么都没有。除非它们对我的口拨琴感兴趣。"

"哦，它们会感兴趣的。老鼠能有口拨琴听已经不错了。我想它们不介意你奏的是什么音乐的。所有的动物都喜欢听音乐，在牢房里它们更会听得入迷。特别是悲伤的乐曲；而且用口拨琴也弹不出别的调子来。这种音乐会引起它们的兴趣，它们会从洞里跑出来看看你到底怎么啦。哦，你原来没出什么事，一切都是好好的。你晚上睡觉前，清早起床后，都要坐在床上弹你的口拨琴，弹一曲《最后一环断了》吧，这个曲子能马上把老鼠招来，特别灵。你只要弹上两分钟，就会看见所有的老鼠呀、蛇呀、蜘蛛呀，还有许多别的东西都在替你担忧。它们一齐向你涌过来，爬满你一身，玩他个痛快。"

"是呀，汤姆少爷，如果那样的话，我的日子可没法过了啊。不过如果我非那样做不可，我就还是照你说的去做。我琢磨着我最好是把那些动物养得各个满意，不让它们在这屋子里捣乱。"

汤姆等了等，仔细想了一下，看漏掉什么没有。不一会儿，他说："哦，有件事我忘了，你看能不能在这儿养棵花？"

"这我可不知道，也许可以吧，汤姆少爷。不过这儿黑得很，而且花儿对我也没什么用处，养花可麻烦呢。"

"啥，你好歹试试看嘛，别的犯人也有养花的。"

"汤姆少爷，我估摸着像大猫尾巴那样的毛蕊花，在这儿兴许能种活，但是那种花没啥用，就是花一半的气力把它种活了也不值得。"

"不能那么想。我们给你弄一棵小的来，你就把它种在那边的墙角里，好生养着。别管它叫毛蕊花，你得叫它'伴囚花'②，这个名字不是很贴切吗？你还得用眼泪去浇灌它。"

---

① 一种用牙齿咬住，用手指拨弄的金属乐器。

② 当时流行的一部传奇小说，法国作家博尼费斯（1798—1865）著，书中的一棵小花帮助一名囚犯维持了生命。

"什么？难道这儿的泉水还不足以浇灌它吗，汤姆少爷？"

"不能用泉水浇，你得用你的眼泪去浇，人家向来就是这样做的。"

"嘻，我的汤姆少爷，我保证我用泉水浇过的花会比他们用眼泪浇的花更美。"

"你这个想法不对，你一定要用眼泪浇不可。"

"那它就会死在我手中，汤姆少爷，肯定会死的，因为我平时很少哭。"

这可让汤姆有些束手无策了，他想了一会儿后对吉姆说，你一定要尽量多受些委屈，弄个葱头来抹抹眼睛。

他答应第二天早上到黑人住的小木屋去，偷偷地把一个葱头扔到吉姆的咖啡壶里。吉姆说还不如在他喝的咖啡里加一把烟叶呢。接着吉姆气愤地唠叨了一大堆，说让他费心费力地养毛蕊花，弹口拨琴哄老鼠，和蜘蛛、长虫等亲热，讨好它们，不仅如此，他还得制作钢笔、刻字、写日记，并做其他乱七八糟的事情，这样的生活，让他感觉当囚犯比其他的都要辛苦，不仅麻烦多、责任大，还要忍受许多委屈。这几乎惹恼了汤姆，他说在这个世上哪有一个囚犯像他这样有这么多出名的机会，但他就是不明白这么多好机会都被浪费在他手上了。于是吉姆感觉非常难过，说他以后不会再这样抱怨了。后来，我和汤姆就回房间睡觉了。

第三十九章

　　早晨，我们从镇上买回来一只用铁丝编制的耗子笼子，接着，又再次挖开了另外的一个耗子洞。我们花了一个钟头逮住了十五六只大耗子。接着笼子被我们搁在了莎莉姨妈床底下的一处十分可靠地方，但是当我们在外面捉蜘蛛的时候，却被小菲普斯发现了。他把笼子打开，想试验一下耗子是否会跑出来，结果耗子真的都跑了出来。莎莉姨妈回到了房间。当我们回到家后，就看见她正站在床头喊叫着，此时，耗子们正给她表演它们的拿手好戏。因此她一看见我们，就拿起木棍，朝我们发泄了一通。后来，我们又花了两个小时新抓了十五六只大耗子。那个顽皮的小菲普斯就是这样给我们添麻烦的。我们这次捉到的又不怎么样，远不如第一次捉的耗子那么棒，像第一批的那种精英之辈，我还是第一次见到。

　　我们又弄到了挺棒的一大批各式各样的蜘蛛、屎壳郎、毛毛虫、癞蛤蟆，还有许多别的动物。我们还想弄一个马蜂窝，但没成功。那一家子正在窝里呢。我们并没有就此作罢，而是跟它们比了一下耐性，结果是它们胜了。我们用一些草药涂在被蜂蜇过的地方，不过坐下来的时候还不怎么舒服。我们又去捉蛇，捉到了二三十条花蛇和家蛇，随后放到了我们的房间里。这时该吃晚饭的时候到了，忙忙碌碌折腾了一整天，饿不饿呢？哦，我看是不饿！等到我们回来，蛇都不见了，我们没有把袋口扎紧，它们全溜了。好在它们总还在这房子里。所以我们认为，就可以捉回一些。不，有好一阵子，这间屋里可真是成了蛇的天下。冷不防地就会有条蛇掉进盘子里，或是掉到了你的背上、你的脖子上，并且多半总是在你不愿见到它的时候掉下来。说起来，这些蛇还长得挺漂亮，身上一条条花纹。这些蛇，即使是一百万条吧，也害不了人。但是莎莉姨妈讨厌所有的蛇。不管你怎么说，只要是蛇，她就害怕。每逢有一条蛇跌到她身上，不管她正在干着什么，她就一概丢下活儿往外跑。这样的女人我从未见过。而且你能听到她大声叫喊。你就是告诉她用火钳就能把蛇给夹住也不行。要是她睡觉时一翻身，看见一条蛇盘在床上，那她就会马上滚下床来，拼命号叫，好像房子着了火。她还弄得那无辜的老人一个劲儿地抱怨上帝为什么要造蛇出来。啊，即使最后一条蛇在屋里消失了已经有一个星期，对莎莉姨妈来说，这事还未了结，也谈不到快了结这样的话。只要她坐着想些什么，你用一根羽毛在她颈背后轻轻一捣，她会立时跳起来，吓得魂不附体。这也奇怪。不过据汤姆说，女人一概如此。他说，她们生来便是这样，不知道是什么原因。

每次有蛇惊扰她，我们就得挨一回揍。她还说，要是再搞得满屋子是蛇，她会揍得我们永生难忘。我并不在乎挨揍，因为那确实算不上什么，我怕的是再去捉一批蛇，那可是麻烦事。可是我们还是去捉蛇，还捉了其他别的东西。每逢这些东西在吉姆的小间里挤在一起听着吉姆的音乐，围着吉姆打转，那个热闹啊，我可是从来没有见过的。吉姆不喜欢蜘蛛；蜘蛛也不喜欢吉姆。所以它们和吉姆打起交道时，搞得吉姆真是够受的。他还说，他这样在耗子、蛇和磨刀石的中间，在他那张床上，他简直没有容身之地了。他说，即便是可以容身的时候吧，他也无法入睡，因为在那个时候，这儿可闹得欢呢。而且这里总是这么闹得欢，因为这些东西从来不是在同一个时间入睡的，而是轮流着睡的。蛇睡的时候，耗子出来上班；耗子睡了，蛇就出来上班。这么一来，他的身子上下，总是热热闹闹的。要是他起身想寻觅一处新的地方，蜘蛛就会在他跨过去的时候，找个机会蜇他一下。他说，要是这一回他能出得去，他再也不想成为一个囚犯了，即使发给他薪水，他也不干了。

这样，一直到第三个星期的末尾，一切进行得非常有条不紊。衬衫早就放在馅饼里送了进来。每一次耗子咬他一口，吉姆便起身，趁血水未干，在日记上写上些什么。笔也磨好了，题词等已经刻在磨刀石上了。床腿已经一分为二。锯下的木屑，我们已经吃了，结果肚子痛得要命。我们原以为这下子要送命了，可是没有。这种木屑这么难消化，是我见所未见的。汤姆也这么认为。不管怎样，这些活儿如今都终于完成了。我们都吃尽了苦头，最苦的还是吉姆。为了让他们把这逃跑的黑奴领回去，那老人给那农场写了好几封信。好在压根儿就没这个农场，所以没有回信。他表示，要在圣·路易和新奥尔良两地的报纸上为招领吉姆登广告。这个消息，我听后全身吓得直发抖。我看，我们不能再这样下去了。汤姆因此说，我们现在应该写封匿名信啦。

"匿名信是什么呀？"我说。

"是警告人家，以防发生什么意外的。还有一种警告的方式是有人暗中察访，告诉城堡的长官。当年路易十六准备逃出都勒里宫时，一个女仆就去报了信。这个办法很好，写匿名信也是个好办法。我们可以两种方法都用用。通常是囚徒的母亲换穿他的服饰，打扮成他，她留下，而他改穿上她的衣服溜之大吉。我们可以照着做。"

"我们为什么要管这种事呢？让他们自己发现不好吗，这本来是他们的事嘛。"

"是啊，这我知道。可是光靠他们是靠不住的。从一开始起，就是这么一回事，什么事都得由我们来干。这些人啊，就是喜欢轻信谣言，他们的死脑筋，根本不注意发生了什么事。所以，若没有我们给他们提个醒，那就不会有人来干涉我们。这样一来，尽管我们吃了千辛万苦，这场越狱定会变得平淡无奇，落得一场空……什么都谈不上。"

"那好啊，汤姆，这正是我想要的嘛。"

"去你的。"他说，仿佛不耐烦的样子。我就说："别的我也不想多说了，随你怎么做都行。关于那个女仆的事，你有什么计划呢？"

"你就是她，你半夜里溜进去，把那个丫头的袍子偷出来。"

"怎么啦，汤姆，这样一来会更麻烦了。因为可以断定，她也许只有这一件袍子。"

"这我知道。不过嘛，你把信塞到大门底下，最多十几分钟。"

"那好，我来干。我穿自己的衣服不也一样吗？"

"那样的话，你就不像女仆了，不是吗？"

"是不像。可我想没人会注意我是个什么样子。"

"问题不在这里。我们该做的是：尽到我们的责任，而不是担心是否有什么人看见我们。难道你连这点责任心都没有吗？"

"好了，我不说了。我是女仆。那么谁是吉姆的妈妈呢？"

"我是他的妈妈。我要穿一件莎莉姨妈的衣服。"

"那好吧，我和吉姆走了之后，那你必须留在小屋里喽。"

"也留不了多久。我要在吉姆的衣服里塞满稻草，放在床上，算是他那乔装改扮了的母亲。吉姆要穿上从我身上脱下来的莎莉姨妈的袍子，我们就一起逃跑。一个囚徒从监狱逃跑，就称作逃亡。比方说，一个国王逃走的时候，就称作逃亡。国王的儿子也这样，不论是否是私生子，一概如此。"

我那天晚上按照汤姆的吩咐，偷了那黄脸姑娘的衫子穿上，把匿名信塞到了大门下面。信上说：

小心。灾祸快临头。严防为妙。

你的一位不相识的朋友

第二天夜里，我们把汤姆蘸血画的骷髅底下交叉着白骨的一幅画贴在大门上。又过了一个晚上，把画了一副棺材的画贴在后门口。他们一家人被吓得魂飞魄散，好像他们家到处是鬼，在每一样东西的后面，在床底下，在空气里，影影绰绰的都是鬼。门"砰"的一声，莎莉姨妈就跳起来，叫一声"啊哼！"什么东西掉了下来，她就跳起来，喊一声"啊哼！"她没有留意的时候，别人偶然碰了什么东西，她也会这样子。不管她的脸朝哪个方向，她总是不放心，因为她认为在她身子背后，每一回都有什么妖怪之类……因此她不停地突然转身，一边说"啊唷"；还没有转到三分之二，就又转回来，又说一声"啊唷"。她虽然不敢上床，却又不敢坐着熬夜。汤姆很为这个办法的奏效而得意。他说，他从没像这次搞得如此成功。他说，这说明事情做得对。

对他来说，压轴戏如今该上场啦！因此第二天，天蒙蒙亮，我们把另一封信准备好了，但我们在昨天吃晚饭时听说他们要派黑奴整夜守门，所以我们在考虑这次该用什么办法最好。汤姆，他顺着避雷针滑下去，在四周侦察了一番。后门门口的黑奴睡着了，他就把信贴在他颈子背后，然后就回来了。这封信是这样写的：

> 你们不要泄露我的秘密，我希望能做你们的朋友。今晚将会有一群人——印第安领土那儿来的一帮杀人犯，要在今晚盗走你家的黑奴。他们一直在吓唬你们，以便让你们待在屋里，不敢出来阻拦他们。我虽是这一帮团伙中的一分子，但是由于受到感化，有心脱离这个团伙，重新做人，因此愿意揭露这个罪恶阴谋。他们计划在半夜的时候，沿着栅栏，从北边悄悄溜进来，拿着私造的钥匙，将黑奴的房间打开，盗走他。他们让我在稍微远的地方放风，如果有情况出现，就吹响白铁皮号筒。可是我决定不按照他们说的做，我不会吹起白铁皮号筒，而是等他们进去的时候，我就学羊发出"咩咩"的叫声，希望你们能够抓住他们在给他打开脚镣这一时机，悄悄地跑到小屋外，把门反锁起来。机会一来，就杀掉他们。你们必须按照我说的做，若是不按我的话去做，就会引起他们怀疑，最终导致一场滔天大祸。我做这些是不求回报的，我只是做了我该做的。
>
> 一位不相识的朋友

第四十章

吃过早饭后，我们高兴地在河边捞起了那只独木舟，准备好午餐，划过河去钓鱼，痛快地玩了一次。我们还过去察看了那只木筏，看到它依旧在那里停着。天将要黑的时候，我们才回家，只见那一家人正急得焦头烂额。吃过晚饭，他们就让我们去睡觉了，也没有告诉我们究竟发生了什么，也没有提起第二封信的事，不过他们不说也没关系，因为我们掌握的情况也不比他们少。我们去楼上的时候，看见莎莉姨妈转过身去了，于是我们便立即下了楼，溜进了地窖，从橱柜里拿出了好多东西，足够我们吃一顿午饭了。我们把这些东西搁在了我们的房间后，就上床睡觉了。十一点半左右，我们就起床了。汤姆穿着一件长袍，这件长袍是从莎莉姨妈那里偷来的。他拿起吃的东西，正要出门，又说道："黄油在哪里啊？"

"我弄来一大块，"我说，"搁在一个玉米饼上了。"

"哼，你是不是忘了带回来啊，这儿没有呀。"

"没有黄油我们也能过日子。"我说。

"有黄油我们也能过日子呀，"他说，"你赶快再去把它拿来。然后再顺着避雷针溜下去，你要快点来呀。我这就去往吉姆的衣服里塞稻草，去乔装他的老娘，只等你一到，我就学羊'咩咩'叫几声，随后就一起跑掉。"他说完就出去了，我跟着就下了地窖。我果真把黄油落在了那里，于是我就把玉米饼和搁在上面的黄油一齐拿在手里，吹灭蜡烛，顺着楼梯，偷偷地从地窖里摸上来，出了地窖，来到一楼，总算没出什么事，可是突然莎莉姨妈擎着蜡烛走过来了，我连忙把手上的东西塞进帽子里，把帽子朝头上一扣，再一眨眼工夫，她见到我了，她问："你下地窖去了？"

"是的，姨妈。"

"你去那儿干啥？"

"没干什么。"

"没干什么？"

"是的，姨妈。"

"哼，那你为什么无缘无故、深更半夜地下地窖呢？"

"我不知道，姨妈。"

"你不知道？这是什么话。汤姆，我要知道你在下面干了些啥。"

"我啥也没干，莎莉姨妈，老天爷有眼，我真的没干啥。"

如果在平时的话，这会儿她会让我走了。但是这回家里出了这么多稀奇古怪的事，弄得她每件芝麻大的事都要问个清楚明白，不然的话，她就不放心。所以她斩钉截铁地说："你给我到客厅里面去，待在那儿别走，等会儿我来找你。你到底在搞什么名堂，今天我非得弄个清楚不可。"

她走了，我走进客厅里。哎哟，没想到早有一大堆人在这儿了，一共有 15 个庄稼汉，每人都带着枪。我可真被这阵势吓住了，便偷偷地坐在了一把椅子上。那些人东一个、西一个地坐着，有的压低声音说几句话，大家心里都焦躁不安，但是又尽量装出若无其事的样子。我知道根本不是那么一回事，因为他们老是把帽子摘下又戴上，戴上又摘下，一会儿挠挠头皮、换换座位，一会儿又摸摸衣服上的扣子。我也忐忑不安，但没把帽子摘下来。

我真希望莎莉姨妈赶快回来，把这件事了结了。如果她想揍我一顿，也没有问题，只求她早点放我走，我好去告诉汤姆，这事我们做过了头，我们已经把自己的脑袋伸进一个大马蜂窝里去了，所以得赶快罢手，而且要带着吉姆溜掉，不然等这帮不中用的东西不耐烦了，都冲着我们来，那就糟了。

她终于回来了，她劈头盖脸地盘问，让我一时真有些招架不住了。这时候，这些庄稼汉一个个都急得要命，有的人要马上出去埋伏下来，把那帮匪徒一网打尽，他们说离半夜只有几分钟了；另一些人劝他们沉住气，等听到羊叫的信号再说；姨妈又一个劲儿追问我，吓得我浑身打哆嗦。客厅里越来越热，帽子里的黄油慢慢在熔化，顺着我的脖子和耳朵后面往下流。不一会儿，他们中有一个人说："我主张马上就走，先到那边小木屋里埋伏下来，他们一到就把他们全抓住。"我听了这话，差点儿晕过去了。这时候，一道黄油顺着我的脑门子滴滴答答往下淌，莎莉姨妈一见，她的脸立刻吓得像纸一样苍白，她说："老天爷呀，这孩子怎么啦？他肯定是得了脑膜炎，准没错，你瞧，脑浆子都流出来了！"

屋里的人都跑过来看，她抓下我的帽子时，那块玉米饼和化剩下的黄油就都露出来了。她猛地一下把我拉过去，搂在她怀里说："哎呀，你可吓死我了！你没事就好。谢天谢地！近来我们运气不好，我就怕接二连三地出乱子。我刚才还以为你的脑浆子流出来了呢，如果你真的——哎呀，你怎么不告诉我你到地窖里去就是为了拿这些东西呢？你早告诉我，我也不会跟你计较的呀，现在快去睡觉吧，今晚可别再让我碰上你！"

我立即上了楼，再一眨眼又顺着避雷针溜下地来，摸黑朝那间破屋跑去。我心里急得要命，几乎连话都说不出来了。但是我还是赶紧告诉汤姆，我们现在得赶快离开这儿，一分钟也不能耽搁了，那边屋子里挤满了人，都带着枪哩！

他兴奋得眼睛闪闪发亮，说："不会吧！是那样的吗？那才带劲呀！嘻，哈克，要是让我们再从头干一遍，我保管能引来200人！我们如果能往后拖一拖，拖到……"

"快点！快点！"我说，"吉姆在哪儿？"

"就在你胳膊肘旁边呀；你一伸手就能碰着他。他已经穿戴好了，万事齐备。我们现在就溜出去，学羊叫发信号吧。"

这时，那些人朝门口走来了，我们还听到他们在摸门上的挂锁，接着又听见一个人说："我不是说了吗，我们来得太早了；他们还没到，门还锁着哩。喂，我把你们几个人锁在这间小屋里，等他们一进屋，就把他们干掉。其余的人在房子周围散开，注意他们什么时候过来。"

他们就都进来了，但是屋子里太黑，他们没发现我们。我们推搡着往床底下钻的时候，他们差点儿踩着我们了。可是我们还是从床底下的那个洞口，爬了出来，我们动作轻巧，吉姆第一个出来，我第二，汤姆断后，这是遵照汤姆的命令去做的。现在我们到了破屋里，听到外面很近的地方有好些人的脚步声。于是我们爬到门边，汤姆让我们待在那儿别动，他自己从门缝里往外看，但是外面黑洞洞的，什么也看不到。他对我们说，他要是听到外面的脚步声走远了，就用胳膊肘推我们一下，吉姆就第一个溜出来，由他来断后。于是他把耳朵贴近门缝去听，听呀听，听呀听，屋子周围老有脚步声在"嚓嚓嚓"地响。后来他用胳膊肘推了我们一下，我们就溜出屋，猫着腰，连气也不敢出，一个跟一个朝着栅栏偷偷溜过去。我们总算平安地来到栅栏前。我和吉姆都翻过去了，但是汤姆在翻越时，他的裤子被栅栏顶上的尖木片牢牢地挂住了，不一会儿，他听到有脚步声走过来了，只好使劲去搜，一搜就把那块尖木片搜断了，"啪"地响了一声。

当他快撵上我们的时候，有人大声喊着："那边是谁呀？快回答，不然我开枪了！"

可是我们只顾撒腿朝前猛跑。接着就有人冲上来了，"砰！""砰！""砰！"枪响了，只听见子弹"飕飕"地在我们上下左右乱飞！我们听见他们喊着："他们在这儿哪！朝河边跑去了！追上去，伙计们，把狗放出去！"

我们能听见他们已经追了上来，因为他们都穿着靴子，一边跑一边大声喊叫，但是我们没穿靴子，也不喊叫。我们是在通向锯木厂的那条路上跑，在他们就要追上我们的时候，我们就往路边的矮树丛里一躲，然后又在他们后面跟着。他们本来把狗都关起来了，免得把匪徒吓跑。但是这时候有人把他们都放出来了，它们"汪汪汪"地乱叫着猛追过来，好像来了100万条狗似的。但毕竟是我们自己家里的狗，于是我们就在路当中站住，它们追上来，一看是我们，觉得没有让它们感到刺激的东西，又朝着前面那一片乱哄哄的喊叫声猛冲过去了。接着，我们又打起精神，跟在他们后面一阵风似的追上去，一直来到我们系独木舟的地方。我们跳上船，拼命把船往河心划，但是尽量不弄出响声来。一直到了河心，我们才轻轻松松、舒舒服服地朝我们停靠木筏的那个小岛划去。我们能听见岸上人喊狗叫、跑来跑去、彼此招呼的声音，后来我们走远了，那些声音才渐渐模糊，最后消失了。

我们一跳上木筏，我就说："好了，老吉姆，这下你今后再也不会当奴隶了，你又是自由人了。"

"这件事干得太棒了，哈克。计划周密，干得也漂亮！谁也想不出这样的高招来！你布的这个迷魂阵简直绝了。"

我们都欢天喜地的，但是汤姆，腿肚子上挨了一枪。

我和吉姆一听到他中了枪子儿，兴头儿就没有刚才那么大了。他的伤口一直在流血，看起来疼痛难忍的样子，我们把他扶到窝棚里躺下，撕碎了公爵的一件衬衫要给他裹伤，可是他说："伤口我自己能包，但现在我们必须离开这儿，千万别在这儿耽搁了。这回外逃真是干得轰轰烈烈、漂漂亮亮。长桨准备，解缆绳！伙计们，我们干得高明极了！实在高明！想当年路易十六要是落在我们手上，他的传记里就不会写上'圣路易之子，请你升天'的话了。不会写的，先生，我们会哄着他跑到外国去。如果是他，我们会那样干的，而且会干得干净利落，像玩儿似的，不当一回事。长桨准备！长桨准备！"

可是我和吉姆正在商量事情，在考虑问题。我们想了一分钟以后，我说："你说吧，吉姆。"

于是他就说："唔，我看是这么回事，哈克。要是逃出来的那个人是他，伙计中有一个吃了枪子儿，他会不会说：'别磨蹭，救我的命要紧，用不着请医生来救这家伙。'汤姆·索亚少爷是那种人吗？他会说出那样的话来吗？他压根儿就不会那样说！嘿，那么，我吉姆会那样说吗？也不会。先生，如果不找个医生来给他治伤，我愿甘心情愿在这儿等上 40 年！"

我早就料到他会这样说的，他的心肠和白人一样好，现在事情好办了，我对汤姆说，我去请一位医生来。他一听便火冒三丈，大吵起来，但是我和吉姆执意要这么办，寸步不让。于是他就要从窝棚里爬出来，自己动手去解木筏的缆绳，但是我们不让他那样干。之后他又把我们指责了一通，但是也没起什么作用。

当他看见我们把独木舟准备好了，就说："好吧，既然你们一定要去，我就告诉你必须把医生家的门关上，然后用一块布严严实实地蒙上他的眼睛，要他发誓守口如瓶，接着在他手上放一个装满金币的钱包，然后带他出去，趁着夜黑，带着他走背街小巷，四处溜一圈，再让他搭乘独木舟到这里来。此外，你还要在这些小岛中间来回绕几个圈子，搜检他的身体，取走他身上携带的粉笔，在你们将他送回镇上的时候，再还给他，不然的话，他会使用粉笔在木筏上留下记号，这样他还会再找到它的。他们都是这样做的。"

我说我会按他说的去做的，之后就离开了；吉姆想着只要看到大夫走过来，就立即藏进树林里去，等他回去后再出来。

第四十一章

我把那位医生从床上叫了起来。他是一个心地善良的老人。我对他说，我和我的兄弟昨天下午到河心的西班牙岛去打猎，就在我们发现的一艘木筏上过夜。可是就在半夜的时候，我的兄弟做了一个梦，在梦里不小心踢到了他的猎枪，枪走了火，一枪打中了小腿。我们请这位医生到那边去给他诊治一下，还让他不要声张，不让任何人知道，因为我们准备晚上回家时给全家人一个惊喜。

"你们是哪家的?"

"费尔贝斯家，就住在下边。"

"哦。"他说。过了一会儿，他又说:"你刚才说他是怎么受的伤?"

"他做了一个梦，被打了一枪。"我说。

"这个梦可真奇怪啊。"他说。

于是他点亮灯笼，带着马褡裢，我们就出发了。可是他一见到那只独木舟，就说这只独木舟只能坐一个人，坐两个人就不安全了。我说:"哦，您不用害怕，先生，这只船坐我们三个人都绰绰有余。"

"哪三个?"

"啊，我和锡德。还有 …… 还有 …… 还有枪，我说的就是这个意思。"

"哦。"他说。

可是他执意说还是去找一条大一些的船为好，但那些船都用铁链拴住了。于是他上了我的独木舟，说他可以一个人去，让我在岸上等他回来，要不然就到别处去找一条船同他一块儿去，如果我愿意，还可以先回家去，编些话哄一哄家里人。但我说我不愿意先回去。于是他按照我告诉他的路线去了。

过了一会儿，我又想出了一个点子。我想，要是他不能"药到病除"，一时治不好那条腿又怎么办呢？如果要治上三五天，那我们该怎么办呢？我们就眼看着他把我们的秘密泄露出去？不，先生，我知道该怎么办。我就在这儿等他回来，如果他说他还得再去给汤姆治伤，我就跟他一道去，哪怕泅水过去也行。之后，我们就把他捆起来，让他同我们一起顺着大河往下漂。等汤姆的伤治好了，没他的事了，就付给他酬金，分文不少，或者干脆把我们的钱都给他，然后送他上岸。

这么想了以后，我就爬进一堆木料里去睡觉，本来只想睡一会儿，可是等我醒来的时候，太阳已经当头照了！我急忙冲出木料堆，往医生家里跑去，但是他家里人对我说，他昨天夜里不知什么时候出去了，现在还没有回来。哎呀，我想，看样子汤姆的情况很不妙，我得马上回岛上去。就在我路过转弯的时候，差一点和赛拉斯姨父撞了个满怀！

他说："嘿，是你呀，汤姆！好长时间没见到你，你小子到哪里去了？"

"我没到哪儿去呀，"我说，"哦，我只是去找那个逃跑的黑人了，我和锡德一块儿去的。"

"嘻，你们究竟上哪儿找去了？"他说，"你姨妈都快急死了。"

"她有什么可着急的啊，"我说，"我们都挺好的，我们只是被那些人和狗甩掉了而已。我们好像听见他们下了河，所以就弄一条独木舟，跟在他们后面撵了一阵，后来划过河去一看，一个人影儿也没见着。于是我们又往上游划。后来我们筋疲力尽了，就把小船拴好，睡着了。这不我们刚睡醒不长时间，就把船划到这边来打听消息。锡德在邮局里听信儿，我出来弄点吃的，完了就回家去。"

于是我们就上邮局去找"锡德",我心里明白在那儿是找不着他的。这老头儿从邮局里取了一封信,我们又等了一会儿,但是锡德仍没有来,于是老头儿就说,走吧,等锡德到处游荡够了,就让他走着回去,或者坐独木舟回去,但是我们坐马车回去。总之,他无论如何也不让我再等锡德了,他说等也没用,我非跟他一起回去不可,好让莎莉姨妈知道我没有出事。

我们到家后,莎莉姨妈见了我,先把我搂在怀里又哭又笑地亲热了一阵,接着又用拳头捶了我几下,但是一点也不痛。她说等锡德回来要照样给他几下。

屋子里密匝匝挤满了庄稼汉和他们的老婆,都是来吃午饭的,他们七嘴八舌说个不停,我还从没有见过这么能说的人呢。霍其契斯老太太的话最多,她那根舌头一直没停过。她说:"嘻,费尔贝斯老嫂子,那间小屋的里里外外我都搜遍了,我看那个黑人准是疯了。我对丹瑞尔大嫂说,我对你说了没有,丹瑞尔大嫂?他疯了。这就是我的原话。你们大家都听到了吧。他疯了!无论从哪儿都可以看出来他疯了。你们瞧瞧那块磨石吧。一个脑子没毛病的人难道会把那些疯话往磨石上刻吗?这儿刻的是某某人的心碎了;这儿刻着某某人苦干了 37 年。都是这一类的玩意儿——还有一个什么叫路易的人养的私生子,全是这样一些乌七八糟的废话。他完完全全疯了。我一开始就是这样说的,到中间我也这样说,末了我还是这样说,从头至尾都没改过口——这黑人是疯了——疯得像尼布甲尼撒①。""霍其契斯大嫂,你瞧瞧那烂布条做的梯子吧,"丹瑞尔老太太说,"他到底要干什么……"

"我刚才也正跟厄特拜克大嫂这么说,你不信可以问她自己。她说,看看那破布条做的梯子吧;我就说,是呀,看看吧,他要那玩意儿干啥?她就说,霍其契斯大嫂呀……"

"可是那个磨盘是怎么被他们弄到那里面去的呢?那个洞又是谁挖的?又是谁……"

---

① 古代巴比伦王,公元前 630—前 562 年在位,性格狂暴,曾破坏耶路撒冷,将犹太人幽禁在巴比伦。据稗史记载,他曾发疯吃草。民间常用他来代表狂人。

"我刚才也正是这样说的呢，潘诺德大哥！我刚才说——请把那碟糖浆递给我好吗？我刚才对邓奈普大嫂说，他们是怎样把那个磨盘弄到那里面去的呢？我说。而且还没有人帮忙，你听着没人帮忙！这真是件怪事儿。我可不信；一定有人帮忙；而且帮过忙的人还挺多，至少也有十几个人，我恨不得把这地方所有的黑人的皮都剥下来，我一定要弄清楚这事是谁干的；而且……"

　　"你说有十来个人帮他！我看那些事情就是 40 个人做起来也挺费劲。看看那把餐刀做的锯条和另外一些东西吧，做起来多麻烦呀；看看用这些锯条锯断的那只床腿吧，得 6 个人干上一星期！你再看看床上这个用稻草做的假人；看看……"

　　"的确是那样，海陶兄弟！我刚才对费尔贝斯大哥也这么说来着。他说，霍其契斯大嫂，你对这事是怎么想的？你怎么想的，费尔贝斯大哥？我说。那条床腿就那样给锯下来了，你有什么想法？他说。你问我有什么想法？我敢说绝不是床腿自己把自己锯掉的，我说一定是别的什么人把它锯下来的。这就是我的看法，信不信由你，它也许无关紧要，但是即使如此，这终归是我自己的看法，要是有谁能提出比这更合理的看法，那就说出来吧。我要讲的就是这些了。我对邓奈普大嫂说……"

　　"嗐，该死的，那些黑人肯定在那小木屋里接连干了四个星期，才弄完的，邓奈普大嫂。你瞧瞧那件衬衣，上面密密麻麻用血写满了谁也看不懂的非洲文！肯定有一大帮黑人没日没夜地一个劲儿在那里写。哼，谁要是能念给我听一听，我就给他两块钱。我要是抓住了那写字的黑人，我一定要把他们抽得……"

　　"我说有人帮他们的忙，玛坡斯大哥！嗐，你前两天要是在这幢房子里住过，也会这么想的。凡是能拿的，他们都偷走了。你听着，我们还时时刻刻都在提防着他们呢。晾在绳子上的衬衣一下子就被他们偷走了！再说他们撕碎做绳梯的那块床单吧，偷走了又送回来，送回来后又偷走，不知道他们到底偷了多少回。还有面粉、蜡烛、烛台、匙子和那个旧炭炉，还有许多的东西，我现在根本记不清了，我那件新花布袍子也被偷走了。我和赛拉斯、锡德、汤姆不分昼夜地守着，就像我刚才说的那样，可是我们连他们的一根毫毛也没抓着，既没看见他们的影子，也没听见他们的声音。结果呢，你们看看，他们溜到我们眼皮底下来把我们捉弄了一番；而且不光是捉弄了我们，就连那些从印第安人保留地来的强盗也让他们耍了。他们居然把那个黑人平平安安地弄走了，就连我们的 16 条壮汉和 22 条恶狗也没追上他们！说真的，我以前从没有听说过这种事情。嗐，就是鬼使神差也干不这么出色、这么巧妙呀！我想他们一定是鬼神，因为你们知道我们家的那些狗，没有比它们更厉害的了。唉，就是这些狗连他们的味儿都没闻到，哪怕是一次也没闻到！你们谁能给我解释解释这是为什么？不管是谁都行！"

"嗐，这真的赛过了……"

"老天爷呀，我从没有……"

"我敢对天发誓，我本来还不……"

"既有小偷，又有……"

"哎哟，老天爷呀，我可不敢住在这样一个……"

"不敢住！嗐，李奇微大嫂，我吓得几乎不敢上床睡觉。上了床又不敢起来，弄得我是坐卧不安。唉，说不定他们还会偷。天呀，你可以猜想到昨晚半夜的时候我是多么惊慌害怕。我甚至都害怕他们会把家里的人偷走几个呢！我简直吓得脑子都麻木了。现在大白天说这种话傻里傻气的。但是我一想到楼上的房间里，还睡着我那两个可怜的孩子，心里就特别不安，我就悄悄爬上楼去，把他们锁在里面了！我想不光是我一个人这么干吧。你知道一个人吓成那样子，时时刻刻提心吊胆的，心里越想越害怕，结果脑子也吓糊涂了，做出各种各样的荒唐事来。再过一会儿，你就会想，假如我是个孩子，一个人孤零零地睡在那边楼上，门又没锁，那你……"她不说了，脸上露出疑惑的神情，然后慢慢转过头来，当她的目光落在我身上的时候，我立刻起身，到外面溜达去了。

我想好好琢磨出一个今天早上我们不在那间屋子的理由来。于是我就出去了，但是不敢走得太远，不然的话她会派人来找我的。到了下午很晚的时候，来吃饭的人都走光了，然后我才进屋来，告诉她昨晚我和"锡德"被吵闹声和枪声惊醒了，我们的房门反锁上了，但是我们想出去看看热闹，就从避雷针上溜下来了，我们两人都受了点轻伤，以后我们再也不会那样干了。接着我又把对赛拉斯姨父说过的那番话，原原本本对她讲了一遍。她说，她可以原谅我们，没出大问题就算是很不错了，对男孩子还能指望他们干些什么呢。因为在她看来，所有的男孩子都是莽撞的冒失鬼，所以只要没出乱子，我们都活得好好的，一个也没丢，她就觉得万事大吉了。与其为那些过去了的事情烦恼生气，还不如花点时间来感谢老天爷保佑。于是她就亲了亲我，在我头上拍了几下，接着又想起心事来。不一会儿，她忽然跳起来说："哎呀，天都快黑了，锡德怎么还没回来呀！那孩子不会出了什么事了吧？"

我看到机会来了，于是就跳起来说："那我赶紧去找他吧。"

"不行，你不能去，"她说，"你就待在这儿别动。丢一个就够多的了。他要是不回来吃晚饭，你姨父会去找他的。"

嘻，他哪能回来吃晚饭，所以晚饭后姨父就出去找他了。

大约 10 点钟左右，姨父回来了，因为他没能找到汤姆，神情有些不安。莎莉姨妈就更不放心了，但是赛拉斯姨父说，她用不着那样，男孩子终归是男孩子。他说，明天早晨你会看到那个小淘气鬼突然出现在你面前，结结实实的，啥事都没有。这样一说，她也就勉强放了心。但是她又说，不管怎样，她要迟一点去睡，要坐在那里等他一会儿，而且要点着蜡烛等，好让他瞧得见。

我去睡觉的时候，她也跟着我上来了，手上擎着蜡烛。她帮我掖好被子，像妈妈那样待我，弄得我心中很惭愧，简直不好意思正面瞧她。她在床沿上坐下，跟我聊了大半天，说锡德那孩子如何如何乖，不住嘴地夸他，好像有说不完的话；她每说几句就问我一次，问是不是觉得他会走丢了，或是受了伤，或者也许是掉进了河里，说不定这时候他正躺在什么地方受苦，或是死了，而她却不能在他身边照顾他。说着说着她就默默流下泪来，于是我就告诉她锡德没事儿，明天早上，肯定会回来的。她听了这话，就紧紧握住我的手，一会儿又亲亲我的脸，然后，让我把这句话一遍遍不停地说，因为她真是急死了，听了我的话心里才好受些。她临走的时候，弯下腰来温情脉脉地盯住我的眼睛，说："汤姆，我今晚就不锁门了，反正有窗户和避雷针让你爬，锁了也白搭，但是你会乖乖的，你不会往外面跑吧？就算是为了我吧。"

天知道我心里是多么急于看看汤姆的情况，可是在她说了那句话之后，我就不想出去了，说什么我都不出去了。

可是，她在我的心上，汤姆也在我的心上，这让我辗转反侧。那天晚上，我顺着避雷针下去过两次。蹑手蹑脚地绕到房子前面，看见她点着蜡烛坐在窗前，注视着窗外的大路，眼泪在眼睛里打转。我感到很伤心，我希望自己能为她做点儿什么，却无能为力，只能在心里默默祈祷以后再也不做让她伤心的事了。到清晨，我第三次醒来，又爬了下去，她还在那里，那支蜡烛也快燃尽了，她的头托在手上，已经睡着了。

第四十二章

　　早饭前，老人又去了镇上，可仍旧没有找到汤姆的踪影。在饭桌上，两人各自想着心事，一句话也没说。咖啡凉了，饭也没有吃。后来老人说："我把那封信给你了吗?"

　　"哪封信?"

　　"我昨天从邮局拿回来的那封。"

　　"没有，你没有给过我!"

　　"哦! 一定是我忘记了。"

　　于是他掏了掏口袋，随后又走到他放信的地方，找到信，交给了她，她说："啊! 是圣彼得堡寄来的，是从姐姐那里寄来的。"

　　我想再出去溜达一会儿，对自己有好处，可是我无法动弹。啊，突然，她还没来得及拆那封信，就把信一扔，奔了出去，因为她看见了什么，我也看到了，是汤姆·索亚躺在床垫上，还有那位老医生。还有吉姆，身上穿着她的那件印花布衣服，双手反绑在身后。还有许多人。我赶紧藏起信，然后冲出门去。她扑到汤姆身上，哭着说："哦，他死啦，他死啦，我知道他死啦。"

　　汤姆呢，微微地转过头，嘴里嘟囔着什么，这些表明他现在已经神志不清了。她把双手举起说："谢天谢地，他还活着! 这下好啦!"她轻轻地吻了他一下，飞奔进屋里，把床铺铺好。一路上她的舌头转得飞快，对黑奴和其他人一个个下了命令，跑一步，下一个命令。

我在人群后边跑，不知道他们准备怎样对待吉姆。老医生和赛拉斯姨父跟在汤姆后面走进了屋里。人们怒气冲冲，有些人主张要将吉姆绞死，好让其他的黑奴从此不敢像吉姆那样逃跑，惹出这么天大的祸来，吓得全家人半死。但也有些人不同意这么干，他可不是我们的黑奴嘛。要是他的主人来了，肯定会为了这件事叫我们赔偿损失。经过他这么一说，大伙儿冷静了一些，因为那些急着要绞死那黑奴的人，往往是最不愿意为了出气拿出赔偿金的。

尽管这样，人们还是怨气未消，不停地骂着吉姆，还冷不丁地打他一下。可是吉姆绝不说反对的话。他装作不认识我。他被押回原来那间小屋，穿上自己的衣服，再一次用链子把他铐了起来。这一回可不是在床腿上拴了，而是绑在墙角那根大木头上钉着的骑马钉上，把他的双手和两条腿都用铁链拴住了。还对他说，除了面包和水，别的什么都不给，一直要到他的原主人来，或者他主人还不来，就把他给卖掉。他们把我们当初挖掘的洞填好了。还说每天晚上要派几个农民带上枪在小屋附近巡逻守夜。白天拴几条恶狗在门口。正当他们把事情安排得差不多，要最后骂几句作为告别的表示时，老医生来了，他向四周看了一下说："他是个好黑奴，别对他太坏。我到了那个孩子住的地方，发现得有一个助手，不然，我就没办法取出子弹。我当时无法离开去找帮手，而病人的病情又越来越糟。又过了很久，他神志不清了，又不允许我靠近他身边。要是我用粉笔给木筷子上写下记号，他就要杀死我。他一直这样，我简直给弄得一点办法也没有。于是我自言自语说，我非得有个助手不可，怎么说也非有不可。我刚说完，这个黑奴不知从什么地方出来了，说他愿意帮助我。他就这么做了个出色的助手。我知道他准是个逃亡黑奴。我实在不知如何是好！可是我不得不住在那儿，整整一个白天，又整整一个夜晚；我对你们说吧，我当时实在左右为难！我还有四五个正在发烧发冷的病人，我自然想回镇上来，给他们诊治，但是我没有回。这是因为这个黑奴可能逃掉，那我就会推卸不掉那个责任。加上过往的船只离得又远，没有一只有回应。这样一来，我就得住在那里，一直到今早上。这样善良、这样忠心耿耿的黑奴，我从来没有见过。他冒着丧失自由的危险这么干，并且干得精疲力竭了。再说，我清清楚楚地看到，在最近一些日子里，他做苦工也做得够辛苦了。先生们，说实话，就凭这些我就挺喜欢他，像这样的一个黑奴，值 2000 块钱……并且值得好好对待他。他一切按照我吩咐的去做，所以那个孩子在那里养病，就跟在家里养病一个样。可能还要胜似在家，因为那地方实在太清静了。只是只有我一个人，手头要管好两个人，并且我非得盯在那里不可，一直到今天清早，有四五个人坐着小船在附近走过。也是活该交好运气，这个黑奴正坐在草褥子旁边，头撑在膝盖上，呼呼睡着了。我就不声不响地向他们打了招呼，他们就偷偷走过来，抓住了他，在他还莫名其妙的时候，用绳子将他绑了。这一切都很顺利。那个孩子当时正昏昏沉沉睡着了，我们就把桨用东西裹上，好让声音小一些，又把木筏子拴在小船上，悄悄地把它拖过河来。这个黑奴始终没有吵闹，也不说话。先生们，这绝不是一个坏的黑奴，这就是我对他的看法。"

有人就说："也对啊！医生，听起来还不错，我只能这么说。"

同时也庆幸我并没看错他。我很感激老医生为吉姆做的这件事。因为我一见他，就认为他心肠很好，是个好人。后来大伙儿一致承认吉姆的所作所为非常好，人们应该看到这一点，并给予奖励。于是大伙儿一个个都当场真心实意地表示，此后永远不责骂他了。

他们出来了，而且将他在屋里锁好。我本以为大家会把他身上的镣铐去掉一两根，因为实在太笨重了。或者有人会主张除了给他面包和水外，还会给他吃点肉和蔬菜。但没有人这么做。据我猜测，我最好还是不必插进去。不过据我判断，等我过了眼前这一关，我不妨想法把医生说的这番话告诉莎莉姨妈。我是说，解释一下，说明我怎样忘了说锡德中了一枪的事，也就是指那个吓人的黑夜，我们划了小船去追那个逃跑的黑奴，忘了提锡德中枪的那回事。

不过，我有的是时间。莎莉姨妈整天整夜待在病人的房间里。每次碰到赛拉斯姨父无精打采走过来，我立刻就躲到一边去。

第二天早上，我听说汤姆已经好了很多。他们说，莎莉姨妈已经去睡觉了。我就偷偷溜进了病房。我盘算着，他醒着的话，我们就能让这一家子听一个美好的故事了。不过他正睡着哩，而且睡得非常安稳。他脸色发白，可已经不像刚回家时烧得那么通红的了。于是我坐在一旁，等他醒过来。大约一个钟头后，莎莉姨妈轻手轻脚走了进来。这样一来，我又一次不知道怎样办才好啦。她对我摆摆手，让我不要说话。她在我旁边坐了下来，低声说起话来。说现在大家都可以高高兴兴了，因为一切迹象都是第一等的。他睡得这么久，看起来病不断往好处发展，病情也平静，醒来时大概会神志清醒。

所以我们就坐在那儿守着。后来他微微欠动，很自然地睁开眼睛看了看。他说：“哈克，我怎么会在家里啊？到底怎么回事？木筏子在哪里？”

“很好，很好。”我说。

“吉姆怎么样了？”

“也很好。”我说。不过说得并不爽快。他倒没有注意到，只是说：“太好了，我们现在总算安然无恙地过来啦！你跟姨妈说过了吗？”

我正想讲，可是她插进来说：“讲什么？锡德？”

“啊，这件事情的整个经过啊。”

“整个经过？”

“对，从头到尾地讲啊，我们怎么把逃亡的黑奴放走，恢复自由啊……由我和汤姆一起。”

“天啊！放……你在说胡话，亲爱的，亲爱的，眼看又神志不清啦！”

“不，我神志清醒得很。我此时此刻说的话，我都是一清二楚的。我们确实把黑奴放走了——我和汤姆。我们是有计划干的，而且干成了，并且干得非常仔细。”他只要一开始说话，她也一点儿不想阻拦他，只是坐在那里，眼睛越睁越大，让他一股脑儿倒出来。我呢，也知道不用我插进去。“啊，姨妈，我们可费了大劲儿啦，干了四个星期呢，接连好几个晚上，当你们全熟睡的时候，我们还得偷蜡烛、偷床单、偷衬衫、偷你的衣服，还有调羹啊，盘子啊，小刀啊，暖炉啊，还有磨刀石，还有面粉，还有其他的一些东西。你们绝对想不到我们费了多大的劲，做几把锯子，磨几支笔，刻下题词以及别的什么的。而且那种乐趣，你们很难想象得到。并且我们还得画棺材和别的东西。还要写那封强盗的匿名信，抱着避雷针上上下下。还要挖洞直通到小屋里边。还要做好绳梯，并且装在烤好的馅饼里送进去。还要把要用的调羹之类的东西放在你围裙的口袋里带进去。"

"上帝啊！"

"还在小屋里装满了耗子、蛇等，好让它们给吉姆做伴。因为你把汤姆拖了大半天，他帽子里的黄油差点儿化了，害得这事儿差点弄坏了。因为那些人在我们从小屋里出来以前就来到了，所以我们急切想冲出去。他们一听到我们的声响便追赶我们，我就中了这一枪。我们闪开了小道，让他们过去。那些狗呢，它们追了上来，它们对我们没有兴趣，只知道往最热闹的地方跑。我们找到了独木船，划出去找木筏子，终于一切平安无事，吉姆也自由了。姨妈，所有这些事都是我们一手做的，你不觉得这棒极了吗？"

"啊，我这一辈子从来没有听到这样的事。原来是你们啊，是你们这些坏小子掀起了这场祸害，害得大伙儿颠三倒四的，差点儿被吓死。我真恨不得马上狠狠地揍你一顿。你想想看，我怎样一个晚上又一个晚上在这里……等你病好以后，你这个小调皮鬼，我不用鞭子抽你们两个，揍得你们叫爹叫娘，算我没说。"

而汤姆呢，既得意又高兴，他那张舌头啊，总是收不住……她呢，始终是一边插嘴，一边火冒三丈，两个人一时间谁也不肯罢休，好像一场野猫打架。

她说："好啊，现在你该满意了吧，我可告诉你，要是我抓住你再管那个人的闲事啊……"

"管哪一个人的闲事？"汤姆说。他停止微笑，显得非常惊讶的样子。

"管哪一个？当然是那个逃跑的黑奴喽。你认为指的哪一个？"

汤姆神色严肃地看着我说："汤姆，你不是刚才对我说他平安无事吗？难道他又被抓住了吗？"

"他哟，"莎莉姨妈说，"那个逃跑的黑奴吗？他怎么可能跑得掉。他们把他给活活抓回来啦，他又回到了那间小屋，只能靠面包和水活命，铁链子够他受的，这样要一直等到主人来领，或者给拍卖掉。"

汤姆猛然从床上坐了起来，两眼直冒火，鼻翼一开一闭，好像鱼鳃似的，朝我叫了起来："他们凭什么把他关起来！快去啊，一分钟也别耽误。快把他放了！他不是奴隶！他是自由的，和全世界有腿走路的人一样！"

"这孩子说的都是些什么话？"

"我说的都是实话，莎莉姨妈。要是没有人去，就让我去吧。我对他的一生了解得清清楚楚，汤姆也一样。两个月前，老华森小姐去世了。她因曾想把他卖到下游去而感到羞愧，所以她在遗嘱里宣布要还他自由。"

"天呀，既然你知道他已经自由了，为什么还要放他逃走呢？"

"是啊，这是个重要问题，我必须得承认，而且只要是女人，都会问的。啊，我只是想借此过过冒险的瘾，哪怕是必须得蹚过齐脖子深的血泊……哎呀，波莉姨妈！"

波莉姨妈站在门口，一副心满意足的模样，就像一个无忧无虑的天使。真想不到啊！

莎莉姨妈朝她扑过去，紧紧搂住她，几乎要把她的脑袋掐掉似的，我钻到床底下，因为对我来说，房间里的空气让人快要窒息了。我偷偷地朝外张望。不一会儿，汤姆的波莉姨妈从她的怀抱里挣脱出来，站在那里，透过眼镜打量着汤姆……那样子好像要把他瞪到地底下去似的，你应该清楚。随后她说："是啊，你最好还是把头扭过去……如果是我，汤姆，我也会扭过去。"

"哦，天啊，"莎莉姨妈说，"他竟变得凶起来了？怎么了，那不是汤姆嘛，是锡德……就是汤姆……啊哟，汤姆哪儿去了？刚才还在的。"

"你肯定说的是哈克贝利·芬……你肯定说的是他！我认为，我还不至于养了汤姆这个坏小子这么多年，见了面却认不出来。这简直太难了。哈克贝利·芬，快从床下钻出来！"

我感到很不好意思，只好从床底下钻了出来。

莎莉姨妈那种莫名其妙的神情，很少看见过。这时莎莉姨父过来了。当他知道了情况后，他的样子就像喝醉了酒似的。接下来的整整一天，他根本不知道应该做些什么。那天晚上，他布了一回道。他让自己获得了大出风头的名声，甚至连世界上年龄最大的老人也听不懂他说的是什么。后来，波莉姨妈把我仔细地向他们做了一次介绍。我呢，只得对他们讲自己当时的难处。当说到当时费尔贝斯太太把我称呼为汤姆·索亚时，她就抢着说道："哦，算了，算了，还是称呼我莎莉姨妈吧，我已经习惯别人这么称呼我了，就不用换称呼了。"……我接着说，当时莎莉姨妈将我看成了汤姆·索亚，我也只好认了……没有别的方法了。而我清楚他是不会介意的，相反，他甚至会借此演出一场冒险，这令他很满足。事实的确如此。因此他就装成是锡德，以便让我生活得更好些。

他的波莉姨妈说，汤姆说的华森老小姐在遗嘱中提到的解放吉姆一事，是真实的。如此一来，为了使那个获得自由的黑奴得到彻底的解放，汤姆·索亚真的是吃了很多苦！凭他的教养，会尽力去帮助一个黑奴，在此之前我一直很困惑，不过现在我终于想明白了。

波莉姨妈还说，她收到莎莉姨妈的信，信上说汤姆和锡德顺利地到达了，她就开始嘟囔："这下子可麻烦了！我应该会想到这一点的嘛，放他出去，但却没有人照看他。也许我必须乘坐下水的船，行驶 1100英里的路，才能知道这个小家伙究竟做了些什么，既然我收不到你这方面情况的回信。"

"啊，你之前给我写过信吗？"莎莉姨妈说。

"啊，当然写过啊。我给你写了好几封呢，我问你信上说的锡德已来这里是什么意思。"

"啊，可是我一封信也没收到啊，姐。"

波莉姨妈慢慢地转过身来，厉声说道："是你吗，汤姆？"

"嗯……怎么啦。"他有点儿不满地说。

"你这烦人的家伙，不要对我说'怎么啦''怎么啦'，快把那些信都交出来。"

"什么信？"

"那些信。肯定在你那里，要是让我抓到的话，我一定……"

"信在箱子里，这下好了吧。我从邮局取回来的，至今还原封未动。我一封都没看过，动都没动。不过我知道，这些信准会引起麻烦。我心想，要是你不着急，我能……"

"好啊，我真该打你一顿。我还写了一封信，说我动身来了，我恐怕他……"

"那封信昨天就到了，不过我还没有看，可是这也没什么关系，那封信我已经拿到了。"

我可以和她打2块钱的赌，赌她肯定没有拿到那封信。不过我想还是不打这个赌为好，所以我就不再作声了。

结 局

　　我终于找到一个和汤姆单独相处的机会，便问他当初出逃究竟是为了什么，如果出逃成功，并且设法放掉的黑奴已经自由了，他的计划究竟是什么？他说，从一开始就已经制订好了计划：若吉姆能被成功地释放掉，我们就用木筏把他送到大河的下游。在大河的入海口挑战一些冒险的事儿，告诉他他已经自由了，然后让他风风光光地坐轮船回来，并给他一些钱当作他的误工费。还要提前写一封信回去，把那一带的黑奴全都召集过来，让他们举着火把、奏着乐曲，在一片狂欢中，热热闹闹地把他送回镇上。这样，他就成了英雄，我们也会成为英雄。我对于目前这种情形感觉非常满意。

　　于是我们就给吉姆卸了身上的锁链。波莉姨妈、赛拉斯姨父和莎莉姨妈知道他帮着医生细心地照顾汤姆以后，就大大地夸奖了他一番，还给他穿上了一套漂亮的衣服，他爱吃什么就吃什么，让他痛痛快快地玩，什么事都不用做。后来我们把他带到病人的房间里，大家愉快地聊了好长时间。此外，汤姆还给了吉姆40块钱，作为他为我们假扮囚犯的酬劳。吉姆非常高兴，突然喊道："你看，哈克，我当初是怎么对你说的——在杰克逊岛上的时候我是怎么对你说的？我对你说，我胸口上长毛预示着什么；还对你说，我以前发过一回财，以后还会发。现在不是都应验了，好运真的来了！什么都不要说了，兆头就是兆头，记住我说的话，我很早就知道自己一定会再富起来的，就好像我现在站在这里一样明明白白！"

汤姆说起来滔滔不绝。他还想着让我们三个人挑一个晚上偷偷地离开这里，备齐了行装，到印第安人的保留地那里去，来一场轰轰烈烈的冒险。我表示同意，这很合我的心意，不过我没有钱买行装，我也不可能从家里弄到钱，因为爸爸可能很早就回家了，并且已经从撒切尔法官那里把钱要了去，都买酒喝了。

"不，他一直没有回家，"汤姆说，"你的钱都还在那里，一共是6000块。你爸爸从那之后就再也没有回去过。反正在我出来以前，他没有回去过。"

吉姆露出严肃的表情说："他再也不会回去了，哈克。"

我说："为什么，吉姆？"

"不要问我为什么，哈克，他真的再也不会回去了。"

我不断地追问他，他最后才说："你还记得有一次从大河上游漂下来一间屋子吗？还记得那间屋子里躺着一个人，全身盖得很严实，我进去揭开来看了看，当时没有让你看？现在，我可以告诉你，那个人就是你的父亲，你不用再对他有所顾忌了，因为他已经永远离开了你。"

现在汤姆的身体快完全康复了，他用一根表链拴上那颗子弹，戴在脖子上当表用，时不时地就拿在手里看一下时间。现在，我已经没有什么要写的了，我为此感到非常高兴，我要是早知道写本书有这么难的话，我当初就不会写，我想我以后是不会再写书了。不过我想，我必须比其他人先走一步，先到印第安人保留地那里去，因为莎莉姨妈想要我做她的儿子，要教我学文明规矩，那可是我无法忍受的。因为，我早已经领教过了。

就到这里画上一个句号吧。